로즈
아일랜드

로즈 아일랜드 5

서성일 판타지 장편 소설

초판 1쇄 찍은 날 § 2004년 5월 13일
초판 1쇄 펴낸 날 § 2004년 5월 23일

지은이 § 서성일
펴낸이 § 서경석

편집장 § 문혜영
편집 § 장상수 · 서지현
마케팅 § 정필 · 강양원 · 이선구 · 김규진 · 홍현경

펴낸곳 § 도서출판 청어람
등록번호 § 제1081-1-89호
등록일자 § 1999. 5. 31
어람번호 § 제1-0489호

주소 § 경기도 부천시 원미구 심곡1동 350-1 남성B/D 3F (우) 420-011
전화 § 032-656-4452 팩스 § 032-656-4453
http://www.chungeoram.com
E-mail § eoram99@chollian.net

ⓒ 서성일, 2003

값 8,000원

ISBN 89-5831-097-9 04810
ISBN 89-5505-738-5 (SET)

서성일 판타지 장편 소설

로즈
아일랜드

5

완결

끝없는 사랑

도서출판

청어람

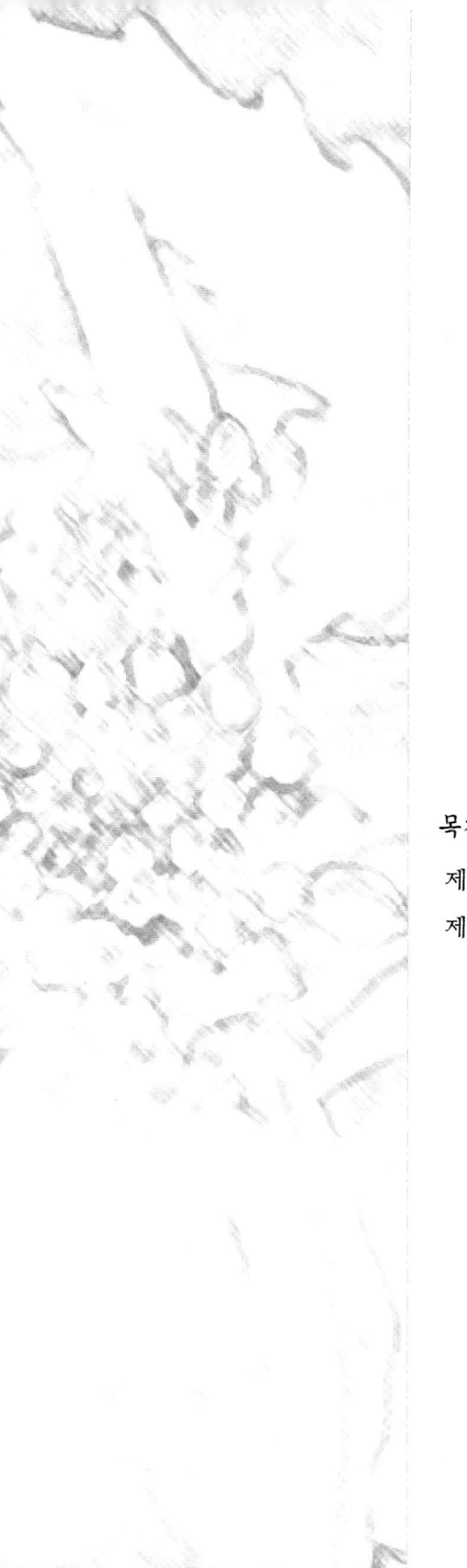

목차

제 9 장 세상 속으로

도도를 만나고 온 후 내 입은 완전히 닫혀 있었다. 공포에 질려 벌벌 떨고 있던 그녀의 모습이 뇌리에서 지워지지 않았다. 창고로 돌아와서 구석에 처박혀 꼼짝도 안 하는 나의 모습을 보고 투투가 상황을 짐작했는지 한참 만에 걱정스런 목소리로 나를 불렀다.

"카론님."

"왜?"

건성으로 대답했다.

"계획대로 안 된 거죠?"

"휴우—!"

저절로 한숨이 흘러나왔다.

"이러고만 있으면 어떡해요. 대책을 세워야지요."

투투가 좀 더 적극적인 말을 꺼냈다.

"그래."

창고의 뒤쪽으로 뚫려 있는 구멍을 바라보았다. 밤은 까맣게 잔뜩 깊어 있었지만 결혼식의 파티 소리가 시끄럽게 들리고 있었다. 도도가 나의 알을 갖길 바랐던 계획은 완전 박살 나고 말았다. 아예 말을 꺼낼 수도 없을 정도로 그녀는 비참하게 변해 있었다. 당당하고 거침없던 그녀가 마법사의 일개 액세서리로 전락한 것이다. 그나마 다행인 것은 마법사인 크론 경이 일주일을 기다려 주기로 한 것이었다.

"일주일 후야."

내가 중얼거렸다.

"알 낳는 시기 말인가요?"

"그래."

"도도님이 카론님의 알을 낳는 건가요?"

조심스럽게 물어본다.

"내 얼굴을 보고도 그런 질문이 나와!"

나는 꽥 하고 소리를 질렀다.

"아니… 짐작은 했지만 카론님이 알 얘기를 하니까……."

쇠사슬에 둘둘 말려 눈만 겨우 보이는 투투가 내 눈치를 보았다.

"마법사 놈한테 그렇게 말을 했으니까."

"아, 그래서 일주일의 시간을 벌었군요."

"그래."

투투는 그제야 알아들었다. 하기야 내가 아무 말도 해주지 않았으니 지금까지 얼마나 답답했을지 짐작이 갔다. 입장을 바꿔놓고, 만일 투투가 도도를 만나고 와서 몇 시간을 침묵으로 일관한다면 아마 나 같았으면 정신적 불안 상태로 미치기 일보 직전이었을 것이다.

"일주일이면 충분하지 않습니까?"

"뭐가?"

"도도님을 구하기 위해서 계획을 짜고 실행하는 데 일주일이면 충분한 시간이라고요."

투투가 뭘 믿고 그러는지는 몰라도 꽤 자신있게 대답한다.

"무슨 수로 도도를 구해?"

"카론님이 있잖아요."

"내가?"

"누구도 못 따라가는 카론님의 머리가 있잖아요. 이번에도 좋은 방법을 생각해 낼 겁니다."

"후후."

웃음밖에 나오지 않았다. 내가 아무리 신의 전령이라지만 불가능을 가능으로 바꿀 수는 없었다. 투투가 나를 너무 믿는 듯했다.

"카론님이 자랑스러워하는 그 잔머리를 굴려보세요."

"투투!"

내가 인상을 썼다.

"꼭 방법이 있을 겁니다."

"지금 농담이 나와!"

"농담이 아니에요."

"농담이 아니면?"

"카론님이 너무 축 처져 있으니까 힘이라도 내라고 이러는 거예요. 저라고 지금 기분이 좋겠습니까?"

자신의 마음을 몰라주는 내가 야속하다는 듯 투투가 발끈 화를 낸다. 목소리가 조금 컸지만 간수들은 뭐라 하지 않는다. 그도 그럴 것이 들어올 때 보니까 창고 앞에 술상이 한상 차려져 있었다. 아마 지금쯤은 문을 지키는 놈도 밖의 놈들처럼 술에 취해 뻗어 있을 것이다.

"에휴!"

묵직한 한숨으로 답답한 내 심정을 대신했다.

"기운 내세요."

"갈매기나 어떻게 잡았으면 좋으련만……."

나는 발로 바닥을 문질렀다.

"갈매기?"

"새들에게는 알이 있잖아."

"그래서요?"

"그래서는 무슨… 갈매기의 알만 있으면 무슨 수가 생기지 않을까 해서……."

"무슨 방법이라도 있어요?"

투투가 눈을 반짝이며 달려든다.

"그건 나중에 얘기하고, 갈매기를 부를 수 있겠어?"

"그럼요."

자신있게 대답한다.

"정말?"

"로즈 아일랜드에서 천 년을 살며 바다의 짐승들하고도 많이 친해졌죠. 갈매기뿐만 아니고 돌고래라든가 바다표범들하고도 간단한 대화는 나눌 수 있죠."

"그럼 잘됐네."

"갈매기를 부를까요?"

투투가 내 지시를 기다린다.

"그래, 어서 불러. 우리에게는 갈매기 알이 꼭 필요해."

"알겠습니다. 곧 부를게요."

팔다리 온몸으로, 근육마다 힘이 솟아났다.

"훗!"

투투가 갈매기를 부르기 전에 가볍게 미소를 지었다. 뭔지는 몰라도 일단 방법을 찾았다는 생각에 그도 기분이 좋은가 보다.

"카론님, 잘될 겁니다."

"당연히 그렇게 돼야지."

"한데 알이 왜 필요한지를 지금 알면 안 될까요?"

"흠… 대단한 건 아니고… 갈매기 알을 마법사의 자식으로 속이고 시간을 벌 수 있을 것 같아서."

"아!"

투투가 그제야 내 계획이 무엇인지 알아챘다.

"알이 부화할 동안 마법사가 우리를 어쩌지는 못할 거야. 알이 부화하고 새끼를 키우려면 도도가 절대적으로 필요하니까."

"그 와중에 갈매기를 생각해 내다니… 전령님의 머리는 보통이 아니라니까요."

투투의 칭찬을 받으니까 쑥스러웠다. 칭찬이란 건 아무리 들어도 질리지 않는 기쁨이었다.

"너무 띄우지 마라."

말은 그렇게 했어도 기분만은 너무 좋았다.

"자주 띄우는 것도 아닌데요 뭐."

"하하. 어서 갈매기나 불러봐."

"저 구멍으로 불러들일게요."

"그래."

나와 투투는 동시에 창고 벽에 크게 뚫려 있는 구멍을 보았다. 비록 내 무게 때문에 만들어진 구멍이었지만 지금부터는 아주 요긴하게 쓰일 것이다.

"끼룩! 끼룩!"

투투가 갈매기 울음소리를 내었다.

"그런데 아직까지 안 자고 있는 갈매기가 있을까?"

"결혼식 때문에 시끄러워서 잠 못 자고 구경 나온 갈매기도 있을 겁니다."

"하기야 갈매기도 뭔가 해서 궁금하겠지?"

"지금부터 갈매기를 불러볼 테니 조용히 계십시오."

"알았어."

갈매기 울음소리 좀 낼 줄 안다고 무진장 잘난 체를 한다.

"끼룩… 끼룩!"

투투는 능숙하게 갈매기를 불렀다. 그러게 몇 번을 반복해서 소리를 내자 구멍 밖에서 신호가 왔다.

키득키득!

"끼룩끼룩!"

키드득 키드득!

"끼룩……."

투투와 밖의 갈매기는 서로에게 신호를 보내고 있었다. 나로서는 전혀 알 수 없는 소리였지만 투투의 눈빛이 초롱초롱한 게 일이 잘되고 있는 듯했다.

푸드드득!

그때 갈매기 한 마리가 구멍을 통해 창고 안으로 들어왔다.

"끼룩."

투투는 다정스럽게 울음을 전했다.

키드득.

답례하며 안쪽으로 날아 들어온 갈매기가 나를 보는 순간 움찔한다. 생각지도 못한 이물질에 대해 경계하는 것이다. 더군다나 나의 첫인상이 썩 좋은 건 아니었다.

"끼르르."

나는 크게 웃어 보이며 나름대로 갈매기 소리를 냈다. 그러자 갈매기가 갑자기 나에게 달려들었다. 놈이 날개를 펴고 부리를 높이 세웠다. 내 몸통의 3분의 1 정도 되는 덩치였다.

"으악!"

살면서 갈매기 부리가 그렇게 매서운지는 몰랐었다.

캭캭캭!

갈매기는 비명에 가까운 소리를 지르며 나를 마구 쪼아댔다.

"투투, 살려줘!"

"끼룩, 끼룩, 끼끼끼……."

투투도 당황하고 있었다. 그는 다급하게 갈매기 울음을 부르짖었다.

꾸르르.

"끼룩."

둘이서 말이 정말 통하는 건지 투투의 울음을 들은 갈매기가 나에게서 떨어져 투투 쪽으로 걸어갔다.

"투투, 어떻게 된 거야?"

"그러게 모르시면 가만히 있지 어설픈 대화로 갈매기의 기분을 상하게 해요."

투투가 핀잔을 준다.

"뭐? 갈매기 기분?"

어이가 없어도 너무 없다.

"그래요."

눈까지 흘기며 갈매기의 눈치를 본다.

"내참, 기가 막혀서……."

콜렉터 사냥 이후 아무리 거칠게 살아왔다지만 갈매기 기분까지 맞춰야 할지는 꿈에도 몰랐다. 뚱뚱한 몸매 덕에 별의별 놀림을 다 당하더라도 자존심 하나로 버텨온 나였다. 그런데 갈매기 비위까지 맞춰가며 살아야 하다니… 도도만 아니었으면 갈매기 구이라도 해 먹고 싶은 심정이었다.

"끼룩끼룩."

키키키드드드.

"끼끼룩끼끼."

투투는 심각한 표정을 짓더니 낮은 울음소리를 냈다.

키키키…….

"끼룩룩룩."

갈매기가 잠시 생각을 한다.

키드득.

고개를 끄덕이는 것을 봐서는 얘기가 잘된 듯했다.

"끼룩끼룩!"

키득키득!

둘이 무슨 말인가 나누는 듯하더니 갈매기가 들어왔던 구멍 쪽으로 발걸음을 떼놓는다.

휙!

잘 걸어가던 갈매기가 갑자기 방향을 돌려 나한테로 다가온다.

"히히……."

나는 함박웃음을 지어 갈매기를 맞이했다. 마음 같아서는 몇 대 쥐어박아 주고 싶었지만 지금은 놈의 비위를 맞춰야 했다.

킥!

종이 찢어지는 소리가 나더니 갈매기가 발길질을 한다. 한낱 바닷새에게 얻어터진 인간은 그리 흔하지 않을 것이다. 그래도 꾹 참고 비굴하지만, 아쉬운 쪽은 우리고 좋은 게 좋은 거라고 갈매기에게 미소를 지으며 상냥하게 배웅해 주었다.

"잘 가."

갈매기는 만족스러운 표정으로 등을 돌리더니 자신이 들어왔던 구멍으로 빠져나갔다.

"카론님, 잘 참았어요."

"안 그럼 어떡해. 내가 참아야지."

조금 전 비굴한 마음과는 달리 마치 선심을 쓴 양 거들먹거렸다. 거짓말시키는 게 꺼림칙했지만 투투에게 약점을 잡히고 싶지는 않았다.

"그런데 놈이 나에게 왜 달려든 거야?"

참으로 궁금하다.

"놈은 수컷이었는데 카론님이 하신 울음소리는 '너 참 못났다' 입니다. 일반적으로 갈매기들끼리 결투할 때 쓰는 용어입니다."

"그런 거야?"

"예."

듣고 보니 갈매기가 화낼 만했다.

"둘이 얘기는 잘된 거야? 알은 언제 가져온데? 웬만하면 일주일 뒤, 당일날 가져오는 게 좋은데."

"카론님, 문제가 좀 있긴 한데……."

투투가 내 말을 끊으며 주춤한다.

"무슨 문제?"

"갈매기가 알을 가져오는 데 조건이 있답니다."

"허!"

어이가 없다.

"그놈도 사정이 다 있더라고요."

"갈매기 주제에 무슨 사정이 있어?"

"아무래도 알을 훔쳐야 하니까."

"으음!"

나는 잠시 뜸을 들였다.

"놈의 조건이 뭔데?"

"물고기를 잡아달랍니다."

"얼마나?"

"딱 한 마리!"

"아니, 그놈은 물고기 한 마리도 못 잡는단 말야?"

"그게 아니고 한 번도 먹어본 적이 없는 고기를 잡아달랍니다."

"고래나……."

내가 투투의 눈을 유심히 보았다.

"상어 같은 거?"

눈동자가 심하게 흔들린다.

"갈매기가 알을 가져오면 그런 고기들과 교환을 하잡니다."

"하하."

갈매기 한 마리가 사람 정신을 빼놓는다.

"투투, 그럼 거래가 성사된 게 아무것도 없는 거네?"

나는 멍하니 투투를 쳐다보았다.

"죄송합니다."

"상어나 고래 고기를 먹고 싶다고?"

"예."

"하하하."

웃음밖에 나오질 않았다.

"고기를 구해주면 알을 가지고 오겠답니다. 둥지를 암컷들이 지키고 있어서 알을 빼내기가 쉽지 않다고 하더군요."

"천상 밖에 있는 놈들에게 부탁을 해야겠군."

우리가 여기로 끌려올 때 엮어놓은 마법사의 병사가 떠올랐다. 우리를 데리고 왔던 그놈은 기가 팍 죽어 있었다.

"놈들이 싱싱한 고기를 갖다 줄까요?"

"혹시 살아 있는 걸 말하는 건 아니겠지?"

"팔딱팔딱 뛰는 걸로 준비하라고 하던데요."

"투투!"

소리를 지르지 않으려야 안 지를 수가 없었다. 갈매기랑 대화할 수 있다고 거들먹거릴 때부터 알아봤어야 했다. 이건 갈매기를 부르지 않은 것만도 못하게 돼버렸다. 설령 밖에 있는 간수들이 우리 편이라서 내 말을 잘 듣는다 해도 살아 있는 상어나 고래를 잡아올 정신 나간 놈들은 없었다. 아무리 내가 인상을 쓰고 죽인다고 협박해도 상어나 고래를 잡으러 바다에 뛰어들기는 쉽지 않은 일이었다.

"날개 달린 나쁜 놈."

나는 갈매기를 그냥 보낸 게 약이 올랐다. 갑옷은 그대로 입고 있었지만 이미 팔목에 차고 있던 무기도 빼앗긴 지 오래여서 놈의 모가지를 속 시원히 한번에 내려칠 수는 없지만 입으로 물어뜯기라도 해야 속이 시원할 것 같았다.

쿵!

그때 둔탁한 소리가 들렸다.

"아무도 없다!"

나지막한 소리는 구멍 쪽에서 들렸다.

쿵!

또 한 명이 구멍을 통해 창고로 내려섰다. 그 뒤로도 세 번의 발소리가 더 들렸다.

"이 배가 틀림없어?"

"그래."

슬쩍 둘러본 구멍 쪽에는 다섯 명의 사내가 웅크리고 모여 있었다. 아직은 날이 밝기 전이라서 사내들의 모습을 자세히 볼 수는 없었다.

"돈 많은 마법사의 배란 말이지?"

"크론 경이라는 마법사인데, 루벤스 제국의 벼슬아치래. 그래서 이 배에는 금은보화가 가득하다고 소문이 나 있어."

한 놈이 자신있게 대답한다.

"그래도 마법사의 배라면 위험하지 않을까?"

"들키지 말아야지."

"어서 끝내고 나가자."

"그래."

"마침 우리가 들어온 곳이 창고 같다."

"맞아. 창고야."

"뒤져 보자!"

사내들은 마법사를 두려워하는지 조심조심 창고 안을 돌아다녔다.

우당탕탕!

창고 안을 두리번거리던 사내 하나가 내 다리에 걸려 넘어졌다.

"누구냐!"

놈이 벌떡 일어서며 칼을 들이댄다.

"저, 저는 포로입니다."

나는 겨우 대답을 했다.

"포로?"

어느새 모였는지 흩어져 있던 다섯 사내가 내 주변을 빙 둘러쌌다. 험상궂은 얼굴들이었다.

"그러는 댁은 누군데?"

투투였다. 별로 도움이 안 되는 고릴라였다.

"뭐라고?"

"또 다른 놈이 있는 거 아냐?"

"아닙니다. 저뿐입니다."

나는 놈들의 시선을 나에게 모으려고 했다.

다행히도 주변을 둘러보았지만 어두워서인지 쇠사슬에 둘둘 말려 있는 투투를 보지 못한 사내들은 목소리의 주인공을 나로 착각했다.

"말버릇이 어찌 그러냐?"

"버릇이 돼서요. 그냥 누구신지 궁금해서 여쭤본 겁니다."

"말을 조심해야 오래 살 수 있다."

"죄송합니다. 오래된 버릇이라……."

"나쁜 버릇은 고쳐야지."

"아마 죽어도 못 고칠 겁니다."

나는 작은 소리로 중얼거렸다. 상황 판단 못하고 툭툭 끼어드는 투투의 잘난 체는 그의 존재와 함께 영원히 남아 있을 것이다. 자그마치 천년 동안 몸에 지니고 온 본능 같은 버릇이었다.

"우린 캡틴 써노반의 해적들이다."

놈의 목소리에서 자만심마저 보였다.

"하하… 멋있는 분들이군요."

내 머리가 빠르게 돌아갔다.

"못생긴 놈이 아부는 잘하는구나."

"아부가 아니라 진작부터 해적님들… 그러니까 바다의 왕자님들을 진심으로 사모하고 있었습니다."

"그래?"

"그럼요. 헤헤헤."

최선을 다해 친근한 표정을 지었다.

"생긴 걸 봐서는 거짓말은 안 할 것 같구나."

"그럼요! 태어나서 거짓말을 한 번도 해본 적이 없습니다."

내가 생각해도 심한 거짓말을 너무 쉽게 한다.

"하하하!"

"히히히."

"그놈 우스운 놈이네."

"그러게 말야."

사내들이 아부하는 나를 보며 비웃었다. 그들 뒤편으로, 잘 보이지는 않았지만 투투 역시 놈들과 함께 실실 웃고 있는 듯해서 기분은 별로 좋지 않았지만 고릴라가 산통 깨지 않고 말없이 가만히 있는 것이 오히려 감사했다.

"쉿! 조용히!"

사내 중 하나가 일행을 말렸다. 아무래도 키가 제일 큰 사내가 리더인 듯했다.

"죽으려고 환장했어! 밖에 보초가 있을 거야."

"이크!"

떠들어대던 사내들이 그 사내의 말에 목을 움츠렸다.

"잠깐."

대장은 창고문 쪽으로 걸어갔다. 그는 밖의 상황부터 살폈다. 비록 해적이라도 꽤 주도면밀한 놈이었다.

부하 한 명이 대장에게 바짝 다가갔다.

"조용한데요."

"지키는 놈이 있을 텐데…… 확인해 보자."

"네."

대장과 부하가 뒤로 물러났다.

"꼬맹이."

"저 말인가요?"

나는 얼른 대답했다.

"간수를 불러봐."

"알았어요."

일단 목을 좀 가다듬고 소리를 질렀다.

"험험… 간수!"

밖에서 반응이 없다.

"한 번 더."

"간수! 간수!"

여전히 묵묵부답.

"대장, 아무도 없거나 술에 취해 뻗었거나 둘 중 하나 같은데요?"

"그러게."

문 쪽으로 시선을 주었던 사내들이 한마디씩 하면서 다시 시선을 나에게로 향했다.

"밖은 확인했고…… 이놈은 거치적거리니까 죽여라."

"아직 어린 것 같은데 그럴 필요가 있을까요?"

"네놈들이 우리의 정체를 말했잖아. 나중에라도 마법사가 쫓아오면 어쩔 거야?"

"듣고 보니 그러네요."

사내들의 칼날이 어둠 속에서 반짝 했다.

"꼬마야, 안됐지만 우리 대장이 너를 죽이란다."

"잠깐만!"

"뭐야?"

"대장!"

나는 키가 제일 큰 사내를 불러 세웠다.

"이놈이 감히!"

대장이라는 놈이 천천히 나를 노려본다.

"대장, 참아요."

"말버릇이 없는 놈이잖아."

"어차피 죽일 놈이잖아요."

다른 사내들이 키가 큰 사내를 말렸다. 분위기로 봐서는 놈의 성깔이 보통이 아닌 듯했다. 그러니까 동료들도 나서서 말리는 것이다.

"내 손으로 찢어 죽이마."

"대장을 부른 게 그렇게 잘못인가요?"

"누구도 나를 함부로 부를 수 없다!"

"그렇다면 사과할게요."

"하하하. 꼬마 놈이 눈치만 빠르구나. 하지만 이미 늦었다."

"알았어요. 그렇지만 죽어도 좋으니까 내 말 한마디만 들어주세요."

"시끄럽다!"

막무가내로 내게 다가온다.

쿵!

놈이 한 발을 성큼 내딛자 내 심장이 얼어붙는 것 같았다.

"여기 보물보다 더 귀한 게 있어요!"

나는 다급하게 소리쳤다. 그러나 별 소용이 없었다.

"입부터 찢어주마."

키가 큰 사내는 손을 뻗어 내 입을 잡으려 했다.

"말하는 고릴라가 있단 말이에요!"

절규하듯 소리를 질렀다.

"뭐?"

입 안으로 들어오려던 키 큰 사내의 손가락이 눈앞에서 멈추었다.

"말하는 고릴라가 있어요."

"대장, 고릴라가 뭔데요?"

"원숭이 같은 건데 덩치가 더 크지."

"그럼 원숭이가 말을 한다는 거예요?"

"저 꼬마가 그렇다고 하네."

루벤스 제국에서 고릴라는 흔하지 않았다. 나도 왕립 아카데미에서 배우지 않았다면 콜렉터의 후계자로서 바튼 성에 처음 갔을 때 보았던 털북숭이들의 정체를 몰랐을 것이다.

"믿을 수 없어."

"정말입니다."

"고릴라가 말을 한다면……."

키 큰 사내가 뭔가 골똘히 생각을 한다.

"떼돈을 버는 겁니다."

"그래, 돈을 무진장 벌 수 있을 거야."

"그렇습니다."

내가 대장의 비위를 맞춰주었다.

"말하는 고릴라가 여기 있단 말인가?"

"예."

"어디 있지?"

"저기 있습니다."

나는 턱으로 투투가 있는 곳을 가리켰다.

"……."

사내들의 의심에 가득 찬 눈길이 뒤쪽으로 움직였다.

"오잉?"

"어라?"

"우와! 덩치 한번 크다!"

눈만 보이는 투투를 보며 사내들은 한마디씩 했다.

"고릴라 맞나 확인해 봐라!"

대장이 지시를 했다.

"예!"

사내들이 투투를 감싸고 있는 쇠사슬을 풀기 시작했다.

"꽤 큰데요."

머리 부분의 쇠사슬이 풀려 나갔다.

"고릴라가 맞는 것 같습니다."

"그래? 이놈이 말을 한다는 거지?"

"예, 그렇습니다."

나는 만면에 웃음을 띠며 투투를 바라보았다.

"야!"

대장이 느닷없이 투투를 쿡 찔렀다.

"……."

투투가 지시를 기다리는 듯 나를 쳐다본다. 아까는 잘도 말하더니만 마치 아닌 척 눈만 깜빡였다.

"야! 말해 봐!"

대장은 좀 더 강하게 투투를 찔러댔다.

"저 고릴라는 제 말만 듣습니다."

나는 얼른 투투를 쿡쿡 찌르는 대장을 말렸다. 그냥 말을 해도 되는데 새삼스레 내 지시를 기다리는 투투가 미련하게 보였다.

"그럼 어디 말을 시켜봐라."

"예."

"어서!"

시간이 없는지 곧바로 재촉을 한다. 나는 호흡을 가다듬으며 투투를 바라보았다. 잘하면 여기서 빠져나갈 수가 있을 듯했다.

"착하지… 투투."

나는 고개를 끄덕여서 신호를 주었다.

"예, 카론님."

투투가 금세 내 지시를 알고 말을 한다.

"우와!"

"저, 정말 말을 한다!"

"놈의 쇠사슬을 벗겨봐라."

"예!"

대장의 명령 한마디에 사내들의 손동작이 빨라졌다. 투투의 커다란 몸에 둘둘 말려 있던 쇠사슬들이 풀려 나가기 시작했다.

"사납게 생겼는데 괜찮을까요?"

어둠 속에서도 인상 험악한 건 보이나 보다.

"이봐, 꼬마. 고릴라가 사납진 않나?"

"아닙니다. 아주 착한 놈입니다."

"생긴 건 안 그런데?"

"제가 명령하기 전에는 꼼짝도 안 합니다."

"그런가?"

"직접 확인해 보세요."

"어떻게?"

"마구 패보세요. 그래도 가만히 있을 겁니다. 어릴 적부터 사람에게 저항하지 못하도록 가르쳤습니다."

거짓말도 이쯤이면 상을 줘야 할 것이다.

"어디 한번 확인해 볼까?"

대장이 턱으로 지시를 한다.

퍽!

곧바로 둔탁한 소리가 났다.

"가만있는데요?"

사내 하나가 투투의 머리통을 때리더니 재미있는지 히죽거린다.

"그럼 나도."

또 다른 사내는 투투를 발로 차고 얼굴을 꼬집었다. 아무리 쇠가죽 같은 피부라도 아플 텐데 투투는 잘 참아내고 있었다. 일단 몸이 편해지면 상황은 역전될 것이 뻔했다. 그때 사내들은 자신들이 저지른 일에 대해서 더욱 가혹한 대가를 받을 것이다.

"생긴 것과는 달리 온순한 것 같습니다."

"그럼 나머지 쇠사슬도 벗겨봐라."

"예."

잠시 멈추었던 손길들이 다시 부지런을 떨었다. 그러자 얼마 지나지 않아 투투의 모습이 드러났다. 쇠사슬에 눌려서인지 몸의 털들이 목욕이라도 한 듯 바짝 달라붙어 있었다.

"다 됐습니다."

사내들이 투투에게서 한 걸음 물러났다.

"또 말을 시켜봐."

"이것 먼저 풀어주세요."

나는 묶여 있는 손을 보여주었다.

"에잇!"

칼인지 뭔지 휙 소리가 나더니 내 두 손이 편해졌다.

"투투."

움직임이 편해진 나는 투투에게 다가갔다. 그런데 자세히 보니 투투의 손에 채워져 있는 수갑은 그대로였다. 사내들이 만일의 사태를 대비한 듯했다. 나는 투투의 머리를 쓰다듬으며 계속 눈짓을 주었다. 투투가 내 계획을 알아들었는지 슬쩍 고개를 끄덕인다. 이 시점에서 작전이라야 이 놈들을 이용해 두꺼운 수갑을 풀고 투투가 자유로워지는 것밖에는 없었다. 그러기 위해서는 놈들의 비위를 맞춰가며 서커스 단원들처럼 재주라도 보여야 했다.

"다른 재주는 없나?"

키가 큰 사내가 내 옆으로 다가왔다.

"손이 묶여 있어서 그런데 물구나무서기도 하고 춤도 잘 춥니다."

"시시한데."

"고릴라의 춤이란 게 한번 보면 다시 찾게 될 정도로 멋지고 재미있습니다."

"으음."

대장이 잠시 고민을 한다.

"한번 시켜보죠."

"말하는 것만 해도 큰돈이 되는데 재주까지 있으면 더 좋죠."

부하들이 더욱 안달을 냈다.

"저 고릴라가 정말 온순하단 말이지?"

덩치에 비해서 참으로 의심이 많은 놈이다. 그러니까 해적의 대장 노릇을 하겠지만 놈의 판단 하나하나가 나의 마음을 불안하게 하였다.

"못 믿으시겠다면 저를 인질로⋯⋯."

말이 끝나기 전에 나는 대장의 손에 목덜미가 잡혀 있었다. 섬뜩한 금속이 눈앞에서 아른거렸다.

"이제 고릴라의 손을 풀어줘라."

"예."

투투의 손이 편해지는 데는 그리 오래 걸리지 않았다.

"이제 해봐!"

"투투, 물구나무서기."

"예!"

가뿐하게 거꾸로 선다.

"한 손."

"예."

이번에는 한 손만으로 물구나무.

"노래 부르기!"

"끙!"

버거운가 보다.

"노래도 부르나?"

대장이 신기한 듯 나를 바라본다.

"말도 하는데 노래야 기본이죠."

"좋아. 노래 한 곡 해봐라!"

해적들은 혹시 모를 상황에 대비해서 문에다가 보초를 하나 세워놨긴 하지만 밖의 상황이 안전하다고 생각했는지 고릴라에 대한 주문이 늘고 있었다.

"그럼 춤을 추면서 노래를 부르도록 하겠습니다."

"아무거나 해봐라."

“투투.”

“예, 카론님.”

“이번엔 춤이야. 우싸우싸.”

“알겠습니다.”

드디어 투투의 춤을 볼 시간이었다. 언제 손이 뻗어 나오고 스텝이 놈들을 공격할지 몰랐다. 다만 이제 해적들은 여기서 살아날 수 없다는 사실만 알고 있었다.

흔들흔들!

투투가 스텝을 밟는다.

“후후후.”

“어쭈. 제법이네.”

“생각보다 잘하는데.”

“히히히.”

“이거 돈 되겠어.”

여기저기 폭소가 터지고 대장의 입맛 다시는 소리도 들렸다. 그러나 해적들의 얼굴에서 웃음이 싹 가시는 데는 오래 걸리지 않았다.

퍽!

순간, 긴장했던 내 등판에서 땀이 주르륵 흘러내렸다.

“대, 대장······.”

“어······.”

“머, 머리가··· 없어!”

사내들은 경악했다. 상황을 봐서 나를 잡고 있는 대장의 머리가 박살난 듯했다. 투투의 동작이 얼마나 빨랐던지 바로 앞으로 날아왔을 그의 주먹을 보지 못했다. 아니, 바람이라도 휙 하고 지나갔을 텐데 전혀 느끼지 못했었다.

"커억!"

"으악!"

가을날에 낙엽이 떨어지듯 나머지 해적들도 투투의 춤사위에 제물이 되어 대장의 뒤를 좇았다. 여기저기 널브러지는 그들을 보며 정신을 가다듬었다.

"투투!"

"카론님!"

내가 투투에게 달려가려는데 뒤가 무거웠다.

"에고… 이거 왜 이래?"

"카론님, 놈을 떼어내세요."

"누굴?"

나는 뒤를 돌아보았다.

"우엑!"

속이 거꾸로 뒤집힐 뻔했다. 머리가 잘린 시체가 내 목덜미를 잡고 있었다.

"무지 끈질긴 놈이군요."

투투가 내 곁으로 오더니 머리가 박살 난 해적의 몸뚱이를 우악스럽게 떼어냈다.

"하늘이 우리를 버리지 않는구나."

"모두 카론님의 꽉 짜여진 계획 덕분입니다. 역시 순간적으로 머리 돌아가는 것은 따라갈 사람이 없습니다."

"뭘."

금세 우쭐해진다.

"저는 신의 전령을 믿습니다."

"아무튼 칭찬해 주니 고마워."

마음 같아서는 당장에라도 쳐들어가 놈들을 처부수고 도도를 구하고 싶었지만 크론 경의 마법사들은 그리 만만한 상대가 아니었다. 세상의 누구도 대적할 수 없을 것 같던 로즈 아일랜드를 하룻밤 사이에 무너뜨린 놈들이었다.

갈
매
기
알

시간은 어느덧 일주일이 지나고 있었다. 해적들 덕분에 몸이 홀가분해진 우리는 갈매기를 통하지 않고도 알을 벌써 구해놓은 상태였다. 혹시 경비에게 걸리까 봐 낮에는 묶여 있는 척 가만히 있었고, 밤에만 몰래몰래 움직였다. 결혼 파티가 끝나고 며칠 더 항구에서 머물던 크론 경의 배들이 바다로 나온 지 나흘이 지나 있었다. 창고 구멍으로 들어오는 햇살이 바다 냄새에 절어서인지 꽤 눈살을 따갑게 했다.

"투투, 아직도 화가 안 풀린 거야?"

"그게 어디 쉽게 풀리겠습니까."

"너도 만만치 않았어."

"저는 실수하지 않았습니다."

무지 지루하게 느끼던 일주일을 그나마 심심하지 않게 보낼 수 있던 원동력은 해적들하고 있었던 몇 가지 문제 때문이었다.

"나도 우리가 살려니까 그런 거지."

"평소에 내가 얼마나 미웠으면 놈들에게 패보라고 하겠습니까?"

"그 정도 맞아서는 아픈 거 모르잖아."

"누가 아파서 그렇답니까? 기분이 나쁘다 이겁니다."

말투까지 삐딱하다.

"그렇다고 일주일을 달달 볶아?"

"또 그러지 말라는 법이 없잖아요."

"내가 잘못했다고 사과했잖아."

"카론님을 믿을 수가 없습니다."

"신의 전령을 믿는다며?"

"그거와 이건 전혀 무관한 거죠."

물러설 기미를 보이지 않는다.

"이제 그만 해! 오늘은 아주 중요한 날이야!"

"걱정 마세요, 내가 맡은 일은 잘할 테니까."

여태 몇 달을 봐오면서 한 번도 그런 적이 없던 투투였는데 창고에 갇힌 척하고 있는 게 지루한지 아니면 끓어오르는 성질을 참는 것이 힘든지 계속 퉁퉁거리기만 한다. 오죽하면 내가 먼저 잘못했다고 빌고 말았을까.

키드득, 키드득.

낯설지 않은 소리다.

"갈매기가 왔나보네."

"필요없는 방문객이군요."

"아냐, 나에게 아주 반가운 손님이야."

"……?"

"그놈하고 나 사이에 빚이 좀 있거든."

나는 의미심장한 미소를 지었다.

키드득.

우리가 대답을 안 해서인지 갈매기는 소리를 높였다.

"투투, 어서 들어오라고 얘기해."

"예."

투투가 갈매기 울음소리를 냈다.

"끼룩끼룩."

키드드드…….

갈매기는 기다렸다는 듯이 무척 반가운 모습으로 우리 앞에 날아들었다. 놈의 두 다리에는 새집이 들려 있었다.

키득!

이번에도 갈매기가 나를 못마땅하게 바라보았다.

"히—!"

나는 손에 힘을 주며 억지웃음을 만들었다. 그 모습이 이상한지 갈매기가 고개를 바짝 들고 갸우뚱한다.

킥?

"뭘 그리 쳐다봐!"

로즈 아일랜드에서 배운 것이 있다면 싸움 방법뿐이었다. 비록 짧은 세월 동안 몸에 익힌 거라도 나의 손놀림은 무척이나 빨라져 있었다. 눈앞에 있는 갈매기의 모가지를 낚아채는 데는 전혀 지장이 없었다.

캑!

갈매기 놈이 푸덕거린다.

"몸부림쳐 봐야 소용없어."

끼… 르르.

불쌍한 눈망울로 투투를 바라본다. 그러나 아무 도움도 안 될 고릴라였다.

"감히 네가 나를 발로 찼겠다!"

나는 갈매기를 투투가 묶여 있던 쇠사슬로 친친 동여맸다. 세 번인가 네 번인가 돌돌 말았더니 갈매기가 그 속에 완전히 파묻히고 말았다.

"이놈! 당해봐라!"

"뭐 하시는 거예요?"

투투가 궁금한가 보다.

"이놈을 저 기둥에 묶어줘."

"알겠습니다."

기분이야 어쨌든 내 말이라면 토씨 하나 안 달고 척척 수행하는 고릴라였다. 그는 쇠사슬 끝을 잘 갈무리해서 갈매기를 기둥에 묶어놓았다.

"그리고……."

투투가 다음 지시를 기다렸다.

"투투! 됐어."

나는 투투를 쉬게 한 다음 둘둘 말린 쇠사슬 아래로 갈매기의 발을 빼냈다.

"여기 있다."

물갈퀴가 달린 갈매기의 다리는 매우 가늘었다.

"못쓸 놈의 발!"

응징은 처참한 것이었다.

"카론님!"

나의 의도를 알아챘는지 투투는 놀라며 말리려고 했다.

"이래야 다시는 함부로 발길질을 안 하지."

"그래도……."

나는 갈매기의 두 발을 양손으로 잡은 채 뒤로 벌러덩 자빠졌다. 내가 안 나가도 수레바퀴만큼은 몸무게가 나갈 텐데 몸이 쇠사슬에 묶여 있는 갈매기는 발이 빠지는 고통을 느꼈을 것이다.

쿠륵!!

갈매기는 기절했을지도 모른다.

"발이 안 빠진 것만 해도 다행으로 알아야 해. 내가 힘만 더 줬어도 두 발은 전부 빠졌을 거야."

"꼭 그래야 해요?"

"내가 갈매기에게 얼마나 큰 모독감을 느꼈는지 알아?"

"그럼 아예 한번에 죽이던가."

"뼈저리게 고통을 느끼게 해줄 거야."

나의 응징은 두 번째로 이어졌다.

키륵.

소리도 제대로 나오지 않는다.

"히히."

"그렇게 좋아요?"

"너무 좋아 배가 아플 지경이다."

"치!"

우리가 갈매기를 사이에 두고 설전을 벌이는 동안 창고 밖이 소란스러워졌다.

"놈들이 왔다!"

"알을 잘 챙기세요."

"걱정 마!"

우리는 일주일 동안 짜놓은 계획에 들어갔다.

"팔뚝 한 번 더 점검하고요."

"그래."

나는 양팔을 위아래로 펼쳤다 접었다를 해보았다. 경쾌한 금속성이 들려왔다.

척! 척척척!

아무 이상이 없었다.

"좋습니다."

쇠사슬이 풀렸던 투투가 제일 먼저 한 일은 빼앗겼던 내 무기를 찾아오는 것이었다. 다행히도 삼두용이 주었던 칼은 다른 창고에 아무렇게나 방치되어 있어서 쉽게 가져올 수 있었다. 이 세상의 어떤 방어구도 뚫어버릴 수 있는 강력한 칼이었다.

척척척!

"여기서도 틈만 나면 연습을 계속했으니까 내 움직임이야 문제없지. 이제 도도만 구하면 돼."

"그 무기의 성능을 놈들이 알았다면 기절할 겁니다."

투투가 엄지손가락을 치켜세운다.

"어서 놈들을 끌어내라!"

두꺼운 나무 문이 열리고 여러 명의 병사가 들어왔다.

"어라?"

"고, 고릴라가 없다!"

창고로 들어서자마자 병사들은 덩치 큰 쇠사슬 뭉치 대신 기둥에 묶인 작은 덩어리를 본 것이다. 작은 덩어리 아래에는 갈매기 다리가 있으니 얼마나 놀랐을지는 짐작이 가고도 남았다.

"놈들을 찾아라!"

병사들이 소리를 지르며 경계의 눈빛으로 일제히 칼을 뽑아 들었지만 그들에게 허용된 동작은 거기까지였다. 투투의 동작 하나로 네 명의 병사가 그 자리에서 고꾸라졌다.

털썩!

빛보다 빠른 속도로 죽음을 맞이한 놈들에게는 비명조차 허락되지 않았다.

"이놈이 대장인가 봅니다."

"그래."

얼굴에 칼자국이 있는 병사는 다른 세 놈과는 달리 제복을 입고 있었다.

"잠시만."

투투가 폴리모프라는 변신 마법을 사용하자 금세 험악한—투투보다 더 험악하게 생긴 인간은 없겠지만—얼굴로 변하였다.

"가자!"

"예, 카론님!"

"무슨 일이 있어도 도도를 구해야 해."

"물론입니다."

우리는 새롭게 의지를 다졌다. 조금 전까지 토닥거리며 삐쳐 있던 모습은 이미 사라지고 없었다. 단 하나 놈들의 손아귀에서 도도를 무사히 데리고 나와 탈출할 생각만으로 둘의 머리 속에 가득했다.

"조심해야 해."

"카론님, 혹시 실수할지 모르니까 이제부턴 저에게 말 걸지 마세요."

복도를 지나 선상으로 올라가며 투투가 주의를 준다.

"알았어."

나는 품속에 숨겨둔 갈매기 알을 최대한 감싸 안고 있었다. 잘못해서 깨지기라도 한다면 우리 계획은 또 한 번 수포로 돌아가게 되는 것이다.

"어서 오게, 스메드 가의 천재 도련님."

선상으로 올라가자마자 크론 경이 나를 반긴다. 일주일 만에 보는 그의 얼굴은 꽤 밝아져 있었다. 오늘은 그에게도 기다리고 기다리던 날이었다.

"하하! 마법사도 잘 지냈는가?"

내가 큰 소리로 웃으며 호기를 부렸다.

"아직 기가 살아 있군."

"기죽을 일이 뭐가 있어?"

"이 시간 이후에도 그랬으면 좋겠군."

"그건 걱정 말고, 레코만 왕자에게는 아무 소식도 없나?"

"……."

만면에 웃을 띠던 마법사가 잠시 인상을 쓴다.

"연락이 있었나 보네."

"그래."

짧고 퉁명스럽게 대답을 한다.

"뭐라 하던가?"

"잠시 살려두라고 하더군."

"것 봐."

나는 의기양양하게 마법사를 바라보았다. 그러나 속으론 잔뜩 긴장하고 있었다. 얼른 도도를 구해야 했다.

"어차피 너는 콜렉터의 증거로만 쓰이는 거야."

"그때까진 귀족에게 말이나 높여주지, 마법사 양반!"

"이……."

크론 경의 얼굴이 일그러진다.

"알은 낳았던가?"

내가 선수를 쳤다.

"오늘은 아직 확인해 보지 않았다. 어젯밤까지는 없었다."

"알을 낳는다는 일주일 후가 바로 오늘이야."

"후후. 그러니까 너를 불렀지."

"왜 나를 불러? 혼자서도 잘 알면서?"

일부러 튕기는 척을 했다.

"약속을 어기면 어떻게 되는지 보여주려고."

"하! 웃겨."

"뭐야? 이놈이!"

마법사의 얼굴에서 기분 좋았던 흔적이 없어졌다.

"고릴라는 잘 있습니다."

칼자국사내로 변신한 투투가 나를 가로막고 나섰다. 그가 보기엔 너무 불안했나 보다. 마법사의 심기를 건드려서 좋지 않을 거란 판단일 것이다. 하지만 나는 다르게 생각하고 있었다. 사람은 흥분할수록 빈틈을 많이 보이게 된다.

"누가 물어봤어!"

마법사가 투투에게 꽥 소리를 지른다. 그는 그만큼 화가 많이 나 있었다.

"아, 아닙니다."

투투가 엉거주춤 꼼짝 못하고 물러서며 나를 걱정스럽게 쳐다보았다.

"어차피 마법사 자네는 나를 못 죽여."

나는 여유를 보이려고 일부러 느리게 말했다.

"이놈이!"

크론 경이 천천히 손을 든다.

"레코만 왕자가 잔인하긴 해. 어릴 적이었는데 궁궐에서 기르던 강아지가 짖어서 자기의 잠을 깨웠다고⋯⋯."

나는 슬쩍 마법사를 바라보았다.

"그 불쌍한 놈을 벽에다가 못질을 해놨었지. 그 정도는 별거 아니지만."

"꿀걱!"

마법사 주변에 서 있던 놈의 부하 중에 한 명이 긴장했는지 침을 삼켰다.

펑!

겁이 많게 생긴 부하는 침 한 번 잘못 삼킨 죄로 나에게 쏠렸을 파이어 볼을 몽땅 맞고 뒤로 날아갔다.

"크론 경도 왕자의 지시를 잘 따르는 게 좋을 거야. 삼두용이 당신의 자식이 되기 전까지는 그를 이기지 못해."

나의 한마디 한마디에 마법사는 이를 갈았다. 그러나 내가 이죽거리며 신경을 건드려도 그는 꼼짝할 수 없었다. 이미 한번 떨어진 왕자의 명령은 그에게는 곧 법일 것이다.

"끄응!"

마법사의 능력이 아무리 뛰어나다고 해도 기사를 이길 수는 없는 법이었다. 루벤스 제국에는 왕자를 따르는 유능한 기사들이 헤아릴 수 없을 정도로 많았다. 루벤스 제국에 있는 우리 친구들도 한때는 그를 존경했었다. 왕자가 자신의 영욕을 위해 우리의 믿음을 이용하기 전에는 다음 시대를 이끌 훌륭한 지도자로 인정하고 따를 것을 맹세했었다.

"그래도 함께 있던 정을 생각해서 내가 확인해 주지."

"흥! 고맙군."

"고맙긴."

"이리로 와!"

크론 경은 나를 도도가 있는 선실로 데려갔다. 우리가 올라왔던 층계하고는 반대쪽 복도로 걸어가자 많은 방문들이 즐비하게 늘어져 있었다. 그중 문 앞에 화살 표시를 해놓은 방으로 나를 먼저 밀어 넣더니 마법사가 뒤따라 들어오려고 한다. 내가 얼른 그를 제지했다.

"나 혼자 들어간다."

우리 계획을 위해서는 당연한 수순이다.

"뭐야?"

역시 신경질적인 반발을 보인다.

"도도를 안정시키려면 나 혼자 들어가야 해. 혹시라도 알을 낳았다면 신경이 예민해졌을 수도 있어. 무슨 일이 벌어질지 모른다고."

"나를 속이는 거 아니지?"

"궁금하면 자네 엄마에게 물어봐."

"엄마?"

"여자는 아가를 낳으면 우울증이라는 거에 걸리기도 하지."

"네가 그걸 어떻게 알아?"

"배웠으니까 알지."

나는 마법사를 뚫어지게 바라보았다.

"크론 경, 걱정 말게."

"으음!"

의심의 눈초리가 더욱 번뜩였다.

"알만 확인하고 나올게."

"좋아."

깐깐하게 나오던 내가 한발 물러난 듯 보이자 크론 경이 고개를 끄덕였다.

끼이익!

아무렇지 않게 문을 열고 들어서는 나의 가슴은 무섭게 뛰고 있었다. 일주일 전에 보았던 모습이 자꾸 눈에 어른거려 도도를 만나기 전부터 눈시울이 뜨거워졌다.

"도도."

문을 닫고서 방 안을 둘러보았다.

"……."

조용하다.

"나야, 카론."

다른 선실과 크게 다르지 않은 평범한 구조의 작은 방은 문의 오른쪽으로 침대, 왼편에는 책상이 자리 잡고 있었다. 침대는 기다란 휘장으로 가려져 밖에서는 안을 볼 수가 없었다.

"도도."

나는 침대로 걸어가 휘장을 들춰냈다.

"사, 살려줘."

까만 옷의 가냘픈 여자는 침대 모서리에 머리를 박은 채 앵무새처럼 살려달라는 말을 반복해서 읊조렸다. 겁에 질린 눈가에는 파르르 경련이 일어나고 있었다.

"도도!"

얼굴은 살이 쪽 빠져 안쓰러웠고 머리칼도 엉망으로 뒤엉켜 있었다. 마법사 놈은 한 번도 도도를 살피지 않은 듯했다. 그놈은 오로지 알에만 관심을 가지고 있었던 것이다. 얼마나 울었는지 까만 눈물 자국들로 더럽게 변해 버린 도도의 얼굴이 애처로웠다. 그래도 나에게는 너무도 사랑스런 여자였다.

"도도, 이제 괜찮아."

"살려줘."

"나야, 카론."

"살려줘."

도저히 참을 수 없어 눈물을 흘렸다. 그러나 언제까지 슬픔에 젖어 가만히 있을 수만은 없었다. 우리에겐 그리 시간이 많지 않았다.

"정신 차려야 해!"

나는 도도의 어깨를 잡고 흔들었다.

"살… 려줘!"

"도도!"

"살…….'

도도는 덜덜 떨기만 한다. 그녀는 전혀 나를 알아보지 못하고 있었다.

철썩!

두려움에 초점없이 흔들리던 눈동자가 멍하니 나를 쳐다본다. 손바닥이 아픈 만큼 내 가슴도 저려왔지만 입술을 꾹 깨물고 강하게 밀어붙였다.

"도도! 정신 차려! 정신 차리라니까!"

"카, 카론?"

"응. 이제야 내가 누군 줄 알겠어?"

"카론… 흑흑흑!"

도도가 나를 알아보더니 설움에 복받쳐서 울음을 터뜨렸다. 그동안 마법사 놈들이 얼마나 그녀를 못살게 굴었는지 알 수가 있었다.

"나쁜 놈들, 그냥 두지 않겠어!"

"마법사들이 나를 죽이려고 해."

"도도, 걱정하지 마! 나한테 다 생각이 있어. 너도 나를 믿지?"

나는 주먹을 불끈 쥐어 보였다. 그녀에게 확신을 주기 위해서다. 이런 위기 상황일일수록 남자는 강한 모습으로 여자에게 믿음을 줘야 한다.

"카론."

역시 믿음직스러운 모습을 보이자 도도가 내 품으로 기대어왔다.

"도도."

오랜만에 안아보는 도도였다.

쩍!

뭔가 박살 나는 소리가 내 가슴에서 들려왔다.

"아차!"

분위기를 너무 잡았나 보다.

"갈매기 알!"

나는 얼른 도도를 밀쳐 냈다. 갑작스러운 나의 행동에 그녀가 눈만 깜빡이며 놀란 표정을 짓는다. 좋았던 분위기가 싹 가라앉았다.

"카론도 나를 미워하는 거야?"

"아냐."

"그런데?"

"도도, 이거."

두 개의 갈매기 알 중에 하나는 깨져 있었다.

"알이잖아?"

"내 말 잘 들어야 해. 그래야 여기를 빠져나갈 수 있어."

"응."

"이 알을 도도가 낳은 것처럼 해야 해."

"내가?"

"그래, 마치 삼두용의 알을 도도가 낳은 것처럼 말야."

도도가 이해한 듯 고개를 끄덕인다.

"누가 아빠인데?"

"크론 경이라는 마법사 놈을 사랑해서 낳은 것처럼 해야 해."

"마법사 말이야?"

"그래."

"싫어!"

도도가 일언지하에 거절한다. 의외의 행동이었다.

"도도, 그렇게 해야 살 수 있어."

"전에는 내 몸을 팔아서 목숨을 건지더니, 이번엔 내 마음을 팔라는 거야?"

"지금은 그런 거 따질 때가 아냐."

"아무튼 나는 싫어."

"도도!"

나는 예상치 못한 사태에 당황할 수밖에 없었다.

"죽는 한이 있어도 그렇게는 못해."

"왜?"

"내가 사랑하는 사람은 하나야. 그 사랑을 배신하고 싶지는 않아."

"제라드 말이야?"

"그래!"

조금 전까지만 해도 침대 구석에서 정신까지 놓고 벌벌 떨던 도도가 아니었다. 예전의 모습을 다시 찾은 것 같아 안심이 되기도 했지만 이런 시점에서 여전히 제라드를 잊지 못하는 그녀가 괜히 야속하기도 했다.

"알은 낳았나?"

언제 들어왔는지 내 뒤로 크론 경의 목소리가 들려왔다. 그는 부하 몇 명하고 함께 방으로 들어서고 있었다. 그중에는 칼자국사내로 변신한 투투도 끼어 있었다.

"밖에서 기다릴 수가 있어야지."

"그, 그래."

순간, 도도와 한참 실랑이를 벌이던 나는 가슴이 철렁했다.

"내 아내가 알을 낳았는가?"

"으… 응."

"정말?"

크론 경이 깜짝 놀란다.

"여기 있네."

"어, 어디?"

내가 보여준 갈매기 알을 반색으로 맞이하던 마법사의 얼굴이 점차 일그러진다.

"내가 방에 들어오니까 자네 아내께서 막 알을 낳으려고 힘을 쓰고 있더군. 그래서 잠시 지켜보고 있었지. 내가 보았던 알 중에서 최고로 건강한 알이야."

나는 시치미를 떼고 연기하였다.

"이게 삼두용의 알이란 말이야?"

마법사는 믿을 수 없다는 표정이다.

"자네 아내에게 물어보면 되잖아."

"도도, 정말인가?"

알의 엄마가 돼버린 도도는 벌써부터 오금이 저린지 털썩 주저앉아 있었다.

"저… 저……."

대답도 못하고 쩔쩔맨다. 오래전부터 숙명처럼 내려온 마법사와 삼두용의 악연은 너무 일방적으로 마법사가 우위에 있었다.

"어서 말해라!"

크론 경이 도도를 다그친다.

"흑흑흑."

도도가 멍청하게 눈물부터 흘렸다. 어쩌면 그게 오히려 나을 수도 있었다.

"마법사 양반."

나는 조용히 크론 경을 불렀다.

"왜?"

신경질적으로 대답을 한다.

"아무리 하찮은 짐승이라도 아기를 낳으면 축복을 받아야 하는 거야. 아마 자네 같은 별 볼일 없는 신분도 태어났을 때는 온 동네가 떠들썩하게 파티를 했겠지? 그리고 아까도 말했지만 여자가 아이를 낳으면 극도로 예민해져서 조그마한 자극에도 민감한 반응을 보여. 도도 역시 마찬가지이고."

"······."

마법사가 아무 말 없이 질질 짜고 있는 도도를 쳐다보았다.

"모르겠으면 자네 엄마에게 물어보라고 했잖아."

"우리 엄마는 20년 전에 죽었어!"

내가 하도 약을 올리니까 참을 수 없나보다.

"오늘같이 좋은 날 화를 내다니 아빠답지 않군."

실실 웃어가며 크론 경을 달래고 있었지만 훌쩍거리는 도도를 보는 내 마음은 찢어질 듯 아파왔다.

"이봐, 크론 경."

"말해!"

"화를 내면 아가가 놀라요."

"이······."

어쩔 줄 몰라 한다.

"그 알은 삼두용의 자손이야. 세상을 지배할 자네의 아이이기도 하지."

"이 알이 나의 자식이란 말이지?"

마법사가 갈매기 알을 이리저리 둘러보았다.

"그래."

목숨을 걸고 시치미를 뗐다.

"생긴 건 갈매기 알과 똑같은데……"

알의 아빠(?)는 고개를 갸웃거린다.

"세상에 존재하는 알이란 게 크기만 다르지 모양은 거의 비슷하지 않나. 잘 키우도록 해. 삼두용은 알에서 부화할 때 처음 본 사람이나 동물을 부모처럼 주인으로 섬기니까."

"알았네."

"그리고 산모는 여기 있으면 정신적으로 더 불안해져서 안 될 것 같아. 알을 낳은 게 신기할 정도야. 그 이유는 자네가 더 잘 알지? 이제 알도 낳고 했으니까 당분간은 우리가 있는 창고에서 쉬게 해주고 싶네."

나는 도도를 빼돌릴 생각을 하였다.

"엄마가 있어야 부화하는 거 아닌가?"

"삼두용은 태어나면서부터 자생이야. 그러니까 세상에서 눈을 뜰 때 처음 보는 사람을 부모로 아는 거지. 자네가 잘 품고 있으면 되는 거야."

이쯤이면 나도 거짓말에 대해서는 타의 추종을 불허할 것이다. 내가 생각해 봐도 어찌 이리 말이 술술 잘 풀려 나오는지 신기할 정도였다.

"좋아. 하지만 만에 하나 이 알이 거짓이라면 너희들의 목숨은 없는 줄 알아!"

"그렇게 말을 해도 못 알아듣네."

나는 기죽지 않고 마법사의 말꼬리를 잡았다. 그것만이 내가 기죽지 않았다는 것을 보여주는 길이고 우리의 연극이 진짜처럼 보이는 방법이었다.

"뭐야?"

"레코만 왕자!"

마법사도 미칠 지경일 것이다. 한두 번도 아니고 성질 한번 내려면 잊지 않고 왕자 이름을 들먹이니 이보다 환장할 노릇도 없었다.

"알은 언제 부화하지?"

"점점 커지다가 몇 개월 후면 부화한다."

"몇 개월이라……."

"부화하는 순간 자네는 세상을 지배할 수 있는 거지."

나는 마법사의 욕망을 부채질해 주었다.

콕콕!

마법사가 들고 있던 갈매기 알에서 소리가 났다.

"어라?"

손바닥에 올려놓으니까 좌우로 흔들거린다.

"이런!"

나는 속으로 철렁했다. 커다란 낭패였다.

"알이 벌써 부화를 하는데?"

크론 경이 나를 쳐다본다.

"그러게."

갈매기 알은 조금씩 쪼개지고 있었다. 새끼가 나오려는 것이다. 아니, 어디서 구해와도 저런 알을… 갈매기 알은 더욱 심하게 움직였다.

"카론, 어떻게 된 거지?"

"글쎄, 솔직히 나도 삼두용에 대해서는 아는 게 별로 없어."

"아는 척 잘난 체는 다 하더니?"

"삼두용에 대해 내가 조금 더 알고 있을 뿐 자세히는 나도 몰라."

발뺌을 하고 있었지만 등줄기에 식은땀이 흘러내렸다. 알이 깨지고 갈매기 새끼가 나온다면 우리는 이 자리에서 죽음을 면치 못할 것이다. 이번만은 레코만 왕자의 이름도 통하지 않을 것이다.

콕콕콕.

알은 점점 안에서부터 깨져 나가고 있었다.

"후후… 놈이 아빠를 빨리 보고 싶었나 보네."

의심을 품고 알을 바라보던 크론 경이 오히려 만족한 웃음을 보인다. 그는 어찌 됐든 얼른 결과를 보는 것이 제일 큰 바람이었다.

콕콕콕!

갈매기 알은 점점 커다랗게 구멍이 생겨갔다. 벌써 그 안으로 노란 털이 보이고 있었다.

"오잉?"

마법사의 얼굴이 묘한 표정을 짓는다.

"왜 그런가?"

"삼두용에게 부리가 있던가?"

"부리라니."

"머리도 하나밖에 없는 것 같네."

"그럴 리가……."

상황이 다급하게 변하고 있었다.

"이게!"

마법사가 드디어 눈치 챈 듯했다. 그는 부화가 덜 된 갈매기의 알을 손으로 으깨어 버렸다.

"이, 이놈이 나를……. 죽여 버린다!"

"잠깐!"

마법사의 분노를 제지할 방법이 없었다. 내가 할 수 있는 방법은 투투를 바라보는 것뿐이었다. 칼자국사내가 입술을 깨물었다.

"이놈!"

화가 머리끝까지 치밀어 오른 크론 경의 얼굴은 어느 몬스터보다 무서운 것이었다. 분노에 찬 그는 손을 들어 나부터 없애려 했다. 그의 두 눈에서 시퍼런 안광이 쏟아져 나왔다.

펑!

나는 눈을 감고 말았다.

"커억!"

그때 크론 경이 갑자기 내 앞으로 고꾸라졌다. 그의 뒤쪽으로 원래 모습으로 돌아온 투투가 버티고 서 있었다.

"모두 죽어!"

투투의 번쩍이는 손짓에 같이 있던 마법사의 부하들이 짚단 넘어가듯 쓰러졌다. 누구도 고릴라의 손길을 피할 수는 없었다.

"네, 네놈은?!"

크론 경이 겨우 목소리를 흘렸다. 그러나 그의 모습은 처참해져 있었다. 거의 무방비 상태에서, 그것도 뒤에서 당한 공격이라 꼼짝하지 못하고 당한 것이다.

"천 년을 살면서 오늘처럼 치욕스러운 적은 없었다."

투투가 무겁게 입을 열었다.

"커억!"

크론 경이 한 움큼의 피를 토해냈다. 내상이 심한 듯했다.

"상대를 뒤에서 공격하는 것은 용사로서 불명예스러운 짓이다."

"후후. 그래서 미안하다는 말인가?"

"네놈이 비록 로즈 아일랜드 식구들의 철천지원수이기는 하지만 이렇게 끝내고 싶지 않았다. 내가 죽든 네가 죽든 끝장을 보려고 했는데……."

투투의 얼굴에 아쉬운 빛이 스쳐 간다.

"쿨룩쿨룩!"

하얀 수염의 늙은 마법사는 괴로운 표정을 지었다.

"투투, 시간이 없다. 어서 도도를 데리고 떠나자!"

"예, 카론님."

투투가 크론 경을 바라보았다.

"네놈을 살려주마. 만일 살아서 다음에 만난다면 진정한 승부를 가려 보자!"

"후후… 살려주는 건가?"

"안 돼, 투투! 저놈을 살려두면 나중에 후환이 있을 거야!"

"이번만은 저 소원을 들어주십시오."

"투투!"

나는 잠시 투투를 바라보았다. 그의 눈에는 강한 뜻이 담겨 있었다.

"카론님, 용사답게 싸우고 싶습니다."

"그 마음은 안다. 하지만 저놈이 살아 있는 한 도도는 영원히 반쪽일 뿐이야."

"……."

투투는 입술을 깨물며 아직도 떨고 있는 도도를 바라보았다.

"마법사 코넬프가 존재한다면 카투마의 유언을 지키기 힘들 거야."

"말로야 제가 카론님을 이길 수가 있겠습니까?"

내가 선뜻 응하지 않자 투투의 심기가 좋지 않은가 보다.

"그럼 내 뜻대로 할게."

"만일 크론 경을 이 자리에서 죽인다면 저는 더 이상 용사로서 싸울 수 없을 겁니다."

"투투는 내 명령만 따르겠다고 했다. 용사가 되고 안 되고도 내 명령 에 따라 결정되는 거야."

나도 물러서지 않았다. 마법사의 존재는 그만큼 앞날에 중요한 사안이 었다.

"후후. 뚱보는 나를 죽일 생각이군."

"그래!"

"쿨룩쿨룩!"

한편으로는 불쌍하기도 하다. 세상을 지배할 욕망을 갖고 있던 위대한 마법사였던 그가 한순간에 일개 폐인으로 전락해 있었다.

"카론님 뜻대로 하십시오."

투투가 도도를 업었다.

"그래."

"저 먼저 가 있겠습니다."

"어디로?"

도도를 업은 투투가 선실을 빠져나가고 있었다.

"우리가 잡혀 있던 창고로 오세요. 거기서 바로 탈출할까 합니다."

"알았어."

"크론 경, 다음엔 못 볼 것 같아 유감이군."

"쿨룩… 그러게."

투투가 크론 경의 곁을 지나 밖으로 나갔다.

쿵!

문 닫히는 소리에 감정이 실려 있었다.

"크론 경, 금방 끝내주지."

"내가 이렇게 죽다니……."

"하늘의 뜻이라고 생각하게."

마법사가 눈을 감는다.

휘이익! 떼구르르…….

내 소매가 잠시 출렁이자 마법사의 하얀 머리가 피로 얼룩져 발 아래로 떨어져 굴렀다.

"가먀."

불현듯 아내들의 모습이 떠오른다. 우여곡절 끝에 너무 싱거운 복수가 되고 말았다. 앞으로 어떠한 고난이 우리를 기다리고 있을지는 모르지만 크론 경을 없앤 것은 대단히 잘한 일었다.

'장애물은 수단과 방법을 가리지 말고 없애야 해.'

나는 마법사의 머리를 바라보며 내 자신을 달래고 있었다. 용사가 어쩌고 남자가 어쩌고 비겁하니 겁쟁이니 손가락질을 한다고 해도 이번 결단은 분명히 훌륭한 선택이었다.

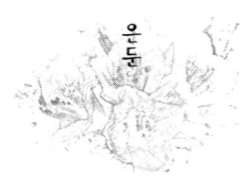

　멀리 육지가 보였다. 우리를 태운 배가 나흘 동안 항해해서 도착한 곳이 어디인지 알 수는 없었다. 나는 지도를 보며 대충 거리를 따져 보았지만 감이 잡히지 않았다. 다만 우리가 이전에 머물렀던 항구 도시 랑스에서 그리 멀지 않은 곳일 거라는 짐작만 할 뿐이었다. 국경을 넘어 동제국으로 가지는 않았을 테니까 엔트란스 제국의 해안선을 따라 위치한 '폴라이스'나 '감바오' 정도의 작은 항구일 것이다. 랑스에서도 집이 있는 유스레오까지 꽤 먼 거리였는데 한시가 급한 우리로서는 결코 좋은 일은 아니었다.

　"너무 아래로 내려온 거 아닌가?"

　"……."

　내가 크론 경을 없애고 다시 창고로 돌아왔을 때부터 지금까지 그리 많은 시간이 흐른 것은 아니었지만 투투는 아무 말도 하지 않고 있었다. 도도 역시 넋 나간 사람처럼 멍하니 앉아 있었다.

"투투, 뭐 해?"

"갈매기에게 부탁 하나 하려고요."

"무슨 부탁?"

"끼룩끼룩!"

투투는 대답 대신 갈매기 소리를 내었다. 쇠사슬로 기둥에 묶여 있던 갈매기는 멀쩡하게 바닥에 내려와 있었다. 놈은 나의 시선을 피하며 몸을 돌렸다. 처음 봤을 때보다 다리가 약간 길어진 듯했다.

"저 해안에 숨을 곳이 있는지 알아봐 달라고 했습니다."

"으음!"

퉁명스럽게 대답하는 투투를 바라보며 마음이 무거웠다.

"끼룩끼룩!"

키드득키드득!

투투와 갈매기의 울음소리가 몇 번 더 오고 가더니 날개 달린 몹쓸 놈이 창고의 구멍 쪽으로 절뚝거리며 걸어갔다.

푸드드득!

거우 날갯짓을 해서 구멍 위에 앉는 폼이 아직도 나에게 당한 응징의 여파를 지니고 있는 듯했다.

획!

갈매기가 갑자기 나를 노려보았다.

찌리리리!

싸늘한 전율이 전해져 온다. 하지만 그런 위협이 통할 나는 이미 아니었다. 아무거나 손에 잡히는 것을 집어 들었다. 묵직한 나무통이 잡혔다.

"뭘 봐!"

투투 때문에 쌓인 감정까지 함께 던졌다.

우당탕탕!

묵직한 나무통은 한 치의 오차도 없이 정확하게 갈매기가 앉아 있던 구멍 아래를 강타했다.

캑!

나에게 한 번 당한 적이 있던 갈매기가 외마디 소리를 지르더니 눈도 마주치지 않고 쏜살같이 어디론가 날아갔다.

"저놈이 또 조건을 제시했어?"

"예."

간단하게 대답한다.

"무슨 조건인지 말하면 안 돼?"

"……."

"투투!"

더 이상은 참을 수가 없었다.

"그러지 마!"

나는 이곳으로 와 처음 입을 연 도도를 바라보았다.

"도도."

"갈매기가 불쌍하잖아."

"뭐?"

도도는 아직도 제정신을 못 찾고 있었다.

"카론… 갈매기를 야단치지 마. 이미 멀리 날아갔지만 갈매기는 아직도 마음이 아플 거야."

도도가 멍하니 나를 바라본다.

"하—!"

무엇부터 풀어 나가야 할지 난감했다.

"카론님, 우선은 이곳을 빠져나가야 합니다."

투투는 기계적으로 말하고 있었다.

"이런 기분으로 우리가 같이 다닐 수 있겠어?"

"그런 얘기는 일단 여기를 탈출한 다음에 하셔도 됩니다. 벌써 놈들이 눈치 챘을지도 모릅니다. 마법사가 너무 오래 보이지 않으면 의심할 수도 있습니다."

"후―!"

별로 말하고 싶지가 않다. 그동안 숱하게 힘든 일을 겪어왔어도 이겨낼 수 있었던 건 끈끈한 정 때문이었다. 비록 셋이 티격태격 다툴 때도 많았지만 위기 상황에서는 항상 일심동체로 움직였었다. 하지만 지금은 아니었다. 우리의 목표가 이루어질 때까지 같이 다녀야 하기에 이 상태는 그냥 넘어갈 수는 없었다. 서로 마음이 멀어져 있는데 명령만 가지고는 뜻을 이룰 수가 없을 것이다. 모든 관계는 수직이 아닌 수평일 때 서로의 힘이 되기 때문이다.

"투투."

"예."

"마법사를 죽인 거에 대해서는 내가 사과하지."

투투의 마음부터 어루만져 줘야 한다.

"그러지 않아도 됩니다."

"그럼 화를 풀던가."

"화가 나서가 아닙니다."

"이것도 저것도 아니면 내가 어떻게 해야겠어?"

답답할 지경이다.

"카론님, 시간이 없습니다."

"말 돌리지 마!"

"도도님은 제가 업고 뛰어내리겠습니다. 카론님은 제 뒤를 따라오십시오."

"투투!"

"먼저 갑니다."

투투는 자신이 할 말만 하더니 바다로 뛰어내렸다.

풍덩!

어이없기도 하고 화가 나기도 하고 미묘한 감정이 올라왔다. 그래도 우선은 이곳을 빠져나가는 게 급선무였다. 하지만 일단 자리만 잡으면 가만두지는 않을 것이다. 잠시 투투가 뛰어내린 구멍을 바라보고 있던 나는 창고문을 두들기는 소리에 정신 번쩍 들었다. 벌써 놈들이 우리의 탈출을 알아챘나 보다.

"어서 문 열어!"

"안에서 잠겨 있습니다!"

밖에서 서로 주고받는 소리가 들린다.

"그만 가봐야겠군."

절실히 원하던 탈출인데 별로 내키지 않으니 우스웠다. 하지만 그렇다고 놈들에게 잡힐 수는 없는 노릇이었다.

풍덩!

요즘 들어 바닷물이 짜다는 사실을 수없이 경험하고도 매번 빠질 때마다 새삼 느끼고 있었다. 솔직히 짜다는 표현보다는 쓰다는 말이 맞을 것이다. 정신이 번쩍 드는 것은 기본이고 위 속에 음식물까지 올라올 지경이다.

"푸하!"

"여기 매달리세요."

투투는 내가 뛰어내리기를 기다리고 있었다.

"카론."

바닷물에 젖은 검은 머리를 쓸어 넘기며 도도가 웃는다.

“도도.”

“물이 너무 좋아.”

“나도 좋아.”

도도의 밝은 모습을 보며 입술을 깨물었다. 마법사 앞에서 서럽게 울던 그녀의 모습이 잔상으로 남는다.

“시간만 있었으면 마법으로 공간 이동했을 텐데 어쩔 수 없습니다.”

“어쩔 수 없는 일인데 일부러 설명할 필요 없어.”

변신 마법을 사용한 후 다른 마법을 펼칠 만한 힘을 비축하기에는 시간이 너무 짧았다. 공간 이동이나 변신 마법은 최고의 레벨이었다. 그만큼 충분한 마나의 양이 필요했다.

“이런!”

투투가 배 쪽을 보더니 인상을 찌푸린다.

“놈들이 벌써 쫓아왔어?”

“예.”

“창고문을 부쉈나 보군.”

내가 바다로 뛰어들 때 밖에서 창고문을 두들기던 놈들이었다.

“잠시 숨을 들이키세요.”

“응.”

물속으로 몸을 숨기려나 보다.

“도도님도 숨을 크게 들이키세요.”

“알았어.”

도도가 얌전하게 대답을 한다.

“하—압!”

나와 도도가 양껏 숨을 들이키자 투투는 지체없이 물속으로 들어갔다. 그리곤 마치 길을 알고 있는 것처럼 거침없이 앞으로 헤엄쳐 나갔다.

톡톡!

물속으로 꽤 긴 거리를 나가면서 숨이 막히는지 도도가 투투의 등을 두들겼다.

"푸하!"

다시 물 밖으로 나와보니 육지가 바로 눈앞에 보였다. 저 멀리서 수십 척의 작은 보트가 이리로 다가오고 있었다. 마법사의 병사들이 우리를 잡기 위해 출동한 것이다. 산 너머 산이라고 또 한 번 도망쳐야 할 상황이었다.

"투투! 어서 피하자!"

"예!"

육지로 올라온 나는 방향을 잡기 위해 잠시 두리번거렸다. 우리는 북쪽으로 가야 할 것이다. 태양이 걸려 있는 반대쪽으로 발걸음을 옮기려 했다. 하지만 투투가 그 자리에 서서 목청을 가다듬었다.

"끼룩끼룩!"

갈매기를 부른다.

키드득키드득!

약속이나 한 듯 갈매기에게서 금세 화답이 온다.

"뭐라는데?"

"잠시 기다리랍니다."

여전히 퉁명스럽다.

"얼마나?"

"금방 올 겁니다."

투투가 나와 도도를 해안가의 바위 뒤로 몸을 숨기게 했다. 아직은 멀리 있지만 작은 보트들은 점점 가까이 다가오고 있었다. 맑은 하늘에 새파란 바다가 절묘하게 이루어진 해안은 놈들의 보트만 빼면 너무 아름다운 곳이었다.

"천하의 투투가 갈매기 따위에게 의지하고……."

나 역시 말이 좋게 나올 리 없었다. 받은 만큼 주는 게 사람인 것이다.

"싫으면 기다리지 않으셔도 됩니다."

또박또박 말은 잘한다.

"갈매기… 보고 싶어."

도도는 갈매기가 보고 싶은가 보다. 그녀가 나에게 미소를 짓는다.

"투투, 하나만 묻자."

"사적인 일이라면 일단 자리부터 잡고 말씀하시죠."

"그건 나도 투투랑 같은 생각이야. 다른 게 아니고……."

"도도님 말씀이군요."

비록 우리 사이가 서먹해졌어도 투투는 내 마음을 잘 알아주었다.

"그래. 도도는 언제까지 저럴까?"

"큰 충격 때문인데 워낙 강한 분이었으니까 조만간 제정신을 찾을 겁니다.

"후—"

투투는 희망스런 말을 했지만 나는 도도만 보면 가슴이 답답했다.

키드득키드득.

"갈매기가 왔습니다."

하얀 날개가 시원스레 우리 앞으로 내려앉았다.

"시간없으니까 빨리빨리 해."

"알겠습니다."

투투가 다급하게 갈매기를 맞이한다.

"끼룩끼룩."

키드득키드득.

몇 번을 만나서인가 둘 사이가 꽤 친해 보였다. 하지만 갈매기는 나에게 단 한 번도 시선을 주지 않았다.

"갈매기야."

키드득.

"나는 네가 좋아."

도도는 어느새 투투와 갈매기 사이에 끼어들었다. 그녀는 오래된 친구를 만난 것처럼 행복한 표정으로 갈매기를 쓰다듬었다. 결과적으로 나만 외톨이가 되어버린 것이다.

"이쪽으로 반나절만 가면 동굴이 나온답니다."

"씨… 적들의 눈에 띄지 않는 곳이 아니면 소용없어."

가뜩이나 갈매기까지 나타나서 내 심기를 건드리니 말도 곱게 안 나왔다.

"가보면 알겠죠."

투투가 일어서며 앞장을 섰다. 갈매기가 가르쳐 준 동굴로 가기 위함이었다.

"만일 동굴이 사람들 눈에 잘 띄는 곳이라 숨을 만한 장소가 못 되면 여기서 걸어간 발자국 수만큼 갈매기를 패줄 거야."

"입구가 바다 속에 있어서 사람들은 알지 못한답니다."

내가 퉁퉁거리자 투투가 갈매기를 변호해 준다. 그렇다고 한 번 빗나가기 시작한 내 심기가 똑바로 가지를 않았다. 곧바로 비아냥거리며 한마디 뱉어줬다.

"치… 갈매기는 바다로 날아다니나 보지?"

하늘에만 사는 놈이 언제 바다 속을 들어가 봤다고 동굴 입구 운운하는지 웃기지도 않았다. 도도하고 친한 척하는 모습은 더욱 가관이 아니었다. 볼을 비비고 뽀뽀에 포옹까지… 그냥 두고 보자니 머리 꼭대기로 열이 치솟는다.

"야! 그만 안 꺼져!"

나는 도도의 품에 안겨 있는 갈매기의 뒤통수를 후려쳤다.

픽!

짧은 모가지가 휘청한다.

"카론, 그러지 마."

도도가 금세 울상이 된다.

"거짓말쟁이 놈!"

나는 갈매기에게 쌍심지를 돋웠다.

"아닙니다. 보통 갈매기들은 고기를 잡으려고 물속으로 다이빙을 하죠."

"그래?"

생각해 보니 배운 적이 있는 듯했다.

"동굴은 호른이 먹이를 잡다가 우연히 발견했답니다."

"호른이 누군데?"

"갈매기 이름입니다."

"캬!"

기가 막혀 웃음도 안 나온다. 한낱 미물인 주제에 그럴듯한 이름까지 가지고 있는 게 괜히 배알이 뒤틀렸다.

"떠돌이 갈매기인데 여행을 좋아한다는군요."

"별……!"

"로맨스도 많았답니다."

"씨!"

내가 씩씩거리는 모습이 재미있는지 투투는 얘기의 강도를 높이고 있었다.

"호른의 조건이 뭔지 아십니까?"

"뭔데?"

우리가 숨을 곳을 찾아주는 대가로 얻은 상품이 무엇인지 정말로 궁금했다.

"인간 친구를 갖는 겁니다."

"갈매기가 주제 파악을 못하는군."

"그래도 친구 하나 생겼으니까 우리 거래가 성립되었겠죠."

"갈매기랑 친구 하는 멍청한 인간이 누군데?"

"하하. 잘 둘러보십시오."

마법사를 죽이고 처음 듣는 투투의 웃음소리였다.

"설마……."

나의 시선은 자연히 도도에게 향하고 있었다.

"맞습니다. 도도님과 호른은 이미 친한 친구가 되어 있네요."

"이……."

드디어 폭발하려고 한다.

"야!"

나는 갈매기의 모가지를 잡았다.

캑!

모진 고문 탓인지 그 이후로는 나를 무서워하는 갈매기였다. 눈가에는 벌써 슬픈 애원이 담겨 있었다.

"카론!"

도도까지 울먹거린다.

"좋은 말 할 때 빨리 꺼져!"

내가 주먹을 들어 갈매기의 부리에 갖다 댔다.

"여기입니다."

옥신각신하며 걸어오는 동안 어느새 목적지에 도착했다. 우리가 있던 해안가에서 멀지 않은 곳이었다. 사방은 기암절벽으로 둘러싸여 있었다. 마치 로즈 아일랜드의 '갈매기 절벽' 같은 분위기였다. 어디를 둘러봐도 동굴로 보일 만한 흔적은 없었다.

"놈들은 어디까지 쫓아왔지?"

나는 바다 쪽을 바라보았다. 놈들의 작은 배는 이제야 해안에 도착하려 하고 있었다.

키드득키드득.

우리가 물속으로 들어가려 하자 갈매기가 배웅을 한다.

"웬만하면 다음에는 보지 말자."

갈매기를 험악한 눈초리로 한 번 훑어봐 주곤 바다로 들어갔다. 도도와 투투도 하얀 날짐승과 작별 인사를 하더니 내 곁으로 다가왔다.

"가시죠."

투투가 앞장서서 우리를 이끈다. 얼마 지나지 않아 동굴의 입구를 찾을 수 있었다. 산호로 뒤덮인 바위 틈새로 들어가자 위로 올라가는 물길이 있었다.

"푸하!"

우리가 물속에서 머리를 빼낸 곳은 의외로 환한 곳이었다. 햇빛이 들어오거나 횃불이 꽂혀 있지는 않았지만 영롱한 비취색의 온통 동굴 안을 비추고 있었다.

"와! 예쁘다."

도도가 탄성을 지른다.

"불이 없는데도 꽤 밝네요."

투투 역시 신기한가 보다. 섬에서 천 년을 산 고릴라가 아는 게 있을 턱이 없었다.

"야명주 때문이야."

"그게 뭔데?"

어쩐 일로 도도가 궁금증을 갖는다.

"나도 여행 갔다 온 친척 분 덕분에 딱 한 번 본 적이 있는데 동제국에서만 있는 빛나는 돌이야. 그 돌만 하나 가지고 있으면 밤에라도 어디든지 갈 수가 있지."

"동제국에만 나는 돌입니까?"

"응. 루벤스 제국에서는 보기 힘든 귀한 것이지."

말을 하면서도 뭔가 개운치 못하다.

"결론은 여기가 동제국이란 말이네요?"

"동제국이라고?"

당연한 결과인데 얼른 인정이 되지 않았다.

"야명주가 동제국에서만 난다면······."

"그, 그렇군."

항구 도시 랑스에서 떠난 배가 동제국으로 향했으리라고는 상상을 하지도 못했다. 아무리 상인들이 오가며 물물 교환을 한다고는 하나 공식적으로 몬스터를 닮은 사람들의 제국은 루벤스 제국의 엄연한 적대국이었다. 더군다나 레코만 왕자를 추종하던 크론 경 이하 마법사들이 동제국과 교류를 한다는 것은 수상한 일이 아닐 수 없었다.

"투투, 아직도 기분이 안 좋은 거야?"

정리할 것부터 정리해야 했다. 의심스러운 문제들은 나중에 풀어도 상관이 없었다. 어차피 레코만 왕자를 만나게 되면 다 알게 될 일들이었다.

"하하하… 많이 좋아졌습니다."

동굴로 오면서부터 투투의 웃음소리를 들을 수 있었다.

"마법사를 죽인 건 내가 사과할게."

"카론님은 잘못한 거 없습니다."

의외로 잘 풀린다.

"나에게 화났던 거 아냐?"

"그럴 리가 있겠습니까?"

"정말?"

"카론님은 저의 주인이십니다. 화를 내거나 무뢰한 짓은 할 수가 없습니다."

목소리도 맑은 게 풀리긴 많이 풀렸나 보다.

"조금 전에 보니까 전혀 그렇지 않은 것 같던데?"

내가 장난스레 웃어 보였다. 투투가 밝으니 너무 좋았다.

"하하… 순간적으로 카론님이 미웠던 건 사실입니다. 내 마음을 너무 몰라주니까요. 그런데 여기로 오면서 생각해 보니 꼭 그런 건 아니더군요."

"미안. 어쩔 수 없는 선택이었어."

"훌륭한 선택이었습니다."

"그래?"

무거웠던 마음이 한순간에 가라앉는다.

"제 개인적으로는 결코 용납할 수 없는 결과였지만 카투마님의 유언을 지키고 로즈 아일랜드를 다시 세우기 위해서는 잘하신 겁니다."

"이해해 주니 고마워."

"다만……."

투투의 얼굴이 다시 어두워진다.

"다만… 뭐?"

"우리의 목표가 이루어지는 날, 저는 용사의 길을 접겠습니다."

"투투!"

"뒤에서 공격하는 것은 비겁한 짓입니다."

단호하다.

"그거야말로 어쩔 수 없었잖아."

"용사는 명예를 걸고 삽니다. 그걸 어겼을 때는 이미 용사로서 자격을 상실한 겁니다."

"그럼 나도 용사가 되기는 틀린 거군."

"아닙니다. 카론님은 콜렉터니까 상관없습니다."

"콜렉터는 용사가 아냐?"

"당연하죠. 무조건 살아서 먹이들을 보내야 하니까 용사하곤 별 상관이 없습니다."

"그래도 투투에게 배웠잖아."

"용사에게 배웠다고 다 용사는 아닙니다."

허심탄회하게 얘기를 하다 보니 마법사가 내 손에 죽은 이후 투투가 보였던 행동에 대해서 이해할 수 있었다. 역시 대화만큼 문제점을 해결하는 데 좋은 방법은 없었다.

"아무튼 카론님이 저의 마지막 제자가 되겠군요."

"그런가?"

정감 어린 눈빛이 오고 간다.

"훌륭한 제자가 되기를 바랍니다."

"투투를 생각해서라도 꼭 그럴 거야."

나의 선택으로 인해 다시는 투투의 싸움 모습을 볼 수 없다고 생각하자 괜히 마음이 찡했다. 물론 앞으로 우리의 뜻을 이룰 때까지는 레코만 왕자와 몇 번의 격전이 더 있을 테지만 이미 용사이기를 포기하는 투투였다.

"카론님, 마음 고생 시켜서 죄송합니다."

"아냐."

나는 투투의 손을 잡으며 도도를 바라보았다. 투투의 문제가 걱정했던 것보다 의외로 쉽게 풀리면서 모든 걱정은 까만 옷의 예쁜 여자에게 쏠렸다. 솔직히 달라진 모습이 더 애처롭고 여성스러웠지만 예전의 모습이 더 그리운 건 내가 그녀에게 길들여졌기 때문인지도 몰랐다. 아무튼 도도의 잃어버린 정신을 되찾는 일이 시급한 문제로 부상했다.

"카론님."

투투가 신중하게 나를 부른다.

"왜?"

"당분간은 여기서 지내야 할 것 같습니다."

"여기서?"

느닷없는 제안이다.

"도도님도 그렇지만 카론님의 실력으로는 지금 레코만 왕자와 싸운다 해도 별 뾰쪽한 수가 없을 겁니다. 여기서 머물면서 실력을 더 키워야 합니다."

"그럼 여기서 나머지 수업을 하자는 거야?"

나는 동굴을 둘러보았다.

"하하. 그렇습니다. 나머지 공부를 해야 합니다."

나머지 공부라는 말이 우스운가 보다.

"하지만 이곳……."

"그래야 진정한 콜렉터가 되지 않겠습니까?"

투투가 내 말을 끊는다.

"맞아, 맞는 얘기야. 그래도……."

투투의 말이 전적으로 일리가 있었다. 그러나 장소가 마음에 들지 않았다. 전체적으로 축축한 분위기의 동굴은 현재 우리가 앉아 있는 제법

넓은 광장을 중심으로 다섯 개의 갈래 길이 보였다. 큼직한 야명주가 웅덩이, 우리가 나온 물에 반사되어 각 길마다 비취색으로 영롱하게 흔들거리고 있었다. 금세 유령이라도 튀어나올 듯 음산했다. 내가 제일 싫어하는 분위기였다.

"콜렉터의 증표가 아직 있습니까?"

"증표?"

잊고 있던 장미 모습의 금반지가 떠올랐다.

"콜렉터 반지."

"잠시만."

나는 순간적으로 목으로 손이 갔다. 반지를 줄에 끼워서 목걸이를 만들었었다.

"있습니까?"

"아, 아니⋯⋯."

도망 중에 잃어버린 듯했다.

"으음!"

"어떡하지?"

안타까웠다. 스메드 가의 증표를 잃어버린 건 중요하지가 않았다. 그건 나중에 다시 만들 수 있었다. 하지만 콜렉터의 반지는 제라드와 도도, 그리고 투투와 삼두용과 함께했던 로즈 아일랜드의 추억이 담긴 소중한 물건이었다.

"괜찮습니다."

"그래도⋯⋯."

장미 반지가 없다면 진정한 콜렉터가 아닌 것이다. 괜히 우울한 생각이 들었다.

"저는 마지막 콜렉터에게 반지가 있기를 바랐을 뿐입니다. 이제 그 반지도 다시는 보지 못하겠군요."

"이스턴 대륙에 살던 콜렉터가 있잖아."

"그들도 로즈 아일랜드가 사라지면서 다 죽었습니다. 콜렉터들은 운명적으로 카투마님과 함께 죽게 돼 있습니다. 그렇게 따지면 카론님은 진정한 콜렉터는 아닙니다."

"투투 말을 들으니까 괜히 섭섭하네."

"하하. 카론님은 위대한 신의 전령이십니다. 그깟 콜렉터와 비교가 되겠습니까?"

"후후."

웃고 말았다. 콜렉터가 되어서 세상의 여자들에게 전부 복수하려던 계획은 우여곡절을 겪으면서 많이 변절돼 있었지만 계획대로 콜렉터가 됐다고 해도 로즈 아일랜드와 운명을 같이했다면 한 명의 여자에게도 복수를 못하고 죽었을 것이다.

"반지에 대해서는 더 이상 미련두지 마십시오."

"그래, 어차피 잃어버린 거."

"카론님은 오로지 도도님과 함께 로즈 아일랜드를 다시 살릴 일만 생각하셔야 합니다."

"알고 있어."

나의 시선은 도도를 바라보고 있었다.

"이곳에 머물러야 하는 또 하나의 이유는 도도님이 제정신으로 돌아오는 것을 기다려야 하기 때문입니다. 도도님은 카투마님의 분신입니다. 제가 모시는 신의 유일한 자손이기도 하고요. 따라서 무슨 수를 쓰든지 도도님을 원래 상태로 돌아오게 할 겁니다."

"그래."

얼른 스메드 가로 달려가고 싶은 마음은 당분간 접어야 했다. 투투의 말대로 아직 내 실력이 모자라는 것도 사실이지만 만일 도도만 없었다면 한 번 정도는 고집을 부려봤을 것이다. 그러나 사랑하는 여인을 위해서라도 이곳에 머물며 때를 기다려야 했다.

"카론님은 식사 조절도 해야 합니다."

"살 빼게?"

"살은 훈련을 하다 보면 빠질 테지만 체력을 길러야 하기 때문입니다."

"뼈도 튼튼하게 해야겠고."

"맞습니다. 다행히도 이곳이 바닷가라 칼슘이 풍부한 생선들이 많습니다."

"맨날 물고기만 먹게 생겼네. 쩝!"

별로 유쾌한 식사거리는 아니었다. 모름지기 음식이란 입맛에 맞아야 하는데 나에게는 육식이 딱이었다. 그러고 보니 로즈 아일랜드에 와서는 제대로 된 식사 한 번 못했던 것 같다. 삼두용과 살 때도 물고기가 주식이었는데… 그래도 아내들은 종종 날짐승이나 바다 짐승의 고기를 내놓곤 했었다. 하기야 그만한 사랑이 또 어디에 있겠는가? 갑자기 콧날이 시큰해진다.

"카론님, 이 동굴에 머물기로 정한 겁니다?"

투투가 재차 확인을 한다. 빈틈이 없는 것도 그의 장점 중 하나였다.

"그래!"

나는 주변을 둘러보며 대답했다.

"잠잘 장소는 저쪽 구석으로 꾸미고 출구가 있는 이 광장은 카론님의 나머지 수업을 위한 수련장으로 만들면 되겠어요."

"그거야 선생님이신 투투 마음대로 하면 되지."

아무리 넓다 해도 로즈 아일랜드에서 보았던 콜렉터들이 수업을 받던

방보다 세 배에서 네 배 정도 클 뿐이었다. 이리저리 따지지 않아도 거기가 거기였다.

"좋습니다."

"또 정해야 할 게 있나?"

"식사는 제가 준비할 거니까 됐고, 침대와 시트도 제가 밖에 나가서 구해오면 되고……."

살림을 차리는 솜씨도 보통이 아니었다. 얼마나 살지는 모르지만 살림살이를 꼼꼼히 챙기는 모습이 그의 성격을 간접적으로 대변해 주고 있었다.

"다 된 거야?"

뭐가 저리도 신나는지 혼자서 난리다.

"예, 다른 것들은 제가 알아서 준비할 겁니다."

"우리야 준비하라고 해도 못하는데……."

현재의 상황 때문에 당분간 이곳에 머물기로 허락한 것은 나였지만 루벤스 제국에 가기 싫었던 모양인지 투투의 얼굴에선 웃음이 떠나지 않는다. 시간이 지나 나의 공부가 완성된다고 해도 계속 여기서 살자고 할 것만 같았다.

"됐습니다."

갑자기 손뼉을 탁 친다. 혼자서 이리저리 왔다 갔다 구도를 잡더니 만족한 듯한 얼굴이다.

"그럼 우리가 첫 번째로 할 일은?"

"동굴 탐사입니다."

당연한 얘기였다. 단 하루를 머물더라도 주변 환경을 챙겨야 한다. 저 다섯 개의 구멍에서 무엇이 나올지 아무도 모르는 일이었다. 만일 위험이 될 만한 몬스터나 기구가 있다면 정리를 해야 했다.

"제가 보기엔 이 동굴에 온 사람이 우리가 처음은 아닌 듯합니다."

투투가 바닥을 손으로 문질러 본다.

"그래?"

나도 투투를 따라 바닥을 문지르고 있었다.

"처음에는 몰랐었는데 바닥도 매끈하고 벽면도 가공을 했는지 반들반들합니다. 야명주가 박혀 있는 자리도 공간의 생김새와 넓이에 조화를 맞추어 빛이 분산되지 않게 했습니다."

"으음!"

경황이 없어서 몰랐는데 다시 보니 투투의 말대로 동굴 안은 자연스럽지 않았다.

"제가 보기에는 육지 쪽으로 나 있던 입구를 막아버리고 바다로 문을 만든 것 같습니다."

"누가 있다는 말이네."

투투는 우리가 나왔던 웅덩이를 살펴보았다.

"그렇지는 않은 듯합니다. 여기 이끼가 많이 자라 있는 걸 보면 사람이든 몬스터이든 오래전에 이곳을 떠났다는 말이 됩니다."

"우리처럼 도망 다니던 사람이 여기 숨었었나 보네."

"그럴지도 모르죠. 확실한 건 한 사람의 솜씨라는 거하고 그 사람의 실력이 대단하다는 겁니다. 대충 봐서는 백 년도 안 된 동굴입니다."

"이렇게 다듬어진 지 백 년이란 말이지?"

"예."

"그 사람은 어디로 갔을까?"

호기심이 발동한다. 궁금증이 생기면 한시라도 참지 못하는 성격이었다. 갑자기 신이 나기 시작했다. 동굴 탐사를 하면 이곳에 대한 비밀은 알 수도 있을 것이다.

"아무튼 조심하십시오."

"빨리 동굴 탐사부터 하자!"

"잠시 이것부터 설치하고……."

투투는 동굴의 여기저기를 다니면서 팔뚝 길이만한 나뭇가지를 수십 개 가져왔다.

"뭐 하게?"

"혹시 있을지 모를 침입자를 막기 위해서요."

언제 챙겨 넣었는지 투투의 품에서 칼이 한 자루 나왔다. 마법사의 배에서 칼자국사내로 변신했을 때 가져온 것일 것이다. 그는 나뭇가지의 한쪽 끝을 뾰족하게 깎았다.

"웅덩이 주변에 설치하려는 거야?"

"눈치 하나는 빠르다니까요."

칭찬인지 놀리는 건지 투투가 미소를 짓는다.

"재미있겠다."

도도는 뭘 알고 웃는지 투투의 손놀림을 뚫어져라 쳐다보았다.

"다 됐습니다."

끝이 뾰족하게 깎인 나뭇가지들이 웅덩이 주변에 빙 둘려 설치가 되었다. 아무것도 모르는 침입자가 웅덩이로 올라왔다가는 온몸에 나뭇가지가 꽂혀 고슴도치가 될 것이다. 마치 산짐승을 잡기 위한 덫 같은 장치였다.

"제가 앞장서겠습니다."

투투가 손을 털며 일어났다.

"왼쪽 동굴부터 시작하자."

"알겠습니다, 카론님."

"도도, 가자."

"응."

"도도님을 절대 놓쳐서는 안 됩니다."

"알았어."

우리는 될 수 있으면 바짝 붙어 동굴 탐사에 착수했다.

"환하니까 좋긴 하네요."

"그러게."

나는 맨 왼쪽의 갈래 길로 들어서며 긴장했다. 입구는 그리 크지 않았지만 안으로 들어가면서는 길이 점점 넓어졌다. 야명주도 일정한 간격으로 박혀 있었으며 벽면이나 바닥도 매끄럽게 잘 다듬은 상태였다.

"꽤 깨끗하네."

"근래에 사람이 다닌 흔적은 없습니다."

"어떻게 알아?"

"벽면이나 바닥에 쌓인 먼지의 두께가 일정합니다."

"먼지라니?"

나는 아무리 살펴봐도 깨끗하기만 했다.

"미세하지만 먼지가 쌓여 있습니다."

인간이 갖지 못한 고릴라만의 동물적인 감각인가 보다. 먼지의 두께는 정신을 집중하고 봐야 겨우 알 수 있을 정도였다.

털컥!

무엇인가 다리에 걸렸다.

"엎드려!"

투투가 도도를 안고 굴렀다.

"아!"

나는 외마디 소리만 질렀을 뿐 그 자리에 멍청히 서 있었다.

휘이익!

양쪽 벽면에서 검은 그림자가 쏟아졌다. 촉 하나가 엄지손가락만한 화살들이었다.

픽! 픽! 픽!

아프지는 않지만 따끔하다.

"카론님! 괜찮습니까?"

화살을 맞은 충격이 채 가시지 않는다.

"그게……."

나는 내 몸에 여기저기를 만져 보았다. 별로 다친 곳은 없는 듯했다. 이 세상에서 내 갑옷을 뚫을 수 있는 유일한 무기는 내 팔목에 걸려 있는 칼뿐이었다.

"역시 신의 전령입니다."

투투가 내 몸을 이리저리 둘러본다.

"뭐, 이 정도야……."

삼두용은 죽었지만 어디서든 나를 지켜주고 있었다. 잠시 아내였던 몬스터를 떠올렸다. 누가 뭐라 해도 나를 제일 사랑했던 아내였다.

"발 밑을 조심하세요."

"알았어."

아무도 없다는 말에 내가 너무 방심했나 보다. 내가 그나마 키가 남들보다 큰 편이라 다행이었지 조금만 작았어도 머리에 화살촉이 꽂혔을 것이다.

"벽에도 손대지 마시고요."

"그래."

"도도님도 아셨죠?"

"응."

철부지처럼 대답을 한다. 도도는 점점 어린아이가 되어가는 듯했다.

이런 식으로 진전이 계속된다면 그녀는 말도 제대로 못하는 유아가 될지도 모르는 일이었다.

"생각해 보니 앞서 여기에 왔던 놈인지 뭔지 무지 괘씸하네."

나는 화살 맞은 것이 약 올랐다.

"하하."

투투가 웃는다. 내가 툴툴거리는 걸 즐길 줄 아는 그였다.

"뭐가 웃겨?"

"우리도 여기 들어오기 전에 침입자를 막기 위해 덫을 설치했잖아요. 아마 이 동굴의 원래 주인도 우리하고 같은 마음으로 침입자에게서 지키려 했을 거예요."

"……."

할 말이 없었다.

"여기가 끝인가 봅니다."

화살 공격을 받은 이후 우리가 조심해서 그런지 길의 끝까지 오는 데도 다른 장애물은 없었다. 오면서 보니까 벽면에 튀어나온 작은 돌이 몇 군데 있었는데 아마 그것들도 무슨 장치였을 것이다. 만지고 싶은 충동을 얼마나 참았던지 손바닥에서 땀이 밸 정도였다. 어디를 가나 이놈의 호기심은 줄어들지 않았다.

"별거 없네."

오면서 긴장한 만큼 볼 것은 없었다. 이 길은 한마디로 목이 긴 술병과 같은 구조였다. 주둥이부터 길게 내려오다가 끝 부분은 널찍하고 평평했다. 이상한 게 있다면 둥근 공간에 책상이 하나 놓여 있다는 것이었다. 마호가니 나무로 만든 고급 책상이었는데, 생긴 것은 평범했지만 매우 큰 편이어서 무슨 수로 여기까지 운반했을까 하는 궁금증을 불러일으켰다. 통로가 좁으니 가지고 들어오지는 않았을 테고 이곳에서 조립한 것 같은데 그런 흔적은 어디에도 없었다. 나무를 자르고 끼우는 연장도 보이지 않았다.

"공부를 좋아했던 사람인가 봅니다."

"틀림없이 변태일 거야."

"예?"

생각지도 못한 말이 내 입에서 튀어나오자 투투가 놀란다.

"이런 곳까지 와서 공부를 하다니 제정신은 아닐 거란 말이지. 분명히 머리 한쪽이 어떻게 됐을 거야."

"공부하기 싫어하는 학생이 보기에는 그럴 겁니다."

"이게!"

"참으세요. 우리가 화해한 게 조금 전입니다."

"이그!"

잘도 빠져나간다.

"이 책상을 뭐에 썼을까?"

투투가 책상을 만지려고 했다.

"잠깐!"

나는 서둘러 투투를 말렸다.

"……?"

"아무래도 이상하지 않아?"

"뭐가……?"

투투는 내 입에서 무슨 말이 나올까 걱정스런 표정이었다.

"전혀 어울리지 않잖아."

"책상하고 친하지 않은 공부하기 싫어하는 학생의 관점입니까?"

"농담하는 거 아냐."

내가 인상을 긁었다.

"하하. 사실 제 생각도 카론님과 같습니다."

"조심해서 살펴보자."

"예."

도도가 벽면을 이리저리 기웃거리는 동안 나와 투투는 책상을 아주 세심하게 다루었다. 자세히 살펴보니 책상에는 서랍이 없었다. 그리고 책상 윗판이 의외로 꽤 두꺼운 걸로 봐서는 몇 겹으로 덮여 있는 듯했다.

"여기……."

책상을 두리번거리던 투투가 윗판을 잡아당겼다.

끼이익!

약간의 탁음이 나며 책상 윗판이 옆으로 빠져나왔다.

"이쪽도……."

투투는 같은 동작으로 책상의 윗판을 뺐다. 이번에는 앞선 것하고 반대쪽으로 길게 뽑혀 나왔다. 예상대로 책상의 윗판은 세 장의 나무판으로 겹쳐 있었다.

"여기서 잠도 잤나?"

양쪽으로 길게 나온 책상의 윗판의 끝과 끝이 길이는 무척이나 긴 것이었다. 공간이 작아 전부 뺄 수가 없을 정도였다. 어른 네 명 정도를 이어놓은 길이였다.

"잠을 자기에는 너무 약하군요."

"어디 한번 볼까?"

나는 투투의 말을 들으며 뽑혀 나온 나무판을 살펴보았다. 꼼꼼히 둘러보면서 새로운 사실을 알아냈다. 책상을 중심으로 날개처럼 양쪽으로 펼쳐져 있는 나무판의 실제 재질은 기름칠을 잘하여 물에 젖지 않게 만든 질긴 종이였다. 그 테두리만 탄력이 좋은 대나무로 둘러져 있었다.

"이렇게 얇은 걸 뭐에 쓰려고 양쪽으로 뽑게 만들었을까?"

"글쎄요."

"책상하고 연결된 부분은 두껍지만 바깥쪽으로 가면서 점차로 얇아지네."

"그렇군요."

"아무튼 여기서 철수하자."

"책상은 어떡하죠?"

"덩치가 커서 가져 나가긴 틀렸잖아."

"그럼 여기서 조립했다는 건데⋯⋯."

투투가 다시 한 번 책상을 살피기 시작했다.

"굳이 들고 나갈 필요는 없잖아."

"웬일이세요."

"뭐가?"

"궁금하면 참지 못하는 분이."

"없어지는 것도 아닌데 나중에 살펴보면 되잖아. 아직도 갈래 길이 네 개나 남았는데 어서 둘러봐야지."

"여기를 빼면 될 것 같은데요."

투투가 손가락으로 한 부분을 가리켰다.

"끼워 맞춘 거네."

"조립식이라서 몇 군데만 손보면 가져갈 수도 있습니다."

"투투는 기어이 책상을 몇 조각으로 분해해서 옆구리에 들었다.

"도도, 가자."

"웅."

이번에는 내가 앞장을 섰고 뒤로 도도와 투투가 따라왔다. 들어올 때처럼 발 밑과 벽면을 조심했으며 곁눈질로 보이는 튀어나온 돌들을 못 본 척 지나치면서 만지고 싶은 충동에 이를 악물어야 했다.

"이 돌들이 전부 함정일까?"

"카론님은 호기심이 너무 많아서 걱정이에요. 모른 척 그냥 지나치면 될걸."

투투가 나의 성격을 꼬집는다. 가만히 있을 내가 아니었다.

"호기심은 자기 발전의 모태야."

"죽은 다음에 발전하면 뭐 합니까?"

"으흠!"

얘기의 흐름을 알고 그 정곡을 콕콕 찔러 상대방의 입을 막아버리는 기술은 투투를 따라갈 자가 없을 것이다. 이럴 때는 투투와 말싸움을 하지 말고 딴청을 하는 게 제일 좋은 방법이었다.

다섯 개의 갈래 길을 다 뒤져 보았지만 특별한 것은 발견하지 못했다. 첫 번째 길에서처럼 나무로 만든 가구들이 각 방마다 있었는데 전부 다른 것들이었다. 어느 방에는 사람 하나 앉을 수 있는 폭의 기다란 나무통이 있는가 하면 동제국 관리들이 쓰는 모자—닭 벼슬처럼 솟아오르고 뒤통수 쪽에 날개처럼 달린 깃이 양쪽으로 꽂혀 있는—비슷한 것도 있었다. 모두 조립을 할 수 있게 돼 있었는데, 우리가 자리를 잡은 광장으로 가지고 나와 이리저리 만져 보았지만 특별한 것은 발견하지 못했다.

"누군지 무지 심심했나 보네."

"분명히 무슨 뜻이 있을 텐데……."

"한 사람의 짓인가?"

"그렇습니다. 방마다 다듬어놓은 솜씨가 다 똑같습니다."

"정말 이상한 사람이군."

다섯 명이 방 하나씩 꾸미면서 나무로 장난감을 만들었다면 모를까 한 사람이 방 하나마다 나무 장식품을 만들었다니 이해가 가지 않았다.

"누군지 한번 봤으면 좋겠네."

"이걸 다 뭐에 쓰려고 만들었을까?"

나와 투투는 그 물건들을 바라보며 서로 다른 생각을 하고 있었다. 상어 고기로 대충 식사를 마치고 도도는 잠이 들어 새근거렸으며 나는 이 동굴을 만든 사람의 성격 파악에, 투투는 다섯 개의 갈래 길에서 가져온 물건들에 대해 고민하고 있었다.

"그냥 만든 것 같지는 않은데요."

"내가 보기엔 심심하니까 각 길마다 다니면서 가구를 하나씩 만든 것 같은데?"

"책상은 알겠는데… 그럼 이건……."

투투가 다시 한 번 가구들을 둘러본다.

"그거야 우리 편한 대로 쓰면 되는 거고. 언제부터 나머지 수업을 할 거야?"

"지금부터라도 당장 해야 합니다."

"스텝부터 밟을까?"

나는 솔선수범해서 일어났다.

"하하. 오래 살고 볼 일이네요."

"천 년 살고도 모자라?"

투투의 말뜻이 뭔지 안다.

"그렇게 하라고 해도 안 하고 놀 궁리만 하던 분이……."

"사람이란 게 항상 같은가?"

"발전하는 모습은 좋은 거죠."

"시간이 없잖아."

"그래도 너무 성급하면 안 됩니다. 어차피 카론님 살부터 정리가 돼야 하니까요."

투투가 손가락을 좌우로 흔든다.

"꼭 마음 아픈 걸 건드려요."

"하하. 자극만큼 좋은 교재는 없습니다."

"얼마나 걸릴 것 같아?"

"여섯 달 정도 걸릴 겁니다."

"그렇게 오래?"

"마법까지 정식으로 배우면 더 오래 걸립니다."

투투는 진지하게 나를 바라보았다.

"알아."

"시간도 시간이지만 목적을 이루는 게 더 중요합니다."

"그것도 알아."

선생님의 말씀은 구구절절 옳았다.

"오늘은 그동안 배웠던 스텝과 손동작을 복습하고 계세요."

"투투는?"

"동굴을 좀 더 살펴봐야겠습니다."

"별거 없던데?"

"아까는 카론님하고 도도님이 있어서 대충 훑어보기만 했는데 저 혼자서 본격적으로 살펴보려고요."

"벽면의 돌도?"

구미가 당긴다.

"예. 관찰한다는 개념으로 전부 둘러볼 겁니다."

"그럼 나도 같이 가."

"안 됩니다."

"나머지 수업은 내일부터 해도 되잖아."

"그거 때문이 아니고 카론님은 도도님을 지켜야 합니다."

까만 머리카락을 가지런히 하고 자는 도도의 모습이 두 눈에 가득 들어왔다.

"그럼 다녀오겠습니다."

투투가 머리를 살짝 숙여 보인다.

"그래."

아쉬웠지만 어쩔 수 없었다. 도도는 이 세상에서 내가 지켜줘야 할 가장 소중한 사람이었다.

"오늘은 무리해서 훈련하지 말고 제 말대로 복습하면서 몸만 풀어주세요."

"알았어."

투투가 손을 들어 보이고는 다섯 개의 갈래 길로 걸어갔다.

"조심해!"

나도 멀어지는 투투에게 당부를 잊지 않았다.

"예, 카론님!"

투투는 또 한 번 손을 흔들어 보이고는 맨 왼쪽 길로 사라졌다.

"아―!"

이곳에 와서 처음 맞이하는 고요였다. 가만히 생각해 보니 여기뿐만 아니라 근래에 들어 처음인 듯했다.

"너무 조용하네."

나는 팔베개를 하고 누웠다. 내 곁에는 항상 투투와 도도가 있어서 나만의 시간을 가진 적이 거의 없었다. 하지만 그새 시끌시끌했던 게 몸에 익숙해졌는지 시간이 가면서 조용한 게 불안하게 느껴졌다. 마치 부모님에게 혼나기 직전 같은 폭풍 전야의 싸늘한 기분이었다.

"험!"

비취색만 넘실거리는 동굴의 침묵을 깨기 위해 헛기침을 해보았다. 그러나 차가운 기운은 쉽게 사라지지 않았다. 오늘따라 곳곳에 위험이 도사리던 바깥 세상보다 아무도 없는 침묵의 동굴이 더욱 무섭게 느껴졌다.

"이제 그만 쉬고 스텝이나 밟아야지."

가만히 있다가는 무거운 침묵에 묻혀 불안감만 더 쌓일 것 같았다.

"아고!"

일어나서 연습장으로 가려다가 작은 발에 걸려 넘어졌다.

"냠냠!"

도도였다. 그녀는 몸만 뒤척였을 뿐 자신의 다리에 내가 걸려 넘어진 것에 대해서 별 반응을 보이지 않았다. 내가 충격받을 정도로 꽤 세게 부딪쳤는데도 잠결이라 그런지 별로 아프지도 않나보다.

"도도."

나는 까만 옷의 천사를 한참 동안 쳐다보았다.

"예뻐."

언제 봐도 사랑스런 여인이다.

'빨리 나아야 할 텐데⋯⋯.'

정신 연령이 어린아이로 변해 가는 지금의 모습도 나에게는 아름다울 뿐이다. 남들이 보면 머리가 모자란다고 손가락질할지 몰라도 천진난만한 도도의 모습은 요즘처럼 미래를 알 수 없는 불안한 날들 속에서 시원한 청량제 역할을 한다. 하지만 점점 변해 가는 그녀의 모습은 분명 아픔이었다.

'영원히 저렇게 지내면 어떡하지?'

그 아픔 속에 깔린 공포와 두려움은 어쩜 그녀가 평생 지고 가야 할 짐인지도 모른다. 삼두용의 자손으로 태어나서 겪어야 하는 고통은 비록 마법사 크론 경이 죽었다고 하지만 계속될 것이다. 또 다른 크론 경들이 그녀를 가만둘 리 없기 때문이다. 오히려 복수를 한다며 더욱 기승을 부릴 것이 뻔했다. 지금은 아무것도 모르고 편히 자고 있지만 마법사의 자손들과 부딪칠 때마다 그녀 내부에 잠재돼 있는 공포는 살아날 것이다. 만일 지금의 상태에서 도도가 마법사 코넬프를 만난다며 그 공포는 더욱 심할지도 모른다. 어서 원래의 강인한 모습으로 돌아와야만 그나마 도망칠 여력이라도 있을 것이다.

"아아악!"

도도가 갑자기 소리를 친다.

"도도!"

깊은 생각에 빠져 있던 나는 깜짝 놀랐다.

"아, 아퍼……."

"도도!"

"살려주세요!"

악몽을 꾸고 있었다.

"나야, 카론!"

나는 얼른 도도의 손을 잡았다.

"아아악!"

비명을 지르며 벌떡 일어난다.

"도도!"

"……."

땀이 범벅이 되어 멍하니 주위를 두리번거린다.

"나야, 카론."

"응… 카론."

"괜찮아?"

"무서워……."

악몽의 여운이 아직 남아 있나보다.

"꿈일 뿐이야."

"꿈?"

"그래, 이젠 괜찮아."

나는 멍하니 앉아 있는 도도의 머리칼을 쓰다듬으며 달래주었다.

"더 잘래."

"그래, 더 자."

"베개."

"으… 응."

얼떨결에 팔베개를 해줬다.

"냠냠."

도도는 내 팔을 베더니 금세 잠이 들었다. 입가에 미소까지 맺힌 걸
보니 악몽 따위는 이미 잊었나 보다.

얼마 만에 도도 옆에 누워보는지 모른다. 그녀를 처음 만나 집으로 돌
아갈 때 이 핑계 저 핑계로 같은 침대를 썼었다. 남자하고 누워서도 아무
런 감정을 느끼지 못하던 그녀를 원망한 적도 있었다.

"후!"

지난 일들이 떠오르자 괜히 웃음이 나왔다.

"눈이 부셨었지."

세상에 태어나서 첫눈에 반한 여자는 도도뿐이다. 그것도 나를 죽이려
고 나타났던 여자였다. 그녀의 사랑이었던 제라드 때문에 마음 고생도
많이 했고 지금도 도도는 그의 그늘에서 완전히 벗어나지 못하고 있었
다.

"혹시?"

어쩌면 도도의 정신이 바뀌면서 제라드에 대한 생각도 잊었을지 모른다. 아니, 틀림없이 잊은 것 같았다. 나를 대하는 그녀의 태도가 전보다 많이 부드러웠다. 그렇다면 이 상태로 도도가 평생을 산다면 나에 대한 저주도 없어질 거라는 생각을 잠시 했다.

"아냐, 아냐."

나는 이내 고개를 흔들었다.

"얼른 정신이 돌아와야 해."

제라드에 대한 사랑도 좋고 나에 대한 저주도 상관없다. 그녀가 제정신을 찾아야만 마법사 코넬프들로부터 그녀 자신을 지킬 수 있었다.

"도도."

미소를 달고 있는 입술이 너무 작고 예쁘다. 빨간 윤곽이 너무 또렷해 보는 것만으로도 정신이 희미해진다.

"사랑해."

마음속에 담고만 있던 말이었다.

"도도야, 사랑한다."

내 말을 알아들었는지 도도가 작게 웃으며 대답을 한다.

"나도 사랑해요."

"후후."

기쁨보다 씁쓸한 기분이 먼저 찾아온다. 꿈속에서 누구를 보고 있을까?

"제라드는 죽어서도 행복하겠군."

"사랑해요."

도도가 중얼거리며 내 품으로 파고든다.

"죽을 때까지 사랑할 거야, 도도. 죽을 때까지……."

나는 도도를 꼭 껴안아주었다. 알지 못할 눈물이 솟아오른다. 언제까지 이런 사랑을 해야 할지 마음이 무겁다. 그래도 그녀만 곁에 있어준다면 행복하다.

스르르 눈이 감겨온다. 오랜만에 그녀의 곁에서 잠들고 싶었다.

꽝!

분위기 망치는 데는 투투만한 인물도 없었다.

"왜 그래?"

나는 놀라 벌떡 일어났다.

"냠냠."

도도는 마음도 편하다. 세상모르고 잠에 빠져 입맛만 다신다.

"투투!"

아무래도 벽면에 붙어 있던 작은 돌을 누른 듯했다. 폭발음의 강도를 봐서는 굉장한 양의 폭약이 장치되어 있었던 것 같았다.

"투투! 괜찮은 거야?"

도도의 머리를 땅바닥에 잘 내려놓은 나는 부리나케 투투가 들어간 맨 왼쪽 갈래 길로 달려갔다. 고릴라의 능력을 알고는 있지만 걱정이 되었다.

휘이잉!

작은 동굴은 화약 냄새가 진동하며 뿌연 연기와 함께 바람이 흘러나오고 있었다. 거대한 폭발의 여파였다.

"콜록콜록!"

안개 같은 연기 속에서 시꺼먼 그림자가 꿈틀거렸다.

"투투! 괜찮아?"

"콜록콜록! 예, 견딜 만합니다."

"다행이네."

"폭발이 나면서 앞쪽의 길이 막혔습니다."

"벽면에 있던 작은 돌은 만진 거야?"

"예, 조심한다고 했는데 그만……."

"투투만 다치지 않았으면 돼."

"말씀만이라도 감사합니다."

투투가 몸을 털며 모습을 보였다.

"알아낸 건 없고?"

"이 상자가 땅속에 있더군요."

"바닥에 말야?"

"카론님이 밟아서 화살이 나온 곳 바로 아래쪽으로 이게 묻혀 있었어요. 그래서 장치가 되어 있을 만한 곳은 다 뒤진 건데 그만 폭탄을 건드리고 말았네요."

투투가 내민 빨간 상자는 소풍 갈 때 흔히 볼 수 있는 가벼운 먹을거리를 담는, 손에 들 정도의 작은 가방만했다.

"뭘까?"

"열어보면 알겠죠."

투투는 상자의 뚜껑을 잡았다.

"카론님은 뒤로 물러나세요."

"알았으니까 어서 열기나 해."

나는 뒤로 물러나며 투투를 재촉했다.

"조심하세요! 엽니다!"

투투가 신중하게 상자의 뚜껑을 열었다.

털컥!

상자는 걱정과는 달리 쉽게 열렸다. 잔뜩 긴장하고 있어서 그랬는지 너무 싱겁게 뚜껑이 열리니까 허무했다. 그래도 큰 사고 없이 상자를 연 것은 다행스런 일이었다.

"이, 이건?"

내용물이 심상치 않은가 보다.

"왜 그래, 투투?"

"이, 이럴 수가……!"

투투가 나를 쳐다보았다.

"뭐냐니까?"

나는 투투가 들고 있던 빨간 상자를 낚아챘다. 그 안에는 언젠가 보았던 빨간 공이 들어 있었다. 그것도 한두 개 아닌 수십 개나 되었다.

"어! 이건?"

"레드 볼입니다."

"맞아! 레드 볼."

작은 공만한 크기의 빨간 물체는 콜렉터들이 먹이를 전송하고 얻는 에너원인 레드 볼이었다. 제라드를 잡았던 날 레드 볼로 그를 약 올리며 통쾌하게 웃은 적이 있었다.

"아무래도 이곳은……."

"콜렉터가 머물던 곳이군."

레드 볼은 콜렉터에게 생명 그 자체였다. 어떤 콜렉터가 이곳에 있었는지는 모르지만 부비 트랩을 설치하여 레드 볼을 지킨 것은 당연한 일이었다.

"좀 더 살펴봐야겠습니다."

"어서 가보자고!"

내가 먼저 앞장을 섰다.

"카론님, 잠시만……."

"왜?"

"오늘은 이쯤 하죠."

투투가 도도를 가리켰다. 그녀가 잠에서 깨어나고 있었다.

"아함—!"

양손을 잡고 머리 위로 기지개를 켠다.

"아직 밝혀진 게 없는데 도도님을 데리고 다니는 건 아무래도 위험합니다. 그래도 안심은 할 수 있을 것 같습니다."

"이 동굴이 콜렉터가 살던 곳이라서?"

"예."

콜렉터가 살았던 곳이라면 우리에겐 제일 편한 곳이 될 수도 있었다. 만에 하나 그가 살아 있다고 해도 문제가 될 것이 없었지만 아마 로즈 아일랜드와 함께 이 땅에서 사라졌을 것이다.

"레드 볼은 사라지지 않았네?"

"콜렉터는 카투마님의 분신이나 다름없었기에 운명을 함께한 거지만 레드 볼은 에너지, 그러니까 사람으로 치자면 음식일 뿐입니다. 주인이 죽는다고 해서 사라지는 건 아니지요."

"레드 볼이 이렇게 많은 걸 보니 꽤나 부지런했던 콜렉터였던 것 같군."

"정말 많이 모았습니다."

"얼마 동안 모은 걸까?"

"한 달에 하나를 먹어야 사는데……."

투투가 레드 볼을 세어본다.

"자그마치 쉰일곱 개나 모았군요."

"와! 그러고 보니 꽤 많은 양이네."

"그런데 아무래도 이상합니다."

투투가 고개를 삐딱하게 돌린다. 동굴의 주인이 콜렉터일지도 모른다며 안심했던 그가 마음에 썩 내키지 않은 구석이 있나보다.

"왜?"

"이걸 다 뭐에 쓰려고 했을까요?"

이해가 되지 않기는 마찬가지였지만 답은 하나뿐이었다.

"그거야 간단하지. 한번에 왕창 모았다가 아프거나 일하기 싫을 때 하나씩 야금야금 먹으려고 저축해 놓은 거겠지."

"으음!"

투투의 얼굴이 갑자기 변한다.

"왜 그래?"

"로즈 아일랜드로 인간 여자인 먹이를 보내고 모아놓은 레드 볼이 아닌 듯해서요."

"그럼?"

"약탈한 것 같습니다."

"빼앗았단 말이야?"

"예."

"어떻게 알아?"

"레드 볼을 보면 거의 비슷합니다. 만일 세월이 걸려 모았다면 조금씩은 다를 텐데 전혀 그렇지를 않아요."

"다 똑같이 생긴 거 아냐?"

"짧은 시간 동안 한꺼번에 얻은 레드 볼입니다."

"도대체 어떻게 다른 거야?"

나는 레드 볼을 두 개 들고 서로를 비교해 보았다. 그러나 내 눈에는 두 개의 레드 볼은 하나의 오차도 없이 똑같아 보였다.

"레드 볼끼리 부딪쳐서 생긴 홈집이 모두 같습니다. 다시 말하면 비슷한 시기에 상자에 넣었다는 것입니다."

"으음!"

투투의 추리가 맞는 듯했다.

"그럼 이 레드 볼의 주인공이 콜렉터가 아닐 수도 있겠네?"

"그렇습니다."

안전했던 분위기가 불안감으로 뒤바뀌고 있었다.

"다시 꼼꼼히 살펴봐."

"알겠습니다."

신중히 따져 볼 필요가 있었다. 좀 더 확실한 증거를 얻어내야 했다. 지금으로서는 눈에 보이는 것은 레드 볼뿐이라 아군인지 적군인지 단정지을 수 없기에 가능한 많은 추리를 해보는 것이 중요했다.

"투투가 보기엔 상자 안의 레드 볼은 얼마 동안 모은 것 같아?"

"흠집이나 색깔의 농도 등을 보면 두 달 안에 모은 듯합니다."

"그게 사실이라면 정말 위험한 인물일 수도 있겠구나."

콜렉터가 먹이를 전송하고 레드 볼을 얻는 것이 결코 쉬운 일은 아니다. 먹이를 유혹하는 방법을 배우긴 해도 실제로는 순수한 사랑을 얻어야만 전송이 가능했다. 사실 여자의 마음을 뺏는 데 한 달밖에 안 걸리는 것도 대단한 실력이었다. 그런데 두 달 사이에 쉰일곱 개라니… 그냥 넘어갈 수 있는 숫자가 아니었다.

"투투도 모르겠어?"

"레드 볼은 제 소관 밖이라서 잘 모릅니다."

고개를 슬슬 가로젖는다.

"그래도 천 년 동안 있으면서 들은 것도 없어?"

"특별한 것이 없습니다."

"에휴! 오늘 밤은 아무 걱정 없이 두 다리 쭉 뻗고 실컷 잘까 했더니 또 틀렸군."

언제쯤이나 세상모르고 푹 잘 수 있을지 확신이 서지 않는다. 그래도 삼두용 옆에서 지낼 때가 행복했었다.

"어차피 둘 중 하나 아니겠습니까?"

"그래, 콜렉터 아니면 코넬프겠지."

이 세상에서 로즈 아일랜드의 전설을 믿는 집단은 그 당사자인 콜렉터와 그들을 쫓는 코넬프밖에 없었다. 나처럼 특별한 사람이 있어서 우연히 전설의 실체를 알게 된다고 해고 정신병자 취급을 받을 뿐 주목을 받지는 못하였다.

"제 생각으로는 콜렉터가 맞을 것 같습니다. 코넬프에게 레드 볼은 전혀 소용이 없는 물건입니다."

"혹시 코넬프가 콜렉터를 잡은 기념으로 모아둔 거 아니겠지?"

"하하. 농담이시죠?"

"아닌데……."

내가 무안한 표정을 짓자 투투가 당황한다.

"레드 볼을 가지고 다니는 콜렉터도 없지만 두 달 동안 전송 중인 콜렉터를 쉰일곱 명이나 잡을 수 있는 코넬프는 없습니다."

"그렇지. 콜렉터가 눈에 잘 띄는 것도 아니고."

"맞습니다."

"하지만 그건 콜렉터도 마찬가지 아닌가?"

"제라드 정도의 경력을 가진 '골드 콜렉터'라면 어느 마을에 어떤 콜렉터가 머물고 있는지 다 알고 있습니다."

"으음!"

백 년을 돌아다니다 보면 모르는 곳도 없겠지만 먹이들의 상황도 체크하면서 하위 콜렉터들의 이동 경로도 자연스럽게 파악할 수 있을 것이다.

"아무튼 일단 잠이나 좀 자놓죠."

"투투의 생각처럼 콜렉터였으면 좋겠다."

"내일 일어나자마자 동굴부터 조사해 보죠. 혹시 단서를 찾을 수도 있을 겁니다."

"오늘 밤을 무사히 보내는 게 먼저겠지."

"하하하."

투투는 걱정도 안 되나보다. 그의 웃음 속에는 자신의 생각에 대한 확신이 있었다. 콜렉터라면 이미 죽었을 테니까 안심하고 있는 것이다.

"그래. 나도 이제 잠이나 자야겠다."

도도 옆에서 자려다가 폭발음에 깜짝 놀라 일어났던 나는 이미 등을 돌리고 누워 있는 투투 옆에 자리를 잡았다.

"잠이 안 와."

도도가 눈을 반짝거리며 쳐다보고 있었다.

"더 자야지."

"많이 잤는데?"

"그래도 더 자야 하는 거야."

나는 도도를 달랬다.

"싫어."

도도가 도리질을 한다.

"드르렁! 드르렁!"

남이야 자든 말든 투투가 코부터 곤다.

"성격은 꼼꼼하다 못해 쫀쫀하기까지 하면서 잠자는 건 만사태평이라니까."

"카론, 나하고 놀자."

"하하… 뭐 하고 놀까?"

나는 도도의 얼굴을 살짝 쓰다듬었다.

"카론이 할 줄 아는 거."

기대에 찬 표정이다.

"글쎄, 뭐가 있을까?"

어릴 적 친구들과 꽤 많이 놀았었는데 무슨 놀이였는지 얼른 생각이 나지 않았다. 그만큼 나이를 먹은 것도 있겠지만 콜렉터가 되기 위해 너무 많은 일들, 다른 것은 생각도 하지 못할 만큼 엄청난 일들이 충격적으로 일어났기 때문이다.

"아무거나 해봐."

"도도는 아는 거 없어?"

"글쎄… 솔직히 하나도 없어."

뜸을 들였다가 말하는 목소리에 힘이 없다.

"어릴 때 놀던 거 없어?"

"없어."

더욱 소리가 작아진다.

앞에 앉아 칭얼거리는 도도가 측은해졌다. 그녀는 어린 시절부터 제사장이 되는 훈련을 받았을 것이다. 놀이나 소풍 따위는 꿈도 못 꿨을 것이 뻔했다.

"가위바위보 하자."

"너무 시시해."

"그냥 가위바위보가 아니고 이긴 사람이 진 사람 꿀밤 때리기 하자."

내 머리에서 재미있는 놀이라고 생각해 낸 것이 고작 이거였다.

"꿀밤……."

도도가 잠시 생각을 한다.

"재미있겠지?"

"좋아."

우리는 가위바위보 놀이를 하기 시작했다.

"가위, 바위, 보!"

첫판은 내가 가볍게 졌다.

"야호! 이겼다."

"자, 때려."

내가 이마를 들이대자 도도의 얼굴에는 금세 환한 미소가 번졌다. 그 모습이 얼만 행복하던지 섬뜩한 기분마저 들었다.

딱!

어쩔하다.

"아후!"

"아파?"

정신 연령은 어린아이로 변했으면서 주먹은 그렇지 않은 듯했다. 너무 아파 눈물도 나지 않을 정도였다.

"빨리해!"

도도가 보채는 걸 보니 무지 재미있나 보다. 그녀가 좋아하는 걸 보면서 아픈 것도 잠시 잊을 수 있었다.

"가위, 바위, 보!"

연거푸 질 확률은 얼마나 될까?

"야호! 내가 또 이겼다!"

"살살 때려줘."

아무리 사랑한다 해도 아픈 건 참기 힘들었다.

딱!

이마를 맞았는데 숨이 막혔다. 아픈 차원을 넘어 머리가 무너지는 느낌이었다.

"아얏!"

"호호호호호."

내가 아파하자 너무 좋아한다.

"카론, 또 해!"

"재미있어?"

"응."

나는 이마를 비비면서 억지로 웃음을 지었다. 이번에도 도도가 재미있
다고 하니 아픈 것이 가시는 듯했다.

"가위, 바위, 보!"

앞이 노랗게 변한다.

"야호!"

무슨 여자가 가위바위보를 이렇게 잘할 수가 있단 말인가?

"또 때릴 거야?"

내가 애원하듯 웃어 보였다. 그러나 도도에게 절대 통할 리가 없었다.

"당연하지, 게임인데."

"그래… 게임."

입술을 굳게 다물며 이마를 갖다 댔다.

뻑!

왜 이런 소리가 들렸는지 알 수가 없었다. 그러나 신기하게도 앞의 두
번과 달리 전혀 아프지를 않았다.

"와!"

도도의 탄성이 들린다.

"아아아……."

점점 아파… 아니, 아려온다.

"카론, 괜찮아?"

"아아아악!"

아무 말도 못하고 앞으로 고꾸라졌다.

"살살 때렸는데."

"뭐? 이게 살살이야?"

나는 이마를 만지며 이마 위에 또 다른 이마가 생긴 것을 알았다. 얼마나 힘껏 때렸으면 내 이마가 반쯤 부풀어 올랐을까. 말로는 들어봤지만 내가 직접 이마가 쑤시는 경험을 해보기는 처음이었다.

"그러게 누가 이런 놀이 하자고 했어?"

"이런 놀이든 저런 놀이든 어째 여자가 봐주는 게 없냐? 세 번 이겼으면 한 번은 봐줘야지."

"흑!"

바로 눈물이 나오려 한다. 조금만 인상을 써도 무서운가 보다.

"아, 아냐, 도도."

"흑흑……."

울음이 터지기 일보 직전이다.

"나도 재미있었어."

"정말?"

그제야 도도의 얼굴이 다시 펴진다.

"도도가 재미있어하니까 나도 좋았어."

"그럼 또 해."

"하하……."

나는 웃음으로 분위기를 바꾸면서 등을 돌려 누웠다.

"자려고?"

도도가 안타깝게 물어본다.

"드렁— 드렁—"

"카론, 벌써 자는 거야?"

"크르렁— 쿨쿨."

더욱 크게 코를 고는 시늉을 했다.

"에이… 재미없어."

나의 연기에 속아 넘어가는 도도를 보며 속으로 웃었지만 손은 이마를 계속 쓰다듬고 있었다.

'아고… 아프다.'

예전에도 이마 맞기 게임을 자주 했었지만 단 세 번 만에 이렇게 망가지기는 처음이었다. 툭 부풀어 오른 이마는 너무 아파 제대로 만질 수도 없었다. 내일 투투가 보면 얼마나 웃어댈지 안 봐도 훤했다.

쾅쾅쾅!

꿈속인가?

"우아아아아!"

천장이 무너지는 건가?

펑!

번쩍 눈을 떴다. 얼마나 잠을 잔 걸까?

"카론님! 피하세요!"

"어?"

꿈이 아니었다. 나는 반사적으로 몸을 날렸다.

"투투, 무슨 일이야?"

두 눈을 비비며 정신부터 차렸다. 그러자 눈앞에 정체를 알 수 없는 시뻘건 괴물체가 난동을 부리고 있었다. 괴물은 마구잡이로 불덩어리를 쏘아대고 있었다.

"저, 저게 뭐야?"

"그게……."

"도도는? 어디 있는데?"

주변을 두리번거렸지만 도도는 보이지 않았다.

"저 괴물이 도도님입니다."

"뭐야?"

"어찌 된 건지 자세한 건 모르겠지만 상자 안의 레드 볼을 다 먹은 것 같습니다."

"이런!"

투투의 말대로 상자 안의 쉰일곱 개나 되던 레드 볼이 한 개도 보이지 않았다. 내가 잠든 사이에 혼자 놀기 심심했던 도도가 다 먹은 듯했다.

꽈꽝!

불기둥이 이리로 날아왔다.

뚱보 도도

괴물에게서 도도의 모습은 찾아볼 수가 없었다. 불길에 휩싸인 것처럼 온통 시뻘건 기운이 일렁거리는 몸은 평소의 도도보다 세 배 정도가 컸다. 거의 나와 맞먹는 덩치였다. 얼굴도 예쁜 것하고는 거리가 먼, 투투에 가까운 험악한 모습이었다. 괴물의 정체가 도도라는 걸 알 수 있는 증거는 어디에도 없었다. 다만 도도가 안 보이고 침입자가 없다는 것뿐이었다.

"아무래도 도도가 아닌 것 같은데?"

나는 고개를 갸웃거렸다.

"카론님, 자세히 보시면 찢어지긴 했어도 까만 옷을 보아 도도님이 맞습니다."

투투의 말대로 괴물을 감싸고 있는 시뻘건 운무 속으로 까만색이 언뜻 언뜻 일렁거렸다. 덩치가 커지면서 찢어진 도도의 옷은 너풀거리고 있었다.

"그런데 저 시뻘건 건 뭐야?"

붉은 안개가 도도를 뒤덮고 있는 듯했다. 마치 로즈 아일랜드를 덮고 있던 짙은 핑크색 안개 같았다.

"몸에서 나오는 것 같습니다."

"마법사들의 마나 같은 건가?"

"마나는 주변의 기를 모아 움직이는 거지만 저건 몸속에 퍼진 레드 볼의 에너지가 땀구멍을 통해서 밖으로 분출되는 겁니다."

"콜렉터도 그런가?"

"예. 하지만 콜렉터들은 미세해서 잘 안 보입니다. 도도님은 지금 너무 많이 먹어서……."

"피해!"

대답도 할 틈이 없었다.

펑!

도도는 발광을 하고 있었다.

"그 많은 걸 어떻게 다 먹은 거야?"

"모르겠습니다."

나와 투투는 도도가 움직이는 방향과 반대로 피해 다녔다. 잘못하다가는 사랑하는 여자의 손에 박살 날 수도 있었다.

"크아악!"

도도가 갑자기 괴성을 지른다.

"저러다가 몬스터가 되는 거 아냐?"

"모르겠습니다."

"투투, 어서 도도를 잡아!"

"알겠습니다."

나는 불안했다. 괴성까지 지르는 도도가 다시는 내 곁에 돌아오지 않을 것만 같은 생각이 들었다. 절대 있어서는 안 되는 일이었다.

"캬악―!"

"도도님!"

투투가 어쩔 줄을 몰라 한다. 잘못하다가는 도도가 다칠 수도 있었다.

"죽어!"

도도의 입에서 저주 섞인 음성이 터져 나왔다.

펑!

강력한 불기둥이었다.

"으헉!"

웬만한 공격에는 끄떡없던 투투가 뒤로 벌렁 넘어갔다.

"투투!"

"……!"

투투가 말을 못하고 놀란 눈으로 도도를 바라보았다.

"괜찮아?"

나는 투투에게 달려갔다.

"도도님이 아닙니다."

"뭐?"

"도도님이 아니에요."

넋 나간 소리를 한다.

"무슨 소리야? 아까는 도도라더니?"

"육체만 도도님입니다."

알아듣지 못할 말만 한다.

"어서 일어나!"

나는 투투를 일으켜 세웠다. 도도의 두 번째 공격이 곧장 날아왔다. 이번에는 미처 피하지 못한 내 등에 맞았다.

펑!

투투를 일으켜 세우던 나는 그의 앞으로 쓰러졌다. 등 쪽의 충격이 몸통을 뚫고 가슴을 때렸다.

"우억!"

울컥 피가 올라온다.

"카론님!"

"괘, 괜찮아."

정신이 혼미했다. 투투의 얼굴이 흔들거란다.

"정신 차리세요!"

"우억!"

또 한 번 피를 토했다.

"카론님!"

투투가 나와 이쪽으로 다가오는 도도를 번갈아 바라보았다. 그의 얼굴에 걱정이 잔뜩 담겨 있었다.

"모두 죽여 버린다!"

도도는 쇠 끓는 소리를 내며 걸어왔다.

"도도."

억지로 뒤돌아보았다. 그녀의 눈빛이 파랗게 빛을 내며 눈동자는 보이지 않았다.

"카론님, 제가 막겠습니다."

투투가 나를 자신의 뒤로 옮겨 앉히며 도도와 맞섰다.

"조심해. 평소의 도도 실력이 아냐!"

"알겠습니다."

투투가 긴장을 한다.

풀썩!

나는 앉아 있을 힘도 없었다. 도도의 공격은 그만큼 위력이 있었다. 그녀의 솜씨가 대단하다는 걸 너무 잘 알고 있었지만 이 정도의 세기는 아니었다. 투투가 뒤로 밀릴 정도라면 그 위력은 대단한 것이었다. 마법사인 크론 경의 공격도 그 자리에서 버텨낸 고릴라였다.

"도도님, 정신 차리십시오!"

투투가 싸움 자세를 취한다.

"크아악! 모두 죽인다!"

고스트에게 홀린 듯 괴성과 함께 같은 말만 되풀이했다.

"도도님이 이러시면 저도 가만히 있을 수 없습니다!"

"크아악!"

"카론님, 무슨 일이 벌어질지 모르니 조심하십시오."

도도가 투투의 경고를 무시하고 점점 가까이 다가오자 투투는 싸울 태세로 나에게 주의를 주었다.

"크아악!"

"에잇!"

둘의 싸움이 본격적으로 시작됐다.

"죽어!"

도도는 빠른 속도로 투투를 잡으려고 했다.

"우싸!"

투투는 요리조리 도도의 손 공격을 피하고 있었다.

"크아악!"

요란한 소리가 울리고 잠시 후 지축이 흔들렸다.

쿠쿠쿠쿵!

동굴의 한쪽 벽이 무너져 내렸다.

"우싸!"

그 와중에 내 귀에 들려온 건 투투의 경쾌한 음성이었다.

평!

투투는 정확하게 도도의 몸통을 공격했다.

"커어억!"

커다란 충격을 받았는지 주춤한다. 이를 놓칠 리 없는 투투였다. 그는 내가 알고 있는 용사 중 최고의 용사였다.

"우싸!"

두 번째 공격은 강도가 더욱 높았다.

"커어억!"

도도는 기어이 무릎을 꿇었다.

"카운터펀치!"

"컥!"

도도의 턱이 위로 치켜져 올라갔다. 투투는 회심의 일격을 먹인 후 바닥에 쓰러지는 도도를 보며 가만히 서 있었다.

"끝난 거야?"

"당장은 못 일어날 겁니다."

"그래도 생각보다 일찍 끝났네."

"도도님이 변신한 괴물은 덩치만 크고 힘만 셌지 머리가 나빴습니다."

"응."

나는 겨우 일어나서 도도에게 향했다.

"괜찮을 겁니다."

투투는 나를 안심시켰다. 내가 도도를 얼마나 좋아하고 있는지는 투투도 알고 있었다.

"그럼. 도도는 절대 다치면 안 돼."

"가까이 가지 마십시오."

"괜찮아."

나는 투투의 제지를 무시하며 도도에게 다가갔다.

"조심하십시오."

"바로 깨어나지 않을 거라면서."

"혹시 모르는 일입니다."

"비켜!"

투투의 걱정을 한 손으로 툭 쳐서 날려 보냈다. 그 손짓에는 도도를 이렇게 만든 투투에게 감정이 실려 있었다.

"도도."

천천히 사랑하는 여자의 옆에 가서 앉았다. 그녀는 기절을 했는지 눈을 감은 채 꼼짝 않고 누워 있었다.

"도대체 뭐가 어떻게 된 거야?"

나는 도도의 머리칼을 쓰다듬으며 울먹였다.

"이건 꿈이야."

상상도 하지 못했던 모습으로 변해 버린 그녀를 보니 저절로 눈물이 나올 지경이었다. 몸에서 피어나던 시뻘건 기운은 없어졌지만 나와 비슷한 덩치로 변해 버린 모습은 그대로 남아 있었다. 거기다가 하얀 살결이 보일 정도로 검은 옷까지 찢어져 엉망이었다.

"옷부터 어떻게 해야겠어."

"제가 구해보죠."

못마땅해하는 나의 말투에 투투가 미안한 표정을 지었다.

"도도, 그만 일어나."

너무 오랫동안 누워 있는 것 같았다.

"죄송합니다."

투투가 내 눈치를 보며 미안해한다.

"죽은 건 아니겠지?"

덜컥 겁이 나서 도도의 가슴에 손을 얹었다.

쿵! 쿵! 쿵!

다행히도 심장은 뛰고 있었다.

"휴우—!"

내가 안도의 숨을 내쉴 때였다.

"손 치워!"

도도였다.

"어헉!"

나는 너무 놀라 뒤로 엉덩방아를 찧었다.

"어디다가 손을 대고 그래! 아함! 잘 잤다."

도도가 한 번 나를 노려보곤 기지개를 쭉 편다.

"도도님, 괜찮으세요?"

투투는 미심쩍은 표정으로 도도를 살폈다.

"그럼, 괜찮지 않고."

"도도님의 정신이 다시 돌아온 것 같은데요."

투투가 뚱뚱해진 도도를 살펴보았다.

"나도 봐서 알고 있어."

조금 전까지 그렇게 발광하며 우리를 죽이려던 도도가 모습은 나를 닮은 뚱뚱이로 변했지만 정신은 말짱하게 돌아와 있었다. 말투도 예전 그대로였고 행동도 둔하긴 하지만 자연스러웠다. 갑자기 난감한 생각이 들었다. 제정신을 찾은 것은 너무 좋은 일인데 변해 버린 몸을 보면 결코 잘된 일도 아니었다.

"도도, 하나만 물어볼게."

"뭔데?"

"몸이 전혀 불편하지 않아?"

"내 몸이 어때서?"

도도가 자기 몸을 둘러본다.

"……."

"……."

나와 투투는 아연 긴장했다. 변해 버린 자신의 몸을 보면, 그것도 여자가 더 안 좋은 상태로 변한 걸 알면 크게 쇼크를 받을 수 있었다.

"으악!"

나의 예상은 딱 들어맞았다. 도도가 뒤로 넘어가 버렸다.

"도도님!"

투투가 놀라며 도도를 흔들어본다.

"놔둬. 기절했어."

"하하……."

"이게 무슨 일이야?"

여기까지 오면서 별의별 일을 다 겪어봤지만 이런 일이 생기리라고는 상상도 하지 못했다.

"아무래도 레드 볼에 문제가 있던 것 같습니다."

"나도 그렇게 생각해."

동굴에 와서 도도가 한 일이라고는 먹는 거와 자는 거, 그리고 레드 볼을 간식으로 해치운 일뿐이었다.

"레드 볼을 모았던 콜렉터도……."

"코넬프일 수도 있어."

내가 투투의 의견을 정리해 주었다.

"코넬프는 레드 볼을 먹어봐야 아무 소용이 없습니다."

투투는 물러날 기미를 보이지 않았다.

"어쨌든 확실한 증거가 없는 한 일방적인 판단은 위험해."

말은 이렇게 하고 있었지만 나도 도도의 변화를 보며 레드 볼을 모은 건 콜렉터가 확실하다고 생각하고 있었다.

"으음……."

도도가 겨우 정신을 차렸다.

"좀만 있으면 원래 네 모습으로 돌아올 거야."

말로만이라도 위로해 줘야 했다.

"…도대체 무슨 일이 있던 거야?"

"하나도 생각이 안 나?"

"응."

"후우―!"

일일이 다 설명한다는 것도 쉬운 일은 아니었다.

"도도님."

"왜?"

대답하는 목소리에 기운이 없다.

"저하고 검술 시합 한번 하시죠?"

"진검 승부?"

"하하… 도도님이 원하는 걸로 하죠."

"좋아!"

도도가 단순하긴 무지 단순한 거 맞았다. 칼 싸움 얘기에 금세 얼굴 표정이 바뀌어 들떠 있었다.

"몸의 어디까지 공격하는 걸로 할까?"

"그것도 도도님이 정하세요."

"머리, 가슴, 발목!"

"좋습니다. 점수는 10점까지입니다."

"호호!"

도도가 자신있게 웃는다.

"간다!"

기다리고 뭐고 없었다. 그야말로 전광석화였다.

쟁!

도도의 선제공격이 투투의 가슴 앞에서 멈추었다. 실전이었으면 즉사할 수 있는 상황이었다.

"1점!"

둘이 검술 시합을 하는 바람에 졸지에 내가 심판이 되었다.

"둘 다 파이팅!"

시합의 규칙은 머리, 정확히는 이마의 정중앙, 가슴의 심장, 발목의 아킬레스를 정확히 공격하면 점수를 얻는다. 만일 공격할 때 다른 부위를 찌르면 실격패를 당하고 상대의 공격을 막지 못해도 패자가 된다.

쟁!

이번에도 도도의 공격이 성공하였다.

"2점!"

빨랐다.

"대단하네. 도도의 실력이 한층 늘었는데."

나는 감탄했다.

쟁!

투투도 밀리지 않고 도도의 머리를 정확하게 공격했다.

"1점!"

검술의 달인들만 할 수 있는 시합이었다.

쟁!

이리저리 움직이면서 정확하게 포인트를 찌른다는 것은 보통 실력이 아니었다.

"현재 3대 1로 도도가 앞서고 있어!"

나는 선수들에게 점수를 알려주었다.

쨍!

속도가 붙으면서 누구의 점수인지 제대로 볼 수가 없었다.

"누구야?"

나는 목을 길게 뽑았다.

"내가 한 점 더!"

도도는 신이 나 있었다.

"이런!"

투투의 낭패한 목소리.

"호호!"

개운하게 웃는 도도.

쨍!

아무래도 투투가 봐주고 있는 듯했다. 로즈 아일랜드에서 제일 가는 용사는 단연 고릴라였다. 그런데 쪼그만, 아니, 지금은 나만한, 아무튼 어린 여자 아이한테 저렇게 쩔쩔맬 리가 없었다.

"10점!"

어느새 시합이 끝나는 소리가 들렸다.

"도도님, 대단한데요."

"뭐… 투투가 봐줘서 그렇지."

"아닙니다."

"투투."

나는 투투를 끌고 구석으로 갔다.

"예, 카론님."

"봐준 거야?"

혹시라도 자존심 강한 도도가 들을까 봐 조용하게 물어보았다.

"아뇨."

"그런데 투투가 졌단 말이야?"

"강해졌습니다."

"도도의 실력이 늘었단 말이야?"

"예, 그것도 몇십 배나."

"레드 볼 때문일까?"

"그럴 겁니다."

"투투에게 배우기를 싸움의 강함은 스피드에 의해 결정된다고 살을 빼라고 했는데 도도의 저 뚱뚱한 몸에서 그런 속도가 나오다니 보고도 못 믿겠네."

"도도님의 살은 카론님처럼 지방덩어리가 아닙니다. 힘을 실어주는 근육입니다."

"음!"

신음 소리가 저절로 나왔다. 투투의 말을 해석하면 도도의 살은 빠지기 힘들다는 것이었다. 싸움을 위해서 필요한 근육이 쉽게 빠질 리가 없었다.

"레드 볼을 한꺼번에 모았던 놈도 강해지고 싶었을 겁니다. 이 세상을 지배하려면 강한 힘이 필요했겠죠."

"콜렉터가 그런 생각을 할 수 있었을까?"

"천 년 동안 살면서 그런 콜렉터를 본 적은 없지만 머리가 비상한 놈이라면……"

투투가 말을 하면서 나를 본다.

"왜? 내 얼굴에 뭐가 묻었어?"

"사람 중에도 미친놈 소리 들어가면서 전설을 쫓는 부류가 있잖아요."

"맞아! 나같이. 하하하."

콜렉터를 사냥했던 일이 떠올랐다.

"대단한 놈인가 봅니다."

"레드 볼을 이용해서 자신을 천하무적으로 만들려고 했으니 머리도 좋을 거야."

"이상한 건 콜렉터들은 모두 섬에서 만들어; 그러니까 모두 같은 능력이어야 하는데 특별한 놈이 나왔다는 겁니다."

"맞아. 전부 똑같아야 하는데 말이야."

나는 고개를 끄덕였다.

"콜렉터가 다른 콜렉터를 공격하는 경우는 자기 지역을 침범했을 때뿐입니다."

"카투마가 잘못 만들어서 내보냈나 보지."

"그러게요."

투투하고 주거니 받거니 말을 하고 있는데 도도가 소리를 쳤다.

"언제까지 거기에 있을 거야?"

"곧 갈 거야."

나는 투투의 얘기를 좀 더 들은 후에 도도에게로 갔다.

"도도, 몸이 뚱뚱해져서 불편하지?"

진심으로 걱정해 주었다.

"그걸 말이라고 해… 요."

삐죽이며 대꾸하던 도도가 얼른 투투의 눈치를 본 후 말을 덧붙인다.

"도도님, 아무튼 정신을 되찾으신 건 축하드립니다. 그리고 실력이 더욱 증진된 것도 함께 축하합니다. 지하에 계신 카투마님이 제일 좋아하실 겁니다."

"고마워, 투투."

도도는 투투에게 쌩끗 미소를 보냈다.

"그런데 저 살은 다 어떡하누?"

좋은 분위기를 내가 망쳐 놓았다.

"살……."

도도는 자기 배 부분에 두껍게 뭉쳐 있는 살덩어리를 만지작거렸다. 꽤 두꺼운 살집이 그녀의 손에 잡혀 있었다.

"도도님."

투투가 조용히 부른다.

"응."

시무룩하다. 도도 역시 여자였다.

"앞으로 이 년만 있으면 도도님은 제사장이 됩니다. 인물이나 몸매 같은 건 필요없습니다. 오로지 로즈 아일랜드를 재건하는 일만 남는 겁니다."

"나도 알아. 하지만…… 그전에 이뤘으면 하는 소원이 딱 하나 있어."

"그게 뭡니까?"

"제사장이 되기 전에 사랑을 하고 싶어."

도도는 심각하게 말을 했다.

"하하! 사랑이야 하시면 되잖습니까?"

잔뜩 긴장했던 투투가 큰 소리로 웃었다. 하지만 나는 아무 반응도 보일 수 없었다. 내가 이만큼 사랑하는데도 그녀는 몰라주고 있었다.

"정확히 말하면 사랑을 받고 싶은 거야."

"둘이 다른 겁니까?"

"바보, 당연히 다르지."

도도는 투투를 흘겨보았다.

"하하……."

한소리 들은 투투가 멋쩍은지 머리를 긁적인다.

"나를 진정으로 사랑해 주는 사람의 알을 낳고 싶어."

"제사장이 되시면 사랑 따위는 잊고 살게 될 텐데 굳이 그런 걸 따질 필요가 있습니까?"

투투는 이해할 수 없다는 표정이다.

"사랑이란 앞날을 미리 점치지 않아. 현실에서 얼마나 느낄 수 있나가 중요한 거야."

"그 말씀은 지금 사랑하고… 그러니까 받고 싶다는 겁니까?"

"투투, 정말 바보네. 여태 그렇다고 얘기했는데."

"하하… 도도님, 걱정하실 거 없습니다."

고릴라에게 멋쩍은 웃음은 전혀 어울리지가 않는다.

"왜?"

"도도님은 충분히 사랑받을 자격이 있습니다."

"아냐, 이제는 틀렸어."

도도가 자신의 몸을 다시 한 번 훑어보곤 고개를 떨군다.

"카론님."

투투가 나에게 도움을 청했다.

"도도, 투투 말이 옳아."

"사람들은 이렇게 뚱뚱하고 못생긴 여자를 사랑하지 않아요."

"아냐, 도도. 뚱뚱해졌다곤 해도 그런 도도의 모습을 온전하게 사랑해 주는 사람이 반드시 있을 거야."

내가 너를 사랑한다는 말이 목구멍까지 올라왔다.

"한데 왜 갑자기 사랑받고 싶다는 생각을 하셨어요?"

투투가 도도의 생각을 모르겠다는 말투다.

"혼자서 사랑을 하는 건 마음이 너무 아파."

"그건 그래. 정말 아프지."

나는 중얼중얼 도도의 말에 동조했다. 제라드를 짝사랑했던 그녀의 심정이나 그녀를 사랑하는 내 마음이나 크게 다를 게 없었다.

"단 한 순간이라도 행복하게 살고 싶어. 사랑받으면서 말야."

감정이 잔뜩 배인 도도의 눈빛이 살짝 흔들렸다.

"카론님도 그렇습니까?"

투투가 느닷없이 묻는다.

"뭐… 뭐?"

가슴 한구석에 싸한 바람이 불고 있던 나는 속마음을 들킨 것 같아 대답을 더듬거렸다.

"카론님도 사랑받고 싶으세요?"

"글쎄… 사랑받는 게 행복한 것만은 아냐."

나는 말하면서 도도를 바라보았다. 그녀는 두 눈을 똑바로 뜨고 관심 있게 내 얘기를 듣고 있었다.

"진심으로 둘이 사랑하는 게 제일 행복한 거야."

나는 사랑에 대해서 무진장 잘 알고 있는 듯 눈까지 게슴츠레 뜨고서 말을 이어갔다.

"정말 그럴까?"

도도가 궁금증을 드러낸다.

"그럼."

대상은 달랐지만 삼두용의 사랑을 듬뿍 받았던 나였다. 하지만 아내를 사랑할 수 없었던 나에게는 그 사랑이 부담이 될 때도 있었다. 사랑은 주는 거란 말처럼 받는 것이 마냥 행복하지는 않았다.

"하지만 이렇게 변한 나를 누가 사랑하겠어?"

·

도도가 이내 자포자기를 한다.

"누군가 사랑하겠지."

아직도 정리가 안 돼 있는 도도의 몰골은 엉망이었다. 투투와 검술 시합까지 치른 후라 땀까지 범벅이 되어 그야말로 엉망이었다. 몸이야 나만하니 아무리 근육이라지만 작고 봉긋했던 가슴은 너무 커서 아래로 처지고 배는 겹친 살이 찢어진 검은 옷 사이로 불쑥 튀어나와 있었다. 그래도 얼굴은 이목구비가 워낙 뛰어났던 그녀였기에 볼 살이 늘어질 정도로 살이 붙었어도 예쁜 구석이 남아 있었다. 다만 커다란 두 눈이 살에 눌리어 작게 보이는 게 흠이었다. 아무튼 전체적으로 남자가 좋아할 외모는 아니었다.

"투투, 나도 카론… 아니, 카론님처럼 고릴라 스텝을 밟으면 살이 빠질까?"

도도는 아직 모르고 있었다.

"그게……"

투투가 난감한 표정을 짓는다.

"왜 그래?"

불안한 모습.

"도도님은 빠지지 않는 살입니다."

"뭐?"

역시 충격을 받는다.

"레드 볼을 오십 개 넘게 먹고 생긴 살입니다. 도도님의 바뀐 능력이 어느 정도인지는 모르지만 그 능력에 가장 적당한 모습이 바로 지금 모습일 겁니다. 사실 도도님의 살은 전부 근육이에요."

"절망이군."

도도가 그 자리에 주저앉는다.

"우선 옷부터 구해오지."

나는 투투에게 손짓을 했다.

"알겠습니다. 잠시만 기다리십시오."

투투는 내 지시를 받더니 고개를 살짝 숙여 보이고는 웅덩이를 통해 밖으로 사라졌다.

"카론."

단둘이 남게 되자 도도가 힘없이 나를 부른다.

"왜?"

"너라면 나같이 못생긴 여자를 사랑하겠어?"

단도직입적으로 묻는다.

"나는……."

"알아, 카론이 나를 사랑하고 있다는 거."

"……."

나는 아무 말 없이 고개만 끄덕였다. 아무리 단순한 도도라도 내 눈빛만 봐도 알 수 있었을 것이다. 내가 얼마나 그녀를 사랑하는지 충분히 느낄 만큼 많은 감정을 보여줬었다.

"하지만 카론이 나를 사랑한 것은 지금의 내가 아니잖아. 처음부터 내가 이런 모습이었다면 과연 나를 사랑했을까?"

"으음!"

함부로 대답할 수 없었다. 이 순간만은 거짓말을 해서는 안 될 것이다. 사랑에 대한 나의 진실이 무엇인가 되돌아봐야 했다. 도도를 사랑하게 된 것은 만나는 그 순간, 소위 말하는 첫눈에 반한 것이다. 그런데 지금의 모습이었다면 내 눈에 들어왔을까? 잠시 머뭇거렸다.

"카론, 대답해 봐."

"솔직히 첫눈에 반하지는 않았겠지. 하지만 어차피 사랑했을 거야. 같이 지내면서 도도의 순수함을 봤을 테니까."

"호호호."

도도가 배를 잡고 웃는다.

"왜 웃어?"

"그렇게 애쓰지 않아도 돼."

"뭘?"

"나보다야 카론이 더 순수하고 성격도 좋지."

"무슨 뜻이야?"

"카론, 날 똑바로 봐."

도도가 무슨 말을 할지 불안했다.

"내가 제라드를 사랑했든 안 했든 카론이 잘생겼다면 또 달랐을 거야."

이럴 때 비애감을 느끼나 보다.

"그랬던 거야?"

"바꿔놓고 말하면 이런 모습으로 내가 카론 곁에서 사람들과 싸움이나 하고 툭하면 퉁퉁거리고 앙칼지다면 그 성격이 좋아서 사랑하겠어? 누구보다 내가 날 잘 알아. 순수하다는 건 카론이 나를 위로하기 위한 말밖에는 안 돼."

"……."

"오히려 못생긴 게 마음까지 더럽다고 욕을 하겠지."

"아하!"

도도의 변신은 나의 이성적인 생각까지 헷갈리게 만들었다.

"나를 아직도 사랑해?"

"그, 그럼."

"더 예쁘고 조신한 여자가 카론 앞에 나타나도 나를 사랑할 수 있겠어?"

"으응."

대답은 잘하고 있었지만 혼돈의 시간이었다. 목숨까지 바쳐 사랑할 것 같았던 도도였는데 그 모습이 바뀌었다고 해서 내 마음이 흔들리다니 그녀를 똑바로 쳐다볼 용기가 생기기지 않았다.

"도도, 사랑 문제는 나중에 따지기로 하고 하나만 물어볼게."

"뭔데?"

"레드 볼을 먹은 기억은 나?"

"희미하지만 신기한 경험이었어."

"생각이 나긴 나는 거야?"

"뚜렷하지는 않아."

"어디까지 생각이 나는데?"

"이 동굴에 와서부터."

도도가 주변을 둘러본다.

"그전은?"

조심스럽게 물어보았다. 아팠던 지난 추억을 들춰내야 서로에게 좋을 건 없었다.

"전혀 나지 않아."

"그렇구나."

"투투가 제정신으로 돌아온 걸 축하한다고 해서 무슨 말인가 했었어. 도대체 나에게 무슨 일이 있었던 거야?"

"마법사 코넬프에게 잡혀 있었어."

더 이상은 말하지 않았다. 잊어버렸던 충격이 다시 올라올까 봐 걱정이 되었다.

"이런!"

도도가 벌떡 일어난다.

"왜 그래?"

"그놈… 지금은 어디 있지?"

"죽었는데……."

나는 도도의 눈치를 살폈다. 그녀는 이를 갈며 분노하고 있었다.

"내 손으로 죽였어야 하는데 아쉽네."

"도도는 그놈을 두려워했잖아."

"아냐… 지금은 누구도 두렵지 않아. 그놈은 로즈 아일랜드를 멸망시켰고 우리 엄마를 죽였어. 내가 복수해야 했는데……."

입술을 깨문다.

쾅!

아쉬운 마음을 벽에다 푼다. 도도의 주먹을 맞은 한쪽 벽에 커다란 구멍이 뚫렸다. 그녀의 팔뚝까지 벽 속으로 깊숙이 박혀 버렸다. 가히 엄청난 힘이었다.

"헉!"

도도가 자신의 힘에 놀라고 있었다.

"엄청난 힘이야!"

나 또한 너무 놀라 입을 다물 수가 없었다.

"내가 이렇게까지 강해진 거야?"

도도는 변해 버린 자신이 아무래도 이상한지 나를 바라본다. 하지만 내가 설명해 줄 건 아무것도 없었다.

"마법사는 어떻게 죽었어?"

"내가……."

크론 경의 최후를 간략하게 설명해 주었다.

"투투하고 카론이 복수한 거네. 엄마가 고마워할 거야."

"우리 셋이 같이 한 건데 고맙긴……."

공치사를 받는 것 같아 괜히 쑥스럽다.

"아마 나는 벌벌 떨고 있었을 거야."

도도가 나를 쳐다본다.

"레드 볼이 쉰일곱 개면 무지 많은 양이야."

나는 다른 주제로 말을 돌렸다.

"기억은 잘 나지 않지만 내 생각으로는 상자 안에 레드 볼이 있기에 그냥 아무 생각 없이 먹었던 것 같아. 콜렉터의 에너지이지만 나도 어릴 적부터 종종 먹었거든. 내가 엄마의 뒤를 이어 제사장이 된다면 그때부터는 매일 밥 대신 레드 볼을 먹어야 해."

세상에서 가장 강한 콜렉터는 '수정 콜렉터' 카투마였다. 도도는 그 뒤를 이을 후계자였으므로 레드 볼을 먹었다고 해도 전혀 이상할 게 없었다.

"그런데?"

"예전에는 하나씩밖에 먹지를 않아서 몰랐었는데 두세 개 먹다 보니까 로즈 아일랜드의 아이들과 엄마가 보이는 거야. 빨간 드레스를 입은 엄마는 춤을 추었는데, 너무 황홀한 광경이었어. 나도 그 속으로 들어가 엄마하고 함께 춤을 추려는데 그때마다 로즈 아일랜드가 멀어져 가는 거야."

레드 볼은 환각에 빠지게 하나보다.

"엄마가 그냥 떠날까 봐 레드 볼을 계속 먹었구나?"

"응. 레드 볼을 먹으면 엄마가 내 앞으로 다시 나타났거든."

"도도 말을 들으니까 먹을 수밖에 없었겠네."

"그렇게 먹다가 정신을 잃은 거지. 그리고 깨어나니까 이런 몰골이 돼 있던 거고."

도도는 한숨을 크게 쉬었다. 현실을 받아들이려면 꽤 오랜 시간이 걸릴 듯했다. 2년 뒤에 제사장이 되기 전까지는 계속 한숨이 이어질 것이다.

"별일없었죠?"

"응… 투투."

옷을 구하러 나갔던 투투가 웅덩이에서 올라오고 있었다.

"이 정도면 괜찮을 겁니다."

투투가 우리 앞에 내려놓은 것은 머리까지 그대로 달려 있는 바다표범의 가죽이었다.

"좋네."

지금까지 슬픈 모습으로 앉아 있던 도도는 바다표범의 가죽을 이리저리 살펴보았다.

"옷 만들 줄 알아?"

"그럼."

도도가 당연하다는 듯 대답한다.

"정말?"

"섬에서는 다 만들어 입어. 이 옷도 내가 만든 거야."

도도가 찢어진, 좀 더 정확히 말하면 살이 쪄서 뜯어진 검은 옷을 보이며 웃는다.

"와! 달리 보이네."

나는 탄성을 질렀다. 도도에게서 여성스러운 면을 보기란 쉬운 일이 아니었다.

"카론님도 참……."

"왜 못마땅한 표정이야?"

"옷 만드는 게 뭐 대단하다고 아부를 하세요."

"대단하지, 그럼!"

"저도 바느질하고 옷 만들 줄 알아요."

"엥?"

웃음도 나오지 않았다. 저 덩치에 꼼꼼한 바느질이라니 상상도 되지 않는다.

"투투 손에 맞는 바늘이 있어?"

"그럼요."

"그 두꺼운 손으로 바느질을 잘도 하겠다. 히히."

나는 투투를 약 올렸다.

"짠!"

"그게 뭐야?"

투투의 손에는 엄지손가락 크기의 한 뼘가량 되는 동물의 뼈가 들려 있었다. 아마 도도의 옷 때문에 죽어야 했던 한 가련한 바다표범의 신체일 것이다.

"바늘이죠."

"도도 옷을 만들어주려고?"

"예."

쓸데없는 섬세함을 보이는 고릴라다.

"그런데 끝이 그렇게 크고 뭉뚝한 바늘이 어디 있어?"

"이거……."

심각한 표정으로 뼈다귀를 든다. 그리고는 아주 간단하게 한마디 했다.

"갈아야죠."

투투는 뼈다귀를 바닥에 문지르기 시작했다.

"고마워, 투투."

도도가 진심 어린 눈길을 보낸다.

"하하. 이것도 제 임무 중 하나입니다."

"쳇!"

언제는 죽일 것같이 싸우더니 갑자기 사이가 좋아져 있었다.

"어라?"

"또 왜?"

요즘은 하도 자주 놀랄 일이 많은 통에 조금만 이상해도 신경이 바짝 바짝 곤두선다.

"이 구멍은 뭐죠?"

뼈를 갈던 투투는 한쪽 벽에 도도가 뚫어놓은 구멍을 보았다.

"내가 그렇게 했어."

도도는 죄지은 듯 미안한 표정을 지었다.

"으음!"

투투가 구멍을 살피며 신음 소리를 냈다.

"레드 볼의 힘이 대단하지?"

나는 투투 곁에 바짝 붙었다.

"짐작은 했지만 이 정도인 줄은 몰랐습니다."

"투투라면 얼마나 큰 구멍을 뚫을 수 있는데?"

"이 벽은 화강암이라 굉장히 강합니다. 제가 친다 해도 이 정도는 자신할 수 없습니다."

"도도는 좋겠네."

마음은 그렇지 않았지만 도도에게 힘을 주려고 한 소리였다. 변해 버린 모습을 계속 긍정적으로 얘기해 줘야 그녀도 우울한 기분을 툭툭 털고 기운이 날 듯했다. 그러나 당사자는 여전히 어깨가 축 처져 한숨만 내쉬고 있었다.

"휴우—!"

"한숨 그만 쉬어."

"카론님의 말씀이 맞습니다. 도도님의 변신이 사랑받을 수는 없을지 몰라도 우리의 목적을 이루기에는 더없이 좋은 일입니다."

"알아."

"그럼 전."

투투가 하던 일을 계속하였다.

쓱싹쓱싹!

뼈를 가는 소리가 귀에 을씨년스럽게 들린다. 아무래도 듣기 싫은 소리여서 멀리 떨어지라고 말하려 했지만 이내 포기하고 말았다. 무슨 일이든 싫은 내색 한 번 없이 해결하던 투투였다. 하지만 오늘처럼 빙글빙글 웃으며 일을 하는 모습은 처음이었다. 왠지 방해하면 안 될 것 같은 생각이 들었다.

또
하
나
의
사
랑

자고 나더니 도도의 기분이 좋아졌다. 변신한 모습 때문에 생긴 우울증이 오래갈 줄 알았는데 의외로 밝다. 자신에게 주어진 현재 상황을 신이 주신 운명으로 알고 받아들이기로 한 듯하다. 그래서 단순한 성격이 의외로 좋을 때가 있다. 주어진 문제를 복잡하게 풀지도 않았고 고민하지도 않았다.

"둘 다 잘 잤어?"

나는 도도와 투투에게 인사를 했다.

"안녕!"

투투가 밤새 만들어준 가죽 옷을 걸친 도도는 더욱 강인해 보였다. 까만 옷은 예전하고 같았지만 그 느낌은 사뭇 달랐다. 날씬할 때는 아름답다 못해 매혹적이었는데 지금은 근육질이 터질 듯이 적나라하게 드러나며 험악한 전사로서 무섭기까지 했다.

"카론님도 잘 주무셨습니까?"

환하게 웃고 있다. 투투에게 밤새 좋은 일이 있었나 보다.

"뭐가 그렇게 좋아?"

"저요?"

투투가 손가락으로 자기를 가리킨다.

"아침부터 실없이 웃고 다니는 종족이 투투밖에 더 있어?"

"하하. 그냥 컨디션이 좋아서요."

얼렁뚱땅 넘어가고 있었다. 분명 뭔가 좋은 일이 있는 듯한데 말을 하지 않는다.

"투투, 고마워."

"뭘요, 도도님."

"고생했지?"

"아닙니다. 도도님을 챙기는 것도 제가 할 일입니다."

하룻밤 사이에 아무래도 무슨 일이 있었나 보다. 아니, 이곳에 와서 둘 사이가 급속도로 가까워져 있었다. 정확한 이유야 모르겠지만 원수까지는 아니더라도 그렇게 툭탁거리던 둘 사이는 도도가 뚱뚱해지면서 바뀌어 있었다. 투투라는 저 고릴라가 남의 옷을 신이 나서 만들 리가 없는 족속이었다.

"너무 딱 맞고 좋아."

도도가 한 바퀴 빙 돌며 별 짓을 다한다.

"맞긴 뭐가 맞아? 작아서 터지기 일보 직전인데."

아침부터 싫은 소리 하지 않으려 했는데 둘이 하는 짓이 가관이 아니다.

"카론, 이게 어때서?"

팩 하고 한마디 날아온다. 이왕 바뀌는 거 성격도 좀 바뀌지 성질 사나운 건 여전하다.

"도도님!"

나에게 반말한 거에 대해 투투가 주의를 준다.

"아… 죄송해요."

다른 때와 달리 도도가 아무 소리 않고 조용히 물러난다.

"하하… 아닙니다. 앞으로 잘하시면 됩니다."

엄하기만 하던 투투가 웃음을 지우지 않는다.

"가만!"

나는 그냥 넘어갈 수가 없었다.

"왜……?"

궁금증이 가득한 둘의 시선이 나를 바라본다.

"빨리 말해."

"둘 사이가 왜 이리 좋아진 건데?"

도도와 투투가 아무 대답을 못한다.

"왜 말을 못해?"

나는 둘을 쳐다보았다.

"흥! 우리가 맨날 싸우는 줄 아나봐."

도도는 콧방귀를 뀌었다.

"싸우지 않더라도 친한 사이는 아니잖아?"

"하하… 카론님, 싸우는 것보다야 낫지 않습니까? 솔직히 우리 둘 사이가 나쁜 적도 없었지만 저와 도도님 사이가 친해진 건 오히려 좋은 일 아닙니까?"

투투가 웃음으로 대충 넘어가려고 한다.

"둘 사이가 나쁘지 않았다?"

"아침부터 좋은 일로 힘 빼지 말고 식사나 하시죠."

"그래, 아침이나 먹어야겠다."

둘이 동시에 일어서며 자리를 피하려 한다. 뚱보 도도는 광장 구석으로 가더니 칼을 살펴보았다. 식사 전까지 검술 연습을 하려는 듯했다. 광장 건너 그녀의 반대쪽에는 투투가 자리를 잡고 어제 잡아온 커다란 고기를 요리하고 있었다. 오늘 아침 메뉴다.

'여기서 그냥 물러나면 천하의 카론이 아니지!'

나는 천천히 투투의 옆으로 걸어갔다.

"옆에 앉아도 돼?"

"네, 물론입니다."

"이제 말해 봐."

나는 부드럽게 투투를 달랬다.

"하하하. 아직도 미련을 못 버렸습니까?"

"이상하잖아."

"뭐가 그리 이상해요."

"하루아침에 둘 사이가 그리 좋아질 수 있어?"

"그렇게 저하고 도도님 사이가 평소와 달라 보입니까?"

"응."

"하하."

투투는 웃음을 흘리며 검술 연습에 열심인 도도 쪽으로 슬쩍 시선을 준다.

"본인들이 생각해도 그렇지 않아? 도도야 단순한 성격이니까 투투가 잘해줘도 그런가 보다 하지만."

"카론님."

갑자기 목소리가 낮아진다.

"응. 말해 봐."

"사랑이 뭐라 생각하십니까?"

"갑자기 무슨 말이야?"

아마 내가 투투를 만나고 몇 달이 지났지만 사랑에 대해 이렇게 진지하게 물은 적은 한 번도 없었다. 분명 무엇이 있긴 있는 듯했다.

"후후."

투투는 시선을 다른 곳으로 돌리며 미소만 짓는다.

"혹시?"

"……."

"아냐… 아니지?"

나는 고개를 힘차게 가로저었다.

"카론님 생각이 뭔데요?"

오히려 투투가 도전적으로 묻는다.

"혹시 도도를 사랑한다는… 그거 아니지?"

이런 있을 수도 없는 질문을 하다니, 내가 둘 사이를 너무 민감하게 대하나 보다.

"저는 사랑하면 안 됩니까?"

투투가 조용히 웃고 있다.

"뭐? 다시 말해 봐!"

아침부터 환청이 들리나 보다.

"사랑을 느끼게 됐습니다."

"누구에게?"

"하하. 알면서 왜 그러십니까?"

"도도를?"

쓰러지기 일보 직전이다.

"여기 여자가 도도님 말고 또 누가 있습니까?"

나는 잠시 마음을 진정시켰다.

"카론님은 아직도 도도님을 사랑하십니까?"

"뭐?"

이번에는 투투가 나에게 질문을 던졌다.

"저렇게 뚱뚱한 도도님을 사랑하냐고 물었습니다."

"내 사랑은 영원한 거야!"

목소리를 높여 단호하게 대답했다.

"정말입니까?"

투투가 바짝 다가왔다.

"그, 그럼."

"후우—!"

한숨을 길게 늘어뜨리며 물러나 앉는다.

"투투, 일시적인 현상일 수도 있어."

"저는 천 년을 살았습니다."

"그래도 요즘 너무 힘들다 보니까 자신은 그렇지 않다고 해도 잠재적으로 외롭거나 의지할 곳이 필요했을 수도 있어."

"지금껏 한 번도 누구를 사랑한 적이 없었습니다. 당연히 이런 감정도 처음이고요."

환장할 노릇이다.

"아니, 여태 못 느끼던 사랑을 갑자기 느꼈다니 우습잖아. 그것도 같은 고릴라도 아니고 사람한테 말야! 더군다나 그 대상이 도도라니 누가 믿겠냐고!"

가뜩이나 변해 버린 도도의 모습 때문에 내 사랑의 진실을 되돌아보고 있는 중인데 투투까지 나서서 나를 힘들게 하고 있었다.

"제가 생각해도 그렇습니다. 그런데 정말 사랑을 느끼고 있으니 어쩝니까?"

거짓말은 아닌 듯했다.

"왜 사랑을 느낀 건데? 마법사에게 잡혀 있던 도도가 불쌍해서 연민이라도 가졌던 거야?"

"아닙니다."

"그럼 레드 볼을 먹고 살이 쪄서 원하는 사랑을 하지 못할 도도가 안돼 보여서?"

"그것도 아닙니다."

투투는 건성으로 아침을 만들고 있었다.

"이것도 저것도 아니면 뭔데?"

듣다 보니 화가 난다. 분명히 내가 도도를 사랑하고 있는 걸 아는 투투가 이럴 수는 없다.

"카론님은 도도님을 사랑한 이유가 뭡니까? 솔직히 말해 도도님의 성격이 인간들이 말하는 것처럼 여성스러운 건 아니지 않습니까?"

"그야 그렇지."

틀린 말은 아니다. 나도 사실은 강한 여자보다는 다소곳하고 부드러운 여자를 더욱 좋아한다.

"카론님도 물론 사람들 기준이지만 예쁜 도도님의 외모 때문에 처음부터 사랑을 느낀 거잖아요."

"으음!"

대꾸할 말이 없다.

"저도 마찬가지입니다."

"그 얘기는 변해 버린 도도의 외모를 보고 반했단 말야?"

"사실 도도님은 제가 좋아하는 성격을 가진 여자입니다. 만일 그런 용사의 기질을 지닌 암컷 고릴라가 있었다면 저도 가정을 꾸몄을지 모릅니다."

"그래?"

새로운 사실이었다.

"천 년 동안 많은 수의 카투마를 모셨었지만 도도님만큼 화끈한 성격을 가진 분을 처음이었습니다. 하지만 불행하게도 도도님은……."

"사람 여자였다… 이거지?"

내가 선수를 쳐서 투투의 생각을 판단했다.

"아닙니다. 사람이든 고릴라이든 섬에서는 크게 문제가 되지 않습니다."

"……?"

"섬에서의 인간과 고릴라는 영혼과 육체를 서로 공유하는 종족입니다. 사랑을 하는 데 크게 차이는 없습니다."

일반 상식으로는 얼른 이해가 되지 않는 일이었지만 로즈 아일랜드에 있을 때 삼두용이 나를 사랑해서 알까지 낳은 것을 생각하면 다른 종족이라고 그러지 말라는 법은 없었다.

"그래서?"

"카론님이 말한 것처럼 외모에 문제가 있었습니다."

기분이 이상해진다. 투투의 말을 풀어 들으면 그는 나보다 먼저 도도를 사랑할 수 있었다는 말이었다. 사람이니 고릴라이니 종족 따위는 아무 상관도 없고 성격은 마음에 이미 들었지만 다만 생김새가 문제였다. 그러니까 도도의 외모만 자기의 이상형에 맞았다면 결혼까지도 충분히 생각했을 거라는 것이다.

"투투는 어떤 외모를 원하는데?"

"강한 턱을 지닌 용사다운 얼굴, 떡 벌어진 어깨와 근육질의 몸, 그리고 두툼한 팔과 허벅지… 정말 환상적이지 않습니까?"

"환상?"

나는 열심히 검술 훈련을 하고 있는 도도를 바라보았다.

"너무 예쁘지 않습니까?"

"저런 뚱뚱한 여자가 예쁘단 말야?"

"세상 어떤 여자보다 예쁩니다."

"고릴라의 기준에서 말하는 거야?"

"다른 동물들의 기준을 몰라 그건 말하기 힘들지만 분명한 건 제 눈이 그렇게 말하고 있다는 겁니다. 뚱뚱해진 도도님이 너무 아름답다고……."

제정신이 아닌 듯했다. 사람과 고릴라가 종족이 다르고 사는 방식이 다르다고 하지만 눈은 다 똑같을 줄 알았다. 예쁜 것에 대한 생각은 세상 어느 종족의 수컷들에게 공통으로 통용된다고 믿었다. 이를테면 집에서 기르는 개도 예쁘고 젊은 주인을 더 좋아한다고 생각했었다. 그런데 투투는 괴물에 가까운 외모의 여자를 사랑한다니… 제정신이 아닌 듯했다.

"그러니까 지금의 도도를 사랑한다는 말이야?"

나는 투투를 다그쳤다.

"아직은 잘 모르겠습니다."

"내가 도도를 사랑하는 건 잘 알지?"

"누구보다 잘 압니다."

이럴 땐 어떻게 말해야 할지 난감하다.

"그래도 사랑할 건가?"

"아닙니다. 카론님이 사랑하는 분을 감히 넘볼 수야 있겠습니까? 다만 전에 가졌던 나쁜 감정들을 버리고 더욱 잘 보살펴 드릴 생각입니다."

"전에 가졌던 나쁜 감정이 순전히 외모 때문이었어?"

"하하… 너무 꼬치꼬치 캐묻지 마세요."

대답하기 어려운가 보다.

"어쨌든 둘은 안 돼! 투투, 네 말대로 도도는 넘볼 수 없는 존재라고!"

나는 강한 어조로 둘의 사이를 말리려 했다.

"말씀 안 하셔도 잘 알고 있습니다. 하지만 카론님도 처음 마음을 바꾸지 마십시오."

"나는 영원히 도도를 사랑할 거야."

내가 입술을 굳게 다물며 의지를 보였다. 그러나 투투는 믿을 수가 없는지 굳이 안 해도 되는 말을 한마디 툭 내뱉었다.

"도도님을 괴물과 비교하면 안 됩니다."

"끙!"

예전부터 느낀 거지만 저 영악한 고릴라는 내 생각을 기가 막히게 읽어낸다.

"어차피 카투마님의 뒤를 이어 제사장이 될 분입니다. 변해 버린 도도님의 외모에는 너무 신경 쓰지 마세요. 제사장이 되면 중성으로 누구도 사랑하지 않는 존재가 됩니다."

"그건 투투에게도 적용되는 말 아닌가?"

"저야 제사장이 죽을 때까지 함께하는 게 사명이지만 카론님은 언제든지 마음이 움직이는 대로 떠날 수 있지 않습니까?"

도도 곁에 남는 것이 마치 숙명처럼 말하는 투투에게 괜히 질투가 생긴다. 나의 다음 말이 곱게 넘어가지 못했다.

"왜 나만 떠날 거라고 말하지? 투투 역시 자유잖아?"

카투마는 투투에게 이미 자유를 주었다.

"하하. 천 년을 지켜온 임무입니다. 아무리 자유가 생겼더라도 제가 갈 데가 어디 있겠습니까?"

웃음으로 대답을 하지만 목소리의 강도는 묵직했다.

"나는 신의 전령이야. 언제까지나 그녀를 지켜줄 것이다."

강한 의지를 보여주려고 또박또박 낮은 목소리로 대답했다.

"제가 지금 말씀드리는 것은 전령으로서가 아니라 도도님을 사랑하는 남자로서의 자리입니다."

"남자의 자리⋯⋯."

속 깊은 말이다.

"카론님, 잊지 마십시오."

"⋯⋯."

내가 도도를 사랑한다면 영원히 그녀 곁을 지켜줘야 한다. 첫눈에 반했을 때부터 지금까지 그런 마음을 버린 적이 없었다.

"흔들리십니까?"

"아냐!"

투투가 마음을 떠보았지만 난 강하게 부정을 했다.

"외모는 껍데기에 불과합니다."

"누가 뭐래?"

나는 화를 벌컥 내며 자리에서 일어났다. 투투는 알지도 못하면서 자꾸 나를 몰아붙인다. 그리고 도도는 내가 사랑하는 여자인데 고릴라가 건방지게 집적대 성질이 끓어올랐다.

"카론님!"

"시끄러!"

투투의 말을 더 이상 듣고 싶지 않다.

"제 말을 좀 들어보세요!"

부드럽던 어투가 갑자기 강하게 나온다.

"너무 건방지다고 생각 안 해?"

나는 투투를 노려보았다.

"그래서 말씀드리는 겁니다. 오해하지 말라는 겁니다. 도도님을 사랑할 수 있는 분은 오로지 카론님뿐입니다."

"투투도 사랑한다며?"

"내 이상형인 사랑스런 여인으로 바뀌어 예쁘다고 했지 사랑한다고는 안 했습니다."

"그런가?"

나는 이 자리에서 나누었던 우리의 대화를 되짚어보았다. 곰곰이 생각해 보니 투투가 도도를 사랑한다고 직접적으로 말한 적은 없었다.

"만일 카론님이 도도님을 떠나신다면 그때는 저도 어떻게 할지 아직은 잘 모르겠지만 지금은 두 분의 사랑이 이루어지길 바랍니다."

"내가 떠나면 도도를 사랑할 수도 있다는 거네?"

"하하하!"

큰 소리로 웃으며 대답을 회피한다.

"다시 말하지만 도도는 내 여자야!"

"알겠습니다."

내가 너무 기세등등한지 투투가 조용히 물러난다. 가뜩이나 머리 속이 혼란스러운데 고릴라까지 덤벼드니 정신이 멍하다. 그때 앙칼진 목소리가 바로 옆에서 들려왔다.

"누가 그래?"

"도도."

나는 깜짝 놀라 도도를 바라보았다. 뭔가 나쁜 짓을 저지러 놓고 변명거리를 찾는 아이 같은 심정이었다.

"누가 카론더러 내 남자가 되라고 했지?"

커다란 얼굴이 새빨갛게 달구어진다. 무지 화가 났나보다.

"그게……."

"내가 어쩌다가 카론의 여자가 된 거냐고!"

소리까지 버럭 지른다. 언제부터인지는 몰라도 우리의 얘기를 엿들었나 보다.

"말하다 보니까⋯⋯."

도도 앞에만 서면 기가 죽는 나였다.

"너는 제라드를 죽인 원수야! 잊은 건 아니지?"

"으… 응."

다리에 힘까지 풀린다.

"딴마음 먹는 순간 나도 가만히 있지는 않을 거야!"

거침없이 퍼부어댄다.

"도도님!"

투투가 도도를 말리고 나선다.

"이번만은 참을 수 없어!"

"그래도 예의는 지키셔야 합니다."

"신의 전령도 잘못하면 욕을 먹는 거야."

"카론님은 절대적이십니다."

"아무리 카론이라도 잘못된 건 잘못된 거고 틀린 건 틀린 거야!"

"틀려도 전령의 말씀은 곧 법이십니다!"

도도의 말상대가 투투로 바뀌고 있었다. 아침에는 사이가 좋았던 둘 사이에 냉기류가 흐른다.

"그럼 카론이 원하면 나도 그의 여자가 되어야 한다는 거야?"

"당연합니다."

"뭐?"

얘기가 다른 방향으로 흘러나간다.

"카론님이 원하시면 이 세상도 드려야 합니다."

"치!"

도도는 기가 막히나 보다. 하기야 옆에서 듣는 나도 투투가 너무 과장
하는 거 아닌가 하는 생각이 들었다.

"하하… 이제 그만 하고 식사나 하죠."

"밥 맛 다 떨어졌네."

"하하!"

동굴에 와서, 특히 도도의 모습이 변하고 나서 너무 자주 웃는 투투였
다. 그 웃음의 이유를 알고 있는 나로서는 별로 마음에 들지 않았지만 모
든 걸 원만하게 처리하는 데는 웃음만큼 좋은 것도 없었다.

"잠깐!"

나와 투투가 식사를 하기 위해 자리를 옮기려는데 도도가 우리를 멈추
게 했다.

"천 년 동안 수정 콜렉터였던 카투마들은 사람의 형상으로 살아왔어.
삼두용의 피와 인간이 피가 함께 흘렀기 때문이지."

느닷없이 다 알고 있는 얘기를 꺼내는 도도가 이상하다.

"도도님, 무슨 말씀을 하려고……."

눈치 빠른 투투의 얼굴이 굳어진다.

"나는 인간을 믿을 수가 없어."

갑작스러운 말이다.

"도도, 인간을 왜 못 믿어?"

듣고 보니 별로 좋은 말이 아니다.

"전령도 인간이지?"

"그래!"

"지금도 나를 진정으로 사랑하십니까?"

아주 정중하게 묻는다. 갑자기 존댓말을 쓰며 진지하게 물어오는 도도
를 보니 짜증이 올라왔다.

"몇 번을 대답해야 하는 거야. 투투에게 열 번도 더 말했잖아!"

도대체 뭘 확인하겠다고 자꾸 나의 사랑을 묻는지 모르겠다. 그냥 내가 좋아한다면 되는 거지 짝사랑도 허락을 받아야 한단 말인가?

"좋습니다. 일단은 카론님의 말을 믿도록 하죠."

도도가 커다란 선심을 쓰고 있다.

"후후… 고맙군."

쓴웃음밖에 나오질 않았다.

"그동안 카투마들은 인간의 아이를 낳으면서 인간의 형상을 하고 있었지만 나부터는 카투마의 모습을 다른 종족으로 바꿔보려고 해."

"도도님!"

기어이 투투가 벌떡 일어난다.

"제라드가 죽고 제사장이 될 날이 가까워지면서 나를 사랑하는 멋진 인간 남자와 맺어지고 싶었어. 하지만 지금의 내 모습으로는 도저히 불가능하다는 걸 알았어. 그래서……."

"진정으로 도도를 사랑한다니까!"

나는 앞으로 나섰다.

"카론님의 말씀을 믿기로 했으니까 그 점에 대해서는 뭐라 안 할게요. 다만 내가 사랑하는 사람이 아니잖아요."

도도가 나를 똑바로 쳐다본다.

"그래서?"

"결론은 둘이 서로 사랑할 수 있어야 결혼한다는 겁니다."

"그 얘기를 이 시점에서 굳이 하는 이유가 뭐야?"

"다시는 저에 대해서 말이 나오지 않게 확실히 해두려고요."

"도도님, 지금 말씀은 종족에 상관이 없다는 겁니까?"

"맞아."

뚱뚱한 도도가 고개를 끄덕인다.

"고릴라라도 도도를 사랑한다면 결혼할 거라는 얘기야?"

내가 놀라 다시 물었다.

"물론입니다. 물론 나도 그를 사랑한다는 전제 하에서 말이죠."

도도의 눈이 투투에게로 향했다.

"이건 말도 안 돼!"

나는 도도의 어깨를 힘껏 잡았다. 변해 버린 그녀의 외모 때문에 잠시 혼동을 겪고 있는 것은 사실이지만, 그렇다고 이런 얘기를 들을 정도로 내 사랑이 퇴색되지는 않았다. 어떻게 고릴라와 비교해서 나의 사랑을 운운할 수 있는지 상상도 되지 않았다.

제
10
장

해결

세상 속으로

로즈 아일랜드를 빠져나올 때는 더위가 막 기승을 부리려던 여름이었다. 우여곡절 끝에 섬에 머물게 되면서 삼두용의 남편으로, 골드 콜렉터의 후계자로서 그들의 능력을 배우려고 정말 열심히 공부했었다. 내게 주어진 시간이 6개월로 정해져 있어서 마법은 배울 수 없었지만 검술과 먹이 사냥에 대해서는 최선을 다해 배웠다.

척!

나는 양쪽 손목에 차고 있던 단검을 점검해 보았다. 삼두용이 선물로 준 나만의 검이었다.

척! 척!

동굴에서 머문 지도 벌써 6개월이 지나고 있었다. 우리 셋의 관계는 여전히 좋은 편이었으며 티격태격하다가도 금방 풀어져서 헤헤거리는 것도 그대로였다. 도도의 모습이 뚱보로 변하면서 잠시 사랑이란 묘한 감정 때문에 셋이서 서먹한 적도 있었지만 그리 오래가지는 못하였다.

"으음!"

칼은 언제 보아도 듬직한 부하였다. 또한 내가 원하는 대로 움직여 주는 다정한 벗이었다.

"어라?"

건너편에서 검술 훈련을 하고 있을 도도가 보이지 않는다.

'어디 아픈가?'

우리 사랑의 중심에 있던 도도는 말로만 고릴라 운운했었지 그 후로 투투에게 특별한 관심을 보인 적도 없었고 나를 대하는 것도 예전하고 크게 달라지지 않았다. 투투 역시 도도에게 친절해지긴 했어도 그 이상의 태도를 보이지 않았으며 나에 대한 충성심 또한 그대로였다.

"카론님."

투투가 웃으며 걸어온다.

"도도는?"

"목욕 중입니다."

"벌써?"

지금은 잠에서 깬 지 얼마 안 되는 시간이었다. 도도는 아침 식사 전에는 항상 검술 훈련을 한다. 그 다음에 깨끗이 씻고 식사를 하는데 오늘은 눈을 뜨자마자 샤워를 한다고 하니 이상한 생각이 들었다.

"카론님, 잊으셨습니까?"

"뭘?"

투투는 오히려 내가 이상하다는 표정이다.

"오늘은……."

미소 띤 얼굴이 비장하게 바뀐다.

"동굴을 나가는 날입니다."

"정말?"

"카론님에게 며칠 전에 말했는데……."

"그래?"

나는 고개를 갸우뚱했다. 지난 기억을 한참이나 뒤적이고서 며칠 전 잠자리에서의 대화가 떠올랐다. 우리 셋은 그때 무척이나 좋아했었다.

"이제 기억이 나세요?"

"그러게……."

쑥스러운 마음에 뒤통수를 긁적거렸다.

"요즘 무슨 생각을 그리 깊이 합니까?"

투투가 나에게 핀잔을 준다.

"생각은 무슨……."

대답은 이렇게 했지만 며칠 전부터 고향의 모습이 꿈에 나타나며 나를 괴롭혔다. 나쁜 생각은 끝도 없이 내 머리 속에 번져 가고 있었다.

"카론님도 준비하십시오."

"그, 그래."

아마 투투에게 밖으로 나간다는 말을 들은 후부터 잠재적으로 꿈을 꾸었던 것 같다. 악몽은 매번 똑같은 모습으로 찾아왔는데, 스메드 가는 불타고 있었고 엄마는 바닥에 쓰러져 꼼짝도 안 하는 아버지를 멍하니 부둥켜안은 채였다. 그 옆에서 동생이 새까맣게 그슬린 얼굴로 울부짖고 하인들은 비명을 지르며 뛰어다니는데 그 속에 친구들도 섞여 있었다.

"카론님, 괜찮으세요?"

가장 기뻐해야 할 사람의 얼굴이 시무룩해지자 투투는 걱정이 되나보다.

"그럼, 괜찮지."

나는 아무렇지 않은 듯 대답하며 투투를 안심시켰다.

"긴장한 건 아니죠?"

투투는 걱정이 되나보다.

"아냐. 긴장 같은 거 안 해."

밖으로 나가면 처리해야 할 많은 일들이 우리를 기다리고 있었다. 투투는 그 때문에 내가 부담을 가지고 있는 줄 아나보다.

"저도 준비하겠습니다."

"응."

건성으로 대답하며 짐을 챙기러 내 자리로 걸어갔다. 특별히 가지고 갈 것은 없었지만 기본적으로 옷은 갈아입어야 했다. 6개월 동안 벗어본 적이 없는 가죽 옷은 걸레마냥 다 뜯어져 있었다. 정신력을 잃지 않기 위해 땀 냄새에 절어 빨래 할 때도 입은 채 물속에 들어갈 정도로 벗지 않던 옷이었다. 훈련할 때 항상 함께했던, 특별히 정이 가는 소중한 옷이었지만 밖으로 나가는 이 시점에서 제일 먼저 버려야 할 것이었다. 옷뿐만 아니라 바깥 세상에서는 그동안 가졌던 모든 것을 다 바꿔야 할 것이다.

"전령께서 얼굴이 왜 그래?"

어느새 나타났는지 도도가 내 곁으로 다가왔다.

"내가 왜?"

"밖으로 나가는 게 별로 안 좋은 것 같은데? 우리 중에서 제일 나가고 싶어했잖아."

도도는 투투가 없는 곳에서는 여전히 말을 내리고 있었다.

"요즘 꿈자리가 안 좋아서 그래."

"왜? 가족들이 죽는 꿈이라도 꾸는 거야?"

"응… 매일 똑같은 꿈이 반복되네."

"꿈은 현실하고 반대라잖아. 기운 내!"

"고마워, 도도."

"우리 사이에 고맙긴."

도도가 환하게 웃는다. 모습이 뚱뚱하게 바뀌고 더욱 밝아진 그녀였다. 이곳에 6개월을 있으면서 우리가 큰 다툼 없이 잘 보낼 수 있던 것도 화를 내지 않는 그녀의 성격 덕분이었다. 예전 같았으면 몇 번이고 걸고 넘어갈 문제도 웃음으로 때우거나 먼저 사과해 왔다. 이유는 모르겠지만 몸만 아니라 성격까지 변한 게 틀림없었다.

"도도는 나갈 준비를 다한 거야?"

"특별히 준비할 것도 없잖아. 세수하고 샤워하고 옷이나 깨끗한 걸로 갈아입은 거지."

"하긴 그래."

나는 고개를 끄덕였다.

"카론은 날씬해지고 잘생겨져서 좋겠네."

느닷없이 도도가 나의 어깨를 툭 친다.

"좋긴… 그냥 담담하다니까."

"친구들이 보면 놀랄 거야."

"후!"

도도의 말뜻을 알아차렸다.

"우리 둘이 바뀐 줄 알 거야. 호호호."

"그렇겠지."

"재미있을 거야."

"하하."

우울했던 마음이 풀리고 있었다. 아마 도도가 내 기분을 풀어주려고 친구들 얘기를 꺼낸 듯하다.

"호호. 카론의 친구들은 잘 있을까?"

도도가 입을 가리며 웃어 젖힌다.

"글쎄."

웃음꽃을 피우는 도도와 달리 나는 우울한 표정을 지었다. 레코만 왕자의 감옥에 갇혀 있던 친구들이다. 나는 제라드 덕분에 로즈 아일랜드로 전송되어 무사할 수 있었지만 탈출하다 들킨 친구들은, 특히 쌍둥이 동생인 카나리안은 치명적인 공격을 받기까지 했었다.

"휴우—!"

"카론, 미안해."

"도도가 왜 미안해?"

"내가 좀 더 냉정했었다면 그들을 구할 수도 있었을 텐데……."

"아냐."

말로만이라도 도도에게 고마왔다.

"내 마음이 그래."

"어쩔 수 없었잖아."

도도가 그 자리에 있었다고 해도 마법사를 이길 수 없던 그녀였다.

"제라드가 죽는 바람에……."

"알아."

나는 조용히 도도를 바라보았다.

"처음에는 카론이 너무 미웠는데……."

"지금은?"

"그냥 덤덤해."

"날 용서해 주는 거야?"

"모르겠어."

도도의 밝던 얼굴이 굳어진다. 요즘 들어 모든 게 많이 변해 있었다. 목숨처럼 그리워하던 제라드를 잊은 지도 오래인지 그에 대해 거의 꺼내지 않았다.

"어쨌든 제라드의 유언은 꼭 지킬 거야."

"고마워."

"꼭 도도와의 약속 때문만은 아냐. 제라드는 나에게도 소중한 존재였으니까. 하지만 내가 도도의 깊은 아픔을 조금이라도 풀어주고 싶어."

나는 도도의 손을 잡았다.

"제라드에게 미안해."

도도의 얼굴에 슬픔이 깃들었다.

"최선을 다했잖아."

그럴 필요 없다는 뜻으로 도도의 어깨를 두들겨 주었다.

"제라드를 사랑했던 건 사실이지만……."

"……?"

도도가 잠시 숨을 고르더니 말을 이어갔다.

"기억이 나지 않아."

전혀 뜻밖의 소리다. 누구보다 제라드를 사랑했던 도도의 입에서 이런 소리가 나올지는 꿈에도 생각하지 못했다.

"뭐가?"

"제라드의 얼굴도 향기도 전혀 기억이 나지 않아."

"세월이 지나서 그럴 거야."

"이제 겨우 1년이야. 제라드를 사랑했던 내 마음이 1년도 채 안 돼서 지워진 거야. 진정으로 사랑했다고 믿었는데 내가 나를 속이고 있었던 것 같아."

점점 침울해진다.

"도도."

"누구나 그럴 거야."

나는 도도를 달랬다.

"글쎄."

시큰둥하다.

"나도 제라드는 고사하고 우리 식구들 얼굴도 가물거려. 내가 얼마나 보고 싶어하는지는 도도가 더 잘 알잖아."

"식구들 모습이 기억 안 난다고?"

못 믿겠다는 말투다.

"아마……."

분위기를 잡기 위해 잠시 뜸을 들였다.

"보고 싶을수록 더욱 기억이 나지 않나봐."

"왜 그렇지?"

조금 솔깃해한다. 진지한 내 연기가 그런대로 먹히는 것 같다. 오늘 아침부터 우울했던 건 나였는데 지금은 상황이 역전되어 있었다.

"너무 간절하니까 하얗게 탈색되는 거야."

"탈색!"

별것 아닌 말인데도 존경의 눈초리로 쳐다본다. 하기야 고차원의 단어를 하나 섞는 것도 여자의 마음을 움직이는 방법이긴 했다.

"이제 이해가 가지?"

나는 도도의 어깨를 툭툭 쳐주었다. 하지만 그녀의 머리가 다시 아래로 처진다.

"아니, 전혀 모르겠어. 예를 들어서 말해 줘봐."

도도가 다시 머리를 바짝 세우며 나를 바라본다.

"예라… 그러니까……."

쉽게 딱 떠오르는 것이 없었다. 나의 다음 말을 기다리는 도도의 커다란 눈이 점점 반짝이며 더욱 부담스럽게 만들었다. 오늘 분위기는 이게 아니었는데… 바깥 세상으로 나가기 전에 혼자서 감정 한번 잡고 있었구먼. 제라드에 대한 도도의 감정이 묘하게 일그러지며 나를 다른 쪽으로 엮어가고 있었다.

"카론, 아무거나 좋으니까 예를 들어줘 봐. 그래야 내 마음을 이해하고 편해질 것 같아. 안 그러면 제라드에게 미안한 생각밖에 안 들 거야. 그게 나에겐 커다란 짐이 되겠지."

처음보다 더 심각해지고 있었다. 한 번도 그런 적이 없었는데 도도 역시 밖으로 나간다고 하니까 제라드에 대한 여러 가지 생각이 드나보다.

"너무 보고 싶어서 기억이 탈색되는 건……."

무슨 예를 들어줄까 고민하다가 시야로 언뜻 들어온 것이 다 떨어진 내 옷이었다.

"그렇지! 옷하고 같은 거야."

"옷이라고?"

전혀 어울리지 않는 예이긴 하지만 뭐라도 해야 이 자리를 피할 수 있을 것이다.

"이 옷도 처음에는 새 거였잖아."

"응."

도도가 자기의 옷도 둘러본다. 그러나 그녀는 이미 나갈 준비가 끝난 터라 깨끗한 복장으로 갈아입은 뒤였다.

"아무리 튼튼한 새 옷이라도 한 달만 계속 입고 뒹굴면 실밥도 다 떨어지고 색도 허옇게 빠지잖아."

나는 조금 전보다 더욱 분위기를 잡으며 내 옷을 가리켰다.

"응."

뚱뚱한 도도가 멍하니 대답만 한다. 그녀는 내가 지껄이는 말에 빠져들고 있는 듯했다.

"기억도 마찬가지야. 세월이 지나면 나도 모르는 사이에 하얗게 지워지는 거지. 마치 이 옷처럼 말이야."

"그러니까 한 가지만 너무 생각하다 보면 매일 입고 있는 옷처럼 물이 빠진단 말이지? 미리 속이 하얗게 탈색된다는 거지?"

솔깃한다.

"그렇지."

나는 고개를 끄덕이면서 늘어놓은 궤변을 그만 끝내려고 했다. 밖으로 나갈 시간도 얼마 남지 않았는데 아무리 준비할 게 없어도 한 번쯤은 둘러봐야 했다. 하지만 도도는 나를 놔줄 생각이 없나보다.

"생각을 매일같이 하면 그대로 남아 있어야 하는 거 아닌가?"

"너무 가깝게 지니고 있다 보면 오히려 생각이 안 난다니까. 기를 쓰고 떠올려 봐도 둥근 원만 그려진다고."

"둥근 원?"

"그래. 얼굴 형태만 그려지고 눈, 코, 입은 전혀 기억이 나지 않을 때도 있어."

"그렇다고 하나도 기억이 안 난단 말이야?"

도도가 내 이론에 반박을 한다. 하기야 세상 어디에도 없는 이론을 만들었으니 당연하지만 그렇다고 순순히 인정할 내가 아니었다.

"너무 생각하다 보면 정말 기억이 안 난다니까. 나도 우리 부모님 이하 동생, 친구들 얼굴이 뚜렷하게 기억나지 않아. 너무 보고싶으니까 마음만 앞서는 거야."

"말도 안 돼!"

도도가 눈을 흘기며 일어선다.

"말이 안 되면 듣지 말던가."

분위기 실컷 잡아놓고 이제 와서 나더러 뭐라 한다. 입에서 나오는 대로 만들어놓은 이론이라도 단순하기 그지없는 도도에게 통하지 않다니 동굴에 살면서 나도 실력이 많이 썩었나 보다.

"카론의 말은 처음 들으면 그럴싸한데 듣다 보면 별 쓸모가 없다니까."

"그러게 누가 나한테 물어보래?"

"갖은 폼은 다 잡더니……."

항상 이런 식이다. 몸이 변하고 성격이 좀 나아졌다 하면 꼭 예전의 나를 못살게 굴던 버릇이 나온다.

"아무튼 도도 때문에 시간만 축났다."

"그래도 우울한 기분은 가셨잖아."

그러고 보니 결과적으로 내가 도도를 위로한 것이 아니고 거꾸로 도도가 나의 기분을 바꿔준 게 되어 있었다.

"하하… 이거 도도에게 고맙다고 해야겠네."

"후후. 하다 보니까 그렇게 됐네. 내가 제라드를 기억 못하는 건 다른 이유 때문인 것 같아."

허탈하게 웃는 도도의 얼굴에서 지금까지 볼 수 없었던 심각한 고민을 읽을 수 있었다.

"그게 뭔데?"

"그건……."

도도가 무엇인가 말하려는 순간 저쪽에 있던 투투가 우리 쪽으로 다가왔다.

"두 분 뭐 하세요?"

"웅… 투투."

"카론님이 엉뚱한 소리를 해서 잠시 듣고 있었어."

투투 앞에서는 그래도 예의를 갖추어주던 도도가 비아냥거린다. 그녀의 얼굴에는 조금 전의 심각한 모습은 남아 있지 않았다.

"하하하."

투투는 우리 사이가 어색해 보이는지 분위기를 바꾸려고 너털웃음을 터뜨렸다.

"엉뚱하긴, 다 맞는 말이구만."

"두 분은 여전히 티격태격하네요."

"투투도 새삼스럽게… 저 여자 성질이 어디 가겠어?"

"내 성질이 어때서?"

도도가 달려들 기세다.

"오늘까지만 다투시고 밖에 나가면 누구보다 친하게 지내서야 합니다. 세상에 믿을 사람은 딱 두 분뿐이에요."

"이렇게 싸워도 우린 항상 같이 있었어."

나는 투투의 걱정을 달래주었다.

"하하. 잘 알고 있습니다. 그냥 노파심에 말한 거예요."

"그리고 우리 사이에는 항상 투투가 대기하고 있잖아."

지금까지 지내오면서 투투의 역할이 나와 도도 사이에 얼마나 중요한지는 수도 없이 겪은 일이었다.

"전 두 분의 싸움 말리려고 있는 게 아닙니다."

"아무튼 간에."

"하하. 이제 그만 하시고 나갈 준비들 하세요."

투투는 웃음을 그치지 않고 있었다. 동굴에서 6개월을 지내는 동안 그는 웃음을 달고 살았다. 무슨 이유인지 예전보다 많이 부드러워졌으며 정감이 많이 가는 고릴라로 변해 있었다. 얼굴이야 그냥 보나 돌려보나 우악스럽게 생겼지만 요즘은 종종 예뻐 보일 때도 있었다.

"나는 다 했어. 짐만 챙기면 돼."

도도가 작은 가방이 있는 자신의 자리로 걸어갔다.

"카론님은 옷부터 갈아입으세요."

"그래야겠지."

나는 조금 전에도 보았던 옷을 다시 어루만졌다. 도도 때문에 지어낸 이론이었지만 내 옷은 정말 많이 바래 있었다.

"정말 힘든 나날이었네."

"잘 참으셨습니다."

투투가 나의 노고를 치하했다.

"덕분에 내가 바라던 잘생긴 외모를 가졌잖아."

나는 투투에게 웃어 보였다.

"하하. 앞으로 걱정입니다. 대륙의 아가씨들이 그냥 두지 않을 텐데. 그렇다고 카론님의 임무를 잊으시면 안 됩니다."

이번에는 나를 놀린다.

"당연하지."

"어서 씻으세요."

나는 미소를 지으며 샘물이 나오는 장소로 갔다. 도도가 목욕을 마친 지 얼마 되지 않아서인지 아직도 그녀의 온기가 남아 있는 듯했다. 몸은 비록 뚱뚱하게 변했어도 청초한 향기만은 그대로였다.

"정말 많은 게 뒤바꼈어."

동굴 바위틈에서 흘러내리는 샘물이 하나 가득 고여 있는 둥근 돌 대야에 내 얼굴이 비추었다. 이곳에서 땀으로 얼룩진 6개월은 이 옷만큼이나 나를 변화시켜 놓았다.

하늘을 날다

밖으로 나가 사냥한 것은 주로 투투였다. 나와 도도는 거의 동굴 안에서 시간을 보냈었다. 밖에 나가 먹을거리로 짐승을 잡아온—거의 물고기 종류였지만—투투의 확인에 의하면 우리가 야명주를 보고 짐작했던 것처럼 이곳은 동제국의 영토였다. 루벤스 제국의 레코만 왕자와 모종의 거래가 있는 것인지 아니면 죽은 마법사 크론 경의 개인적인 관계인지는 몰라도 느낌이 그리 썩 좋지 않았다. 이스팀 대륙의 어떤 집단이 적대국과 연관이 있다는 것은 분명 옳은 일은 아닐 것이다. 아무튼 이곳에서 집으로 가는 길은 두 가지였다.

세인트 산맥의 등선을 따라가다가 이스팀 대륙으로 들어가는 유일한 길을 넘어가는 첫 번째 방법과 바다를 돌아 전에 들렀던 항구 도시 랑스에서 루벤스 제국으로 들어가는 방법, 이렇게 두 가지였다.

그중 세인트 산맥을 넘는 것은 아무래도 위험한 일이었다. 가본 적이 한 번도 없는 길이고, 그렇다고 어디서 들은 적도 한 번 없는 동제국 쪽의 세인트 산맥 줄기는 어떠한 위험이 도사리고 있는지 모를 미지의 세계였다.

"이게 정말 날까?"

도도는 투투가 만지작거리는 물건을 보고 있었다.

"투투 생각에 이거 정말 날 것 같아?"

뚱보 도도가 한 번 더 물어보았다.

"저도 뭐라 말씀드릴 수 없습니다."

난처한 표정으로 투투가 나를 바라본다. 우리가 이곳에 처음 와서 다섯 개의 작은 동굴들을 살펴보았을 때 각 동굴에서 가지고 나온 나무들로 만든 모형들이었다. 이리저리 둘러보고 끼워보고 풀었다가 조였다가 별의별 짓을 다해서 겨우 그 용도를 알아낸 것이었다. 나무 모형들을 이리저리 연결하며 하늘을 나는 비행기라고 말한 것은 바로 나였다. 그렇다고 내가 비행기를 타본 적이 있는 것은 아니었다. 다만 '왕립 아카데미' 시절, '만물백과' 라는 책을 공부하면서 그림으로 한 번 본 적이 있었다.

"틀림없이 하늘을 난다니까."

나는 힘주어 말했다.

"호호. 전령님이 하는 일이니까 믿어야겠지만 그래도 왠지 걱정이 되는 게 불안하네요."

도도가 웃으면서 장난스레 내 배를 쿡 하고 찌른다. 6개월 동안 바뀐 것이 하나 더 있다면 우리 셋의 사이가 좀 더 가깝게 변했다는 것이다.

"감히 전령님이 배를 찌르다니!"

내가 눈을 부라렸다.

"이젠 찌를 배도 없잖아?"

도도는 내 배를 이리저리 만져 본다.

"그건 그래."

비곗덩어리가 이런 근육질로 바뀔지는 아무도 몰랐을 것이다.

"그만큼 훈련을 열심히 해서 그렇지."

"이런 날이 있는 것도 내가 운동할 수 있게 옆에서 물심양면으로 도와준 두 사람의 공이지."

모든 공을 투투와 도도에게 돌렸다.

"그건 그래."

도도는 어깨를 으쓱했다.

"하하하."

곁에서 보고 있던 투투가 웃기만 했다. 그는 나를 가지고 장난을 치는 도도에게 불경스럽다고 더 이상 뭐라 하지 않았다. 사실 도도와 투투의 사이에 미묘한 감정이 흐르는 것은 부정할 수 없는 일이었지만 그렇다고 투투가 일부러 도도의 말투나 장난을 그냥 보아 넘기는 것은 아니었다. 오히려 둘의 사이가 가깝게 느껴지면서 제라드의 죽음으로 생긴 나와 도도의 간격이 많이 줄어 있는 듯했다. 몸은 근육질로 고릴라보다 더 무섭고 크게 변해 있었지만 도도의 마음은 매우 밝아 있었다.

"그건 그렇고 정말 저 비행기라는 게 날까?"

다시 처음으로 돌아와 나무 조립품에 대한 걱정이 이어졌다.

"걱정 말래도 그러네."

나는 자신감을 보였다.

"전령님을 믿기는 하는데……."

도도가 아직도 미심쩍어한다. 하기야 큰소리치고는 있지만 나도 어찌 될지 불안한 구석이 있는데 그림도 한 번 본 적 없는 그녀로서야 당연한 의심이었다. 그때 투투가 나를 도와주려는 듯 한마디 거든다.

"저도 카론님을 믿습니다. 그러니까 이렇게 열심히 조립하고 있지 않습니까?"

투투는 열심히 비행기를 끼워 맞추고 있었다.

"어험! 당연히 그래야지."

나는 거드름을 피우며 고개를 끄덕였다.

"아무튼 잘난 체는……."

도도가 눈을 흘긴다.

"하하. 카론님, 얼굴에 근육 푸세요. 잘생긴 얼굴에 주름 생깁니다."

빈정거리며 한마디 하는 도도의 말이 재미있는지 투투가 큰 소리로 웃었다.

"그러게. 6개월 동안 애써 만들었는데 여기서 힘주다가 망가지면 얼마나 억울하겠어."

"그만 해. 그러다가 저 비행기란 놈이 정말로 날면 그땐 어떻게 나를 보려고 그래?"

나는 쑥스러운 생각이 들어 도도의 말을 막으려고 했다. 뚱뚱했을 적엔 잘생기고 싶어 안달이 났었는데 막상 살도 빠지고 얼굴도 그런대로 봐줄 만해지자 도도나 투투가 지나가는 말로다가 칭찬이라도 해주면 괜히 창피해지곤 했었다.

"바깥 세상에 나가서 한 번은 그 잘생긴 얼굴 보여줘야지."

도도의 말장난은 계속 이어졌다.

"알았어. 나도 도도의 말처럼 이 잘생긴 얼굴 한번 뽐내고 죽고 싶어. 그러니까 저 비행기에 대해서는 너무 걱정 말라고."

"……."

내가 길어지고 있는 도도의 말에 귀찮은 표정으로 대꾸를 하자 그녀는 아무 말 없이 내 얼굴을 들여다보았다. 향긋한 숨소리가 귓불을 간지를 만큼 가까이 다가와 있었다.

"왜 그래?"

나는 귀를 만지며 몸을 뒤로 뺐다.

"정말 잘생겼다."

도도가 감탄의 눈빛으로 나를 감상한다.

"하하. 이 모두가 카론님이 노력한 대가입니다."

뚱보였던 나를 이렇게 만든 장본인이 흐뭇한가 보다. 투투의 훈련은 섬에 그것과는 사뭇 달랐었다. 고릴라 춤에서 나온 싸움 방법에 그렇게 심오한 기술들이 있는지는 전혀 몰랐었다. 중요한 건 고릴라가 나무도 잘 탄다는 것이었는데, 그 기술들을 익힐 때는 내 정신이 아니었다.

"휴우!"

그때 일을 생각하면 진저리가 쳐지며 저절로 한숨이 흘러나왔다. 결과가 좋아서 그렇지 안 그랬으면 이 동굴 어디엔가 거꾸로 처박혀 있을 것이다. 더군다나 여기에 나무가 어디 있단 말인가? 거친 동굴 벽을 나무 삼아 기어올라 보지 못한 사람은 절대 내 고통을 이해하지 못한다.

"이 좋은 날 어찌 한숨을?"

도도는 크게 웃으며 내 어깨를 툭 쳤다.

"내가 얼마나 고통스러웠는지 모를 거야."

내가 천장으로 시선을 올리며 지난날을 회상하는 척했다.

"덕분에 이렇게 멋있는 남자로 거듭났잖아."

"그래도 두 번 다시 하라고 하면 못할 거다."

이번에는 투투에게 힐끔 시선을 주었다. 동굴에서 살면서 많이 부드러워졌다곤 해도 훈련만은 예외였다. 도도를 대하는 태도나 전체적인 분위기가 좋아진 거지 훈련은 섬에서보다 더욱 혹독했었다.

"저를 노려봐야 다 지나간 일입니다."

투투도 내 눈길에 찔렸나 보다. 내가 아무 소리 하지 않아도 지레 발

뺨부터 하려고 한다.

"누가 노려봤다고 그래."

"하하……."

투투가 웃음으로 넘기려 한다.

"카론, 나를 봐."

"왜?"

나는 바짝 다가오는 도도를 밀쳐 냈다.

"어쩜 이렇게 잘생겼을 수가 있어."

"저, 정말?"

매번 당하는 일이지만 싫지는 않다.

"그럼. 뚱뚱보 카론이 이렇게 변할 줄은 짐작도 못했다. 깨끗이 씻고 옷까지 갈아입으니까 황홀할 정도로 눈이 부시네. 아주 훌륭하다니까."

"살이 빠졌을 뿐인데 눈까지 부시다니……."

도도가 너무 치켜세우자 괜히 쑥스럽다. 좋은 소리도 자꾸 들으면 욕 같다지만 잘생겼다는 말은 들으면 들을수록 더욱 좋아졌다. 살면서 하도 못생겼다는 소리를 들어서 그것에 대한 보상 심리라도 있는 듯했다.

"진작 회색 머리도 이렇게 단정하게 하고……."

"또 그런다."

하루에도 몇 번을 듣는 소리였다. 하지만 나는 내 자신이라서 그런지 거울에 비춰본 내 모습이 그리 특별나지가 않았다.

"눈도 커졌고……."

살만 조금 빠진 것 같은데 도도의 말에 의하면 거의 다른 사람의 얼굴로 바꿔치기라도 한 듯했다. 숨 쉬기도 힘들었던 뭉치 살은 훈련을 심하게 해서 그런지 생각보다 금방 빠졌었다.

"외모는 거의 완벽해. 거기다가……."

얼굴 살이 제일 늦게 빠지면서 지금의 형태를 갖춘 것은 한 달 전쯤이다. 그동안은 내 몸에서 살이 빠져나간다는 사실조차 알지 못했다. 하루하루가 고된 훈련으로 다른 것이라고는 생각지도 못하고 곯아떨어지기 일쑤였다.

"이목구비가 모여 있는 게 꽤 매력적이야."

도도의 칭찬(?)은 이쯤에서 끝이 난다. 훈련이 마무리 단계로 접어들면서 얼굴 살은 급속도로 빠지기 시작했었다. 단춧구멍만했던 눈도 살이 빠지면서 커진 듯했고 없던 쌍꺼풀도 깊숙이 생겨났다. 더군다나 살 속에 묻혀 있던 코가 오뚝 솟아오른 건 얼굴 변화의 하이라이트였다.

"이제 동굴 밖으로 나갈 준비를 하죠."

비행기를 이리저리 마지막 손질을 하던 투투가 우리 둘을 번갈아 바라보았다.

"다 된 거야?"

"카론님이 지시한 대로 전부 맞추었습니다."

"그래?"

나와 도도는 투투가 조립해 놓은 비행기로 시선을 주었다. 앞날개가 크고 넓적했다.

"이게 하늘을 난다니 신기하네."

도도가 비행기로 다가가서 살며시 만져 본다. 상태가 괜찮은지 알아보기라도 하듯 여기저기 툭툭 쳐본다.

"잘 날 거야."

나는 고개를 끄덕이며 확신하듯 말했다. 비록 이론적으로 배운 것이긴 하지만 루벤스 제국의 왕립 아카데미라는 존재는 믿을 만했다. 그곳은 이 대륙에서 최고의 학문만 가르치는 곳이었다.

"비행기가 우리를 다 태우기는 너무 작은 거 아닐까요?"

투투가 조금 걱정이 되나보다. 내가 보기에도 비행기는 작은 편이었다. 동굴 주인이 혼자 탈 생각으로 만들었을 1인용 비행기에 세 명이 타려니까 작은 것은 당연하였다. 뒤에 자리도 우리가 임의로 만들어놓은 것이었다.

"앞 자리에 나와 도도가 앉고 뒤에 투투가 앉으면 될 거야."

"내가 뚱뚱해서 괜찮을까?"

도도는 자신의 몸을 둘러보았다.

"그래서 내가 살을 뺄 거잖아."

나는 농담을 던지며 어깨를 으쓱해 보였다.

"호호. 말 되네."

"언제 내가 틀린 말 하는 거 봤어?"

비행기를 둘러보며 이 동굴에서 몸이 변해 버린 또 한 명의 얼굴을 쳐다보았다.

"호호, 어련하시겠어요."

"후후."

도도의 웃음을 따라서 미소 짓던 나는 아직도 이해 못하는 것이 있었다. 그렇게 날씬하고 예뻤다가 힘만 강해진 뚱보로 변했는데도 그녀는 전혀 슬퍼하지 않았다. 오히려 방글방글 웃음이 늘어났고 나에 대한 악감정도 많이 줄어들었다. 몸도 몸이지만 근본적으로 그녀의 성격을 바꿔놓은 다른 이유가 있는 듯했다.

"카론님, 비행기에 이상이 없는 것 같으면 위로 올라가겠습니다. 두 분은 천천히 따라오세요."

투투가 잠시 대화가 끊어진 틈새를 끼어들었다.

"알았어, 투투."

대답은 했지만 솔직히 말해 나도 비행기가 제대로 조립된 건지 아닌지 정확히는 모른다. 그림으로만 보았던 기억을 되살려 비슷하게 맞춰졌기에 고개를 끄덕인 것이었다.

"아무래도 작은 것 같아."

투투에게 끌려가는 비행기를 바라보며 도도는 썩 믿지 못하겠다는 눈치다.

"도도, 잘될 거야."

"알았어. 우리도 올라가자."

"그래."

도도가 앞장을 서서 투투가 비행기를 끌고 간 길을 따라갔다.

"카론은 정말 대단해. 여기 이런 길이 있다는 건 어떻게 안 거야?"

"그거야 기본이지."

어깨에 힘을 주고 으쓱했지만 아직도 미심스런 부분이 남아 있었다.

"여기가 그렇게 높은 산의 내부라니 지금도 믿을 수가 없어. 입구가 바다 쪽으로 나 있어서 나는 땅속인 줄 알았는데……."

도도 역시 궁금증을 참지 못했다.

"나도 처음엔 그렇게 생각했었지."

다섯 개의 동굴 속에 비행기의 조각들이 놓여 있지 않았다면 전혀 짐작도 하지 못했을 것이다. 그 조각들을 전부 밖으로 들고 나와 하루를 꼬박 고민하고서야 조각들이 모여서 비행기가 된다는 걸 알아냈었다. 문제는 그 다음이었다.

"이 동굴을 만든 사람은 누굴까? 보통 사람은 아닌 것 같은데."

도도는 비행기를 띄울 장소로 올라가며 이런저런 얘기를 끄집어냈다. 마치 동굴을 떠나기 아쉬운 듯 뒤도 자주 돌아보았다. 하기야 이곳에서 너무 많은 변화를 겪었었다.

"나도 누구인지 너무 궁금해."

"투투 말대로 콜렉터일까?"

"글쎄."

야명주를 박아가며 동굴을 깎아놓은 솜씨나 아는 사람도 흔치 않은 비행기를 제대로 만든 기술로 보면 보통 종족은 아니었다. 이 대륙에 이 정도 지식과 기술을 가진 사람은 손가락으로 꼽을 정도였다. 투투는 달리 생각할 거 없이 이 동굴의 주인은 콜렉터라고 못 박았다. 그 증거로 한꺼번에 모아놓은 레드 볼과 시간이 지나도 나타나지 않는 주인을 들었다.

콜렉터들은 로즈 아일랜드가 멸망하면서 모두 죽었다. 그가 무슨 이유로 이런 동굴을 만들고 비행기까지 준비했는지는 몰라도 그 덕을 지금 우리가 보려 하고 있었다. 만일 이곳의 주인이 우리의 생각대로 콜렉터였다면 예상치 못했던 죽음이 너무 억울했을 것이다. 하지만 우리도 짐작만 할 뿐이지 이 동굴의 정체에 대해서는 아무것도 아는 것이 없었다.

"후우— 한참 왔는데도 아직이네."

위로 올라가는 길이 힘이든지 앞서 가던 도도가 허리를 구부정하게 굽힌다. 비행기를 올려놓을 장소까지는 꽤 먼 거리였다.

"전에는 몰랐는데 지금 보니까 투투가 이곳을 살펴보느라 무지 고생을 많이 했겠네."

나는 도도의 등을 떠밀며 뒤를 돌아보았다. 완만한 경사로는 아래쪽으로 곧게 뻗어 있었다.

"카론, 비행기는 얼마나 날까?"

불안해서 그런지 도도의 궁금증은 끝이 없었다.

"나도 타본 적은 없어서 잘 모르겠어."

내가 해줄 수 있는 유일한 대답이었다. 6개월을 살았다지만 이곳에 대한 어떠한 것도 알 수가 없었다. 여러 가지 의문점 중에 하나가 왜 비행기의 몸체를 다섯 개의 동굴에 따로따로 뉘뒀냐는 거였다. 그것도 여러 가지 위험한 장치까지 해놓아 침입자에게서 지키려 했다. 종합적으로 말하자면 비행기는 이 동굴의 주인에게는 아주 중요한 물건이었으며, 나중에 알았지만 광장에서 비행기를 조립해 봐야 나갈 곳이 없다는 것이었다. 유일한 출구는 바다로 연결된 조그만 구멍이었다.

"모든 게 척척 맞아떨어져서 다행이야."

"맞는 말이야. 내가 '고릴라 춤'을 다 배운 시기하고 투투가 비행기 길을 만든 시기가 거의 딱 맞아떨어졌으니까 지금 나갈 수 있는 거잖아."

"그래서 그런지 앞으로 좋은 일만 있을 것 같아. 엄마의 복수도 꼭 하고 말 거야."

"당연히 그래야지."

둘 중 하나만 늦었어도 시간을 더 기다렸어야 할 것이다. 마음은 항상 고향에 가 있었다. 훈련이 점점 마무리돼 가면서 하루하루를 기다린다는 게 고역이었다. 내가 훈련에 전념하는 동안 비행기를 띄울 장소를 만든 것은 투투였다.

동굴 주인도 거기까지는 만들지 못한 듯했다. 처음 비행기 조각들을 보고 이상하게 여긴 나와 투투가 다섯 개의 작은 동굴을 다시 답사했을 때 각각의 동굴은 연결돼 있다는 사실을 알아냈었다. 정확하게는 첫 번째 동굴과 두 번째, 그리고 두 번째와 세 번째는 연결되어 있었고 세 번째에서 네 번째는 연결 통로를 만들다가 멈춘 흔적이 남아 있었다. 연결 통로에는 젤리 웰이라는 벽으로 가려져 있어서 처음 들렀을 때는 알지 못했었다.

젤리 웰은 진흙 같은 벽이다. 흙보다는 좀 더 부드러운 푸딩에 가까운 형태였다. 그 속에 들어가면 물렁물렁, 마치 늪 같은 기분이 들었다. 한 번도 빠져 본 적은 없지만 만일 늪에 다리가 빠진다면 그런 느낌이 들 것 같았다. 아무튼 중요한 건 젤리 웰 역시 동제국의 깊은 산에서만 구할 수 있는 신기한 흙이라는 점이다. 이곳의 주인이 동제국과 어떠한 일로 긴밀한 관계를 맺고 있었는지는 모르지만 꽤 친밀한 사이란 걸 알 수 있었다.

"다섯 번째 동굴 위로 빈 공간이 있다는 건 어떻게 알았어?"

도도가 힘이 드는지 잠시 쉬며 뒤를 돌아본다.

"비행기를 조립하는 순서대로 동굴들을 연결해 놨으니까 그 끝에는 무슨 방법이 있지 않을까 했던 거지. 어차피 광장 쪽에서는 비행기를 띄울 곳이 없었으니까."

나는 그 당시를 설명해 주었다. 전에도 몇 번인가 설명해 준 적이 있는데 도도는 아직도 잘 이해가 가지 않나보다.

"나같이 단순한 사람은 그런 판단은 못했을 거야. 그냥 동굴마다 들어가서 심심풀이로 나무나 깎고 그랬나 보다 이 정도만 생각했겠지."

"전에는 그런 말 한 번도 안 하더니."

"카론이 자꾸 나더러 단순하다고 그러니까 자존심 상해서 말 안 한 거지."

"어라? 도도답지 않은 행동이네?"

나는 신기한 듯 도도를 바라보았다. 자존심이란 단어가 그녀의 입에서 나오다니 믿을 수가 없었다. 거의 1년을 가깝게 함께 지낸 그녀지만 한 번도 자존심 따위의 수준 높은 단어를 구사한 적이 없었다.

"나라고 맨날 철부지인가."

도도가 삐죽거렸다.

"점점?"

내 눈이 더욱 휘둥그레지자 쑥스러운지 도도가 말을 돌렸다.

"어서 가자. 투투가 기다리겠다. 몸이 커져서 그런지 요즘은 조금만 오래 걸어도 숨이 차다니까."

도도가 나의 의심 가득한 눈초리를 피해서 다시 앞으로 걷기 시작했다. 목적지까지는 이제 반쯤 올라온 듯했다.

"후후."

도도의 저런 모습이 낯설기도 했지만 꽤나 귀엽게도 보였다. 나도 모르게 옅은 웃음소리가 흘러나왔다. 저 멀리 투투에게 끌려가는 비행기의 꼬리 부분이 보였다.

"심심풀이라……."

나는 도도가 했던 말을 되새기며 웃음을 더욱 크게 지었다. 도도가 단순하긴 단순한 것 같았다. 전에 살던 동굴 주인이 침입자에 대비한 엄청난 부비 트랩을 설치해 놓고 더군다나 그 귀한 젤리 웰로 연결 통로도 감쪽같이 숨겨놓았는데 그 이유가 심심풀이로 나무를 깎기 위해서라니… 그런 생각을 해낸 도도를 바라보며 웃지 않을 수 없었다. 앞서 가는 투투와 도도의 뒷모습에 동굴에서 있었던 기억들이 한꺼번에 그려졌다.

'정말 고민을 많이 했었어.'

하루 동안 고민해서 나뭇조각들이 비행기라는 사실을 알고 그 조각들이 순서대로 동굴에 놓여 있었다는 사실을 들어 다섯 번째 동굴을 철저히 살펴보았다. 사방이 꽉 막혀 있던 그곳으로 입구가 아닌 다른 곳에서 바람이 들어오는 것을 느꼈을 때 어딘가 넓은 통로가 있다는 것을 직감했었다. 바람은 다섯 번째 동굴 천장에서 들어오고 있었다.

'밖으로 통하는 길을 찾아낸 것도 행운이었어. 그렇지 않았으면 비행기를 써먹지도 못했을 텐데.'

투투가 그곳을 올려치자 심한 경사로이긴 했지만 높게 치솟아 있는 하늘이 보였다. 비행기 하나는 빠져나갈 수 있는 커다란 공간이 뻥 뚫려 있던 것이다. 투투가 경사로를 따라 동굴 밖까지 나갔다 오더니 넓은 운동장이 있다고 알려주었다. 만년설로 덮여 있는 산의 정상에 가까운 곳이었으며 멀리 바다가 보인다고 말해 주었다.

바깥으로 향하는 거대한 공간이나 넓은 운동장이 비행기와 연관이 있다는 사실은 나중에 알았다. 당시로서는 오로지 루벤스 제국으로 가는 길에만 매달려 있었을 뿐 비행기나 동굴 위에 뚫려 있는 커다란 공간에 대해서는 전혀 생각을 하지 않았었다.

그러다가 어떠한 위험이 도사리고 있을지 모르는 초행의 동제국의 산맥을 넘는 길이나 아는 길이라고 우리가 왔던 길로 항구 도시 랑스로 해서 가는 방법도 만만치 않다는 것을 새삼 확인했을 때, 광장에 놓여 있던 비행기 조각들이 눈에 들어왔었다.

얼마나 날지는 모르지만 이걸 만든 사람이 보통 실력은 아닌 걸로 봐서는 충분히 가능성이 있다고 판단했었다. 동굴의 주인은 첫 번째부터 만들어놓은 비행기 조각을 하나씩 옮겨 마지막 동굴의 천장에서 조립할 생각이었던 것 같았다.

우리는 그냥 광장에서 비행기를 조립해서 다섯 번째 동굴의 천장으로 직접 옮기려는 계획을 세웠었다. 비행기를 끌고 갈 새로운 길을 만드는 것은 시간이 걸리긴 해도 크게 어려운 일은 아니었다. 이론적으론 그랬다. 우리도 투투라는 엄청난 힘의 소유자가 없었다면 불가능한 일이었을 것이다. 네 번째 동굴과 다섯 번째 동굴을 하나의 길로 만들어서 위쪽을 다듬고 하면 산속에 뚫려 있는 공간까지 가는 데는 지장이 없을 듯했다.

휘이익!

비행기 꼬리만 보며 지나간 일들을 생각하는 중에 차가운 바람이 목덜미를 덮쳐 왔다.

"카론님, 다 왔습니다!"

앞쪽에서 투투가 소리쳤다. 나를 보기 위해 돌아선 그의 모습이 왠지 비장하게 느껴졌다.

"그래."

나는 손을 흔들며 투투에게 다가갔다. 내 앞에 있던 도도가 어느새 투투의 품에 바짝 안겨 웃고 있었다.

"어째 싸늘하네."

몸을 한 번 부르르 떨었다. 따뜻한 산의 내부에만 있다가 겨울의 바깥바람을 쐬자 섬뜩한 기분이 몰려왔다. 오랜만에 대하는 햇살이 너무 눈부셨다. 밖으로 나오기 10일 전부터 투투가 적응 훈련을 한다고 몇 번 데리고 나왔지만 햇살을 견디기에는 역부족이었나 보다.

"하하. 점점 좋아질 겁니다."

투투가 밝게 웃는다.

"아—!"

실로 얼마 만인지 모른다. 투투의 말대로 시간이 조금 지나자 따갑던 시야도 확보되고 섬뜩했던 기분도 상쾌하게 바뀌었다. 그런 내 느낌을 아는지 투투의 품에 안기다시피 있던 도도가 크게 숨을 들이킨다.

"하아! 상쾌하지?"

"그래."

나는 건성으로 대답하며 사방을 살펴보았다. 며칠 전인가, 이 길이 다 만들어졌을 때 입구까지는 왔었지만 비행기 놓일 자리만 봤을 뿐 다시 광장으로 돌아가고 말았다. 햇볕에 대한 적응 훈련을 할 때에도 마찬가지였다. 그때까지는 아직 '고릴라 스텝'이 완전히 끝나 있지 않았다. 투투의 기술을 모두 전수받기 전에는 바깥 세상으로 나가지 않겠다던 내 스스로의 약속을 지킨 것이었다.

"와—!"

위를 올려다보니 산의 정상이 가깝게 보였다. 탄성이 절로 나올 정도로 거대한 기암괴석이 하늘에서 뚝 떨어져 얹혀 있는 듯했다. 꼭대기에는 만년설이 덮여 있었는데 하늘 색이 물들어서인지 파란색에 가까워 보였다.

"너무 좋다."

동굴을 나와 우리가 서 있는 이곳은 봉우리와 봉우리 사이의 넓은 광장으로서 인공의 힘이 가미됐는지 학교 운동장처럼 땅이 고르고 평평한 곳이었다. 동굴의 입구는 운동장의 한쪽 모퉁이에 있었는데, 그 입구를 나오자 앞쪽으로는 새파란 바다가 수평선까지 끝도 없이 펼쳐져 보였으며 뒤쪽으로는 비행기를 띄울 수 있는 운동장이었다.

"후—우!"

이번에는 들이켰던 숨을 힘차게 내뿜었다. 그동안 가슴속에 고여 있던 썩은 물이 한꺼번에 쏟아져 나오는 듯했다. 그 시원함은 이루 말할 수가 없었다.

"너무 아름답다!"

도도가 투투의 팔짱을 끼며 산 아래로 펼쳐져 보이는 바다를 바라보았다. 지그시 내려보는 그녀의 눈빛은 멀리 보이는 푸른 바다보다 더 맑아 보였다.

"……!"

나는 도도와 하늘을 번갈아 보았다. 그녀의 입에서 '아름답다' 란 말이 나온 것은 손가락으로 꼽아야 할 정도였다. 피부에 와 닿을 정도는 아니었지만 산의 내부에서 6개월을 지내는 동안 무언가 변화가 있긴 있는 듯했다. 외모뿐만 아니라 아닌 마음까지도 예전의 그녀는 아니었다.

"여기서 밀면 되는 건가요?"

비행기의 자리를 잡고 있던 투투가 불쑥 말을 건넸다. 도도에 대한 생각으로 잠시 멍해 있던 나는 고릴라의 물음에 얼른 대답하지 못했다.

"카론님! 여기서 밀면 되냐고요?"

투투가 버럭 나를 부른다.

"으응."

"대답이 어째 영 시원치 않아요?"

못마땅한 표정이다.

"내가 뭘……."

나는 입술을 씰룩거리는 투투의 의심을 못 본 척하며 비행기가 서 있는 자리로 슬그머니 걸어갔다. 가서 본다고 딱히 아는 것도 없었지만 모른 체 가만히 있기에도 이번 계획을 강력하게 주장했던 당사자로서 쑥스러운 일이었다. 그리고 다른 일행에게 자신감을 심어줄 필요도 있었다.

"저 절벽까지 비행기를 밀고 가다 타면 되는 거죠?"

투투는 나에게 모든 걸 맡긴 듯 이것저것 물어본다.

"어디……."

동굴에 있으면서도 투투의 보고로 비행기 활주로의 구조는 대충 알고 있었다. 하지만 막상 직접 보니 투투에게 들었던 것보다 활주로가 훨씬 길어 보였다. 곧게 뻗어 있는 넓은 길의 끝에서 가물가물 아지랑이가 피어올랐다.

"저게 투투가 말한 물안개인가?"

활주로의 끝에는 물안개가 쉬지 않고 피어오르는 절벽이 있다고 했었다. 갈매기들의 날갯짓이 멀리 아래로 보이는 꽤 높은 절벽이란다. 하기야 동굴에서 여기까지 올라온 거리로 봐서는 대충 그 높이를 짐작할 수 있었다.

내가 비행기의 존재를 처음 알았던 '만물백과'라는 책에 의하면 비행기를 멀리 날게 하는 방법으로 두 가지를 들고 있었는데 기다란 활주로와 빠른 속력의 도약이었다. 책대로라면 우리는 두 가지 조건을 다 갖춘 셈이었다. 투투가 얼마나 힘을 내서 비행기를 밀지 모르지만 느낌으로는 충분할 듯했다. 이 세상에 투투만큼 기운 센 용사는 없으니까.

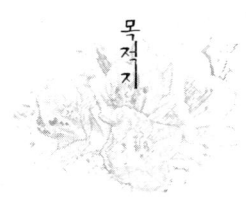

투투가 비행기의 뒤쪽으로 가서 자세를 잡았다. 그는 수직 날개 양쪽으로 달려 있는 똑같은 크기의 수평 날개를 잡은 채 나의 신호를 기다리는 중이었다.

"카론, 어서 신호를 보내!"

기다리기 초조한지 내 뒤에 있던, 그러니까 원래는 혼자 앉는 자리지만 우리의 형편상 나를 뒤에서 안은 모습으로 한자리에 같이 앉아 있는 도도가 재촉했다.

"알았어."

나는 건성으로 대답하며 전에 한 번 보았던 비행기 내부를 다시 한 번 꼼꼼히 살펴보았다. 구조가 너무 간단해서 특별히 살필 것도 없었지만 책의 내용대로라면 정면에 바로 보이는 두 개의 막대기는 오른쪽인지 왼쪽인지를 갈 방향을 잡아주는 '방향키' 같았다. 바로 위의 굵은 막대기는 높낮이, 즉 고도를 맞추는 '고도 조정키'가 맞는 듯했다. 그 밖에 빨간색의 작은 막대기가 다리 사이에 있었는데 무엇에 쓰는 건지는 알 수 없었다.

"도도, 꽉 잡아!"

"이제 가는 거야?"

"그래."

몇 개 안 되는 막대기들을 살펴본 나는 투투에게 신호를 보내기 전에 도도부터 마음의 준비를 시켰다. 그녀는 내 지시에 따라 의자 손 받침대를 잡고 있던 양손에 힘을 주었다.

"잘돼야 하는데……."

"걱정하지 말라니까."

재촉하던 도도가 막상 출발하려니까 바짝 긴장을 한다. 이럴 때 보면 삼두용의 피를 받은 용사라고는 믿어지지 않았다.

"후우—!"

도도가 심호흡을 한다.

"우리에게는 투투가 있잖아."

나는 도도를 안심시키려고 했다. 혹시 모를 위험에 대비해서 투투의 마법을 이용하기로 계획했었다. 물론 그런 순간이 온다면 무사히 땅 위에 내려앉는다고 해도 루벤스 제국까지 가는 길은 순탄하지 않을 것이다.

"알았어."

"……."

투투의 이름을 들어서인지 왠지 그런 생각이 드는 순간 도도가 얌전한 양처럼 곧바로 순응하였다. 잊고 있던 묘한 감정이 올라왔지만 우선은 비행기를 띄우는 데 모든 신경을 쏟아야 했다.

"자! 가자!"

나는 자리에서 일어나서 뒤를 돌아보며 있는 힘껏 손을 흔들었다. 드디어 고향으로 돌아가는 것이다.

"갑니다!"

내 신호를 기다리던 투투가 큰 소리로 대답했다.

"꽉 잡아!"

다시 한 번 도도를 살피는 순간, 비행기가 앞으로 나가기 시작했다. 처음에는 느리게 움직이던 비행기는 점점 속력을 내어 길게 뻗은 길을 내달렸다.

휘이익!

무지 빠른 바람이 귓가를 스쳐 뒤로 빠져나간다. 다른 걸 생각할 겨를도 없이 어느새 눈앞이 환하게 터지며 산봉우리에 가려져 있던 아침 햇살이 갈매기 날개보다 더욱 하얗게 드러났다. 시야 가득 암청색의 드넓은 바다가 시원스레 펼쳐졌다.

"으아아아!"

절벽은 바로 코앞에 있었다.

"카론!"

잔뜩 힘이 들어간 도도의 손이 내 허리를 꽉 잡는다.

휘이익!

순간, 그렇게 내달리던 바람이 잠시 멈춘 듯했다. 비행기가 공중에 떴다는 느낌이 들었다. 귓속이 멍하고 가슴이 울렁거렸다.

"떴다!"

언제 탔는지 모를 투투의 환호성을 들으며 정신을 차렸다.

"정말?"

도도가 사방을 두리번거린다.

"내 생각이 맞았어!"

나는 의기양양하게 소리를 지르며 아래를 내려다보았다.

"와아!"

6개월 전 우리가 도착했던 해안선이 길게 보였다. 그 사이사이 박혀 있는 바위들이 마치 아이들 공깃돌처럼 작게 보였다. 그러나 기쁨도 잠시, 비행기가 멈칫하더니 아래로 곤두박질쳤다. 아무래도 우리가 무거운 듯했다.

"으악! 카론, 어떻게 해봐!"

도도가 고래고래 소리를 지른다.

"가만있어 봐!"

침착해야 한다. 나는 당황하지 않고 방향키 위에 있는 고도 조정키를 아래로 잡아당겼다.

부아앙!

아래로만 떨어지던 비행기가 천천히 평형을 되찾으며 위쪽으로 올라갔다. 어느 정도 고도를 잡은 후에야 조정키를 바로 하였다.

"와아! 살았다."

도도가 가슴을 쓸어내리고 있었다.

"역시 카론님입니다."

뒤에서 나를 칭찬하는 소리가 들린다.

"이 정도야 기본이지."

얼굴이 바뀌고 날씬하게 변했어도 고질병은 치유되지 않는 듯 나의 잘난 체는 전혀 식지 않았다.

"오른쪽으로 가셔야 합니다."

투투가 빠르게 길을 알려준다.

"나도 알아!"

우리가 가야 할 곳은 서쪽이었다. 아침 태양이 왼편에 있는 걸로 봐서

현재 우리는 남쪽으로 향하고 있었다. 바람도 적당히 불어주며 우리의 비행에 동참했다. 겨울이라 북서풍이 불긴 했지만 내심 걱정했던 것만큼은 아니었다. 잔잔한 기류가 비행기의 행보를 막을 정도는 아니었다. 오히려 마주치는 바람이 비행기를 부력으로 하늘로 띄우는 역할을 해주었다. 또한 한 번씩 불어주는 역풍이 우리의 가는 길을 도와주었다.

"이걸 이렇게 올리면……."

나는 방향키의 오른쪽 막대를 위로 올렸다. 그러자 비행기가 크게 원을 그리며 서쪽으로 선회하였다.

"와아!"

비행기가 옆으로 기울어질 듯 방향을 잡아 나가는 모습이 신기한 건지, 아니면 무사히 하늘을 날고 있다는 사실이 감격스러운 건지 알 수는 없었지만 도도는 연거푸 환호성을 질렀다.

"근데 이거 바람으로 날아가는 거라면서 어디까지 갈 수 있을까? 적어도 피스 레이크까지는 가야 할 텐데."

"호수까지 가주면 아주 고맙지."

우리가 탄 비행기는 특별한 동력이 아닌 바람의 흐름을 타고 날게 돼 있었다. 얼마나 날다가 착륙할지는 아무도 알 수 없었다. 그저 무사히, 멀리 날아가는 게 유일한 바람이었다. 도도 말대로 이스텀 대륙의 중앙에 있는 거대한 호수까지만이라도 날아가 준다면 춤이라도 출 판이었다.

"카론님, 랑스입니다!"

투투가 소리를 쳤다.

"벌써?"

느긋한 마음으로 멀리 보이는 수평선을 감상하던 나는 투투의 말에 깜짝 놀랐다.

"예, 벌써 랑스네요."

아무리 거침없이 날아왔다 해도 이렇게 빠른 시간 내에 이스텀 대륙의 해안 도시 위를 통과할 줄은 몰랐다. 하기야 세인트 산맥이 막혀 있어 그렇지 바다로 가면 지척의 가까운 거리이기도 했다.

"이제 방향키를 북쪽으로 하세요."

나는 투투의 말을 끝나기 전에 이미 방향을 북쪽으로 잡고 있었다. 이대로 곧장 날아가면 거대한 호수가 나올 것이다. 물론 '타이거 리버'의 강줄기라도 볼 수 있다면 더욱 확실하겠지만 대충 이렇게 날다 보면 피스 레이크란 넓디넓은 호수가 보일 것이다. 바다만큼 넓적한 이 호수는 이스텀 대륙의 한복판에 바다만큼 거대하게 자리 잡고 있었다. 대륙에 살고 있는 모든 종족에게 평화를 바라는 마음이 담긴 호수였다.

"카론이 오늘처럼 위대해 보이기는 처음이네."

뒤에서 속삭이는 말소리가 귀를 간질인다.

"후후."

웃음으로 대답을 대신하던 나는 엉뚱한 생각을 하고 있었다. 세상을 살면서 나쁜 일만 있으라는 법은 없는 듯했다. 삼두용이 죽고 로즈 아일랜드에서 겨우겨우 빠져나와 지금까지 한 번도 나에게 좋은 일은 없었다. 계속되는 위험 속에서 살아남기도 벅차게 느껴지곤 했었다. 그런데 다시 찾은 세상에서 처음 시도한 일이 이처럼 순탄하게 진행 중이니 너무 행복했다. 만일 비행기가 없었다면 동제국 쪽의 세인트 산맥 줄기를 포기한 우리는 랑스까지 와서 위험하기로 유명한 안식의 숲을 지나 세인트 산맥의 산등성이를 타고 집이 있는 유스레오 시로 가야 했다. 말 그대로 첩첩산중이었다.

"도도, 하나 물어보자."

나는 불현듯 떠오른 궁금증을 그냥 지나치지 못했다.

"뭔데?"

"성격이 바뀐 거야?"

"무슨 소리야?"

느닷없는 질문에 도도가 대답을 못 찾고 당황한다. 외모든 성격이든 여자의 변신은 무죄라고 했지만 당사자인 도도에게는 쑥스러운 일인 듯했다.

"아니, 철이 들었나?"

"뚱딴지 같은 소리는."

"나는 잘난 체하는 거 안 고쳐지던데 도도는 자존심도 챙길 줄 알고 '아름답다' 같은 고상한 단어도 쓰고… 한데 그런 건 철이 든 게 아니고 성격 자체가 바뀐 거 아닌가?"

"카론도 크면 알아."

묘한 대답으로 나의 궁금증을 물리친다. 참으로 어이없는 말이었다. 나와 도도는 동갑이었다. 그런데 나더러 더 커야 한다면 그녀는 나보다 나이를 빨리 먹는 방법이라도 안다는 말인가?

"커봐야 안다고?"

"그래."

내가 되묻자 도도는 재차 같은 뜻으로 대답을 한다.

"아무튼 이상해."

"이상하긴, 카론도 사랑을 하면 느낄 거야. 자신이 어떻게 변하고 있는지 스스로도 깜짝깜짝 놀란다."

"그렇다면 도도는 사랑을 하고 있다는 거야?"

"그건 대답 안 할래."

괜히 질투심이 치밀었다. 분명 나를 사랑하는 것은 아니었다. 굳어 있던 마음이 풀리고 더욱 친하게 대하기는 하지만 사랑은 아니었다. 그렇다면 정말로 투투를?!

"쓸데없는 데 신경 쓰지 말고 비행기나 잘 몰아."

도도가 핀잔을 주며 이야기를 끊는다. 나도 더 이상 물어보기에는 머리가 복잡했다. 아니, 머리보다는 마음이 뒤숭숭했다. 알지 못할 혼란스러움이 나를 초조하게 만들었다. 레드 볼 과다 복용으로 갑자기 뚱뚱해진 도도를 대하며 깊은 호감을 가졌던 투투의 모습이 떠올랐다.

쿵!

여러 가지 생각으로 복잡하던 내 머리가 비행기의 덜컥 하는 충격으로 한순간에 하얗게 지워졌다.

키르르!

갈매기 울음소리 같은 기계음이 들리더니 비행기의 속도가 점점 줄어들었다.

"카론, 뭐야?!"

도도가 사방을 두리번거린다.

"글쎄."

"아무 이상 없는 거지?"

"떨어지기야 하겠냐."

호기를 부렸지만 그 말이 씨가 되고 말았다. 비행기가 공중에 잠시 멈추는 듯하더니 곧장 아래로 곤두박질치기 시작했다. 떨어지는 속도는 날아가는 속도보다 몇 배는 빨랐다.

"투투!"

나는 다급하게 소리를 질렀다. 만약의 사태에 대비해 투투의 힘을 부탁해 놓았었다. 하기야 굳이 챙겨놓지 않아도 알아서 잘하는 고릴라였다.

"지금 갑니다!"

뒤에서 투투의 목소리가 겨우 들렸다. 그는 도도와 나를 잡기 위해 앞으로, 밑으로 떨어지고 있으니까 아래로 내려오고 있을 것이다.

"카론!"

뒤에서 나를 안고 있던 도도는 팔에 힘을 주었다. 그 순간 쏜살같이 떨어지던 눈앞으로 초록색이 가득 밀려왔다. 비행기가 떨어지는 곳은 나무들이 즐비한 숲이었다.

휘이잉!

즐비한 나무들 사이로 비행기가 막 떨어가기 직전이었다.

"으악!"

비명이 절로 나온다.

"카론!"

도도의 절규가 더 섬뜩했다.

"플라이트!"

그때 투투의 갈라지는 목소리가 들렸다. 그와 동시에 내 몸이 공중으로 솟구쳤다.

"투투……."

나는 두근거리는 가슴을 진정시키며 투투를 바라보았다.

"휴우! 조금만 늦었어도 큰일날 뻔했네."

내 몸을 꼭 잡고 있는 도도가 안도의 한숨을 쉬었다.

"그러게 말입니다."

투투 역시 가쁜 숨을 몰아쉬었다. 그는 도도의 허리를 꼭 부여잡고 있었다.

"일단 아래로 내려가 보자."

우리 셋은 포도송이처럼 줄줄이 매달린 형태였다. 투투는 도도를, 도도는 나를, 나는 공중에서 허우적거리고… 아무튼 투투의 마법으로 큰 위기를 모면할 수 있었다.

"여기가 어디일까?"

천천히 땅 위로 내려온 나는 주변부터 살펴보았다. 그러나 보이는 건 하늘까지 덮어버린 커다란 나무뿐이었다. 간간이 햇살이 들어오긴 했지만 전체적으로 어두컴컴한, 당장이라도 몬스터가 튀어나올 것만 같은 분위기였다.

"항구를 지나서 북쪽으로 꽤 올라왔으니까 바다에서 호수로 가는 길목의 중간 지점쯤 되지 않을까요?"

투투는 나름대로 짐작을 해본다.

"어째 으스스하다."

도도가 커다란 몸집을 움찔한다.

"호수로 가는 길이 맞아야 할 텐데……."

왠지 자꾸 아닐 것 같은 불길한 생각이 들었다. 안 좋은 건 현실로 꼭 나타나던데 이번만은 제발 그냥 넘어가기만을 바랐다.

"카론님, 우선 밖으로 나가는 길부터 찾죠."

"그래, 투투."

투투가 앞장을 서서 숲 속을 걸어나갔다.

"공간 이동이라는 마법은 정말 쓸 수 없는 거야?"

가장 절실한 방법이긴 했지만 현재는 쓸 수 없는 마법이었다.

"도도, 그건 한 사람밖에 안 된다고 하잖아."

내가 도도를 달랬다.

"나도 알아. 그냥 답답하니까 해본 소리지."

여기서 저기로 순식간에 옮겨 다닐 수 있는 공간 이동이란 마법은 예전에 마법사 크론 경에게서 보았었다. 투투가 마법을 할 줄 안다는 사실, 그것도 꽤 높은 레벨의 수준이라는 걸 알았을 때 나도 도도와 같은 생각을 했던 적이 있었다. 당시에는 어려운 마법을 쓰고 나면 전문 마법사도 아닌 투투로서는 에너지를 많이 뺏겨서 위험하다고 들었다. 물론 틀린 말도 아니지만 나중에 알고 보니 진짜 안 되는 이유는 공간 이동은 혼자만이 가능한 마법이었다.

"카론님, 저쪽으로 가보죠."

"그러자."

숲에는 길이 없었다. 투투는 햇빛이 들어오는 쪽으로 이동을 하고 있었지만 사람들이 다닌 흔적은 어디에도 없었다.

"아얏!"

내 뒤를 쫓아오던 도도가 짧은 비명을 지른다.

"왜 그래?"

나는 얼른 뒤를 돌아보았다. 아픈 표정으로 엉거주춤 서 있는 도도의 한쪽 발목이 땅속으로 들어가 있었다.

"도도님, 괜찮으세요?"

언제 왔는지 투투가 도도의 손을 잡고 있었다.

"괜찮은데 뭔가 다리를 문 것 같아."

"그게 뭔데?"

나는 땅속에 박혀 있는 도도의 다리를 살펴보려 하였다.

"가만……."

도도는 조심스레 땅속에서 발을 들어 올렸다.

"이건?"

"어라?"

나와 투투가 동시에 놀란 소리를 냈다. 도도의 발목을 물고 있던 것은 사냥감을 잡을 때 쓰는 커다란 덫이었다.

"정말 괜찮은 거야?"

덫은 손가락만한 크기의 강력한 이빨을 가지고 있었다.

"응. 아프지는 않아. 조금 놀랐을 뿐이야."

도도는 발목에 달려 있는 덫을 빼내려 했다.

"가만히 있으세요. 제가 할게요."

당사자는 괜찮다는데 투투가 안쓰러운 얼굴로 덫을 잡았다. 그는 혹시라도 도도가 아플까 봐 조심조심 덫에서 발목을 빼냈다. 그리고는 무슨 원수라도 만난 듯 있는 힘을 다해 커다란 덫을 우그러뜨렸다. 커다란 짐승도 부러뜨릴 만큼 강력한 덫이 힘없이 찌그러졌다.

우드득!

더 이상 쓸모가 없어진 덫을 보며 투투와 도도 사이를 다시 한 번 생각해 보았다.

"어떻게 아무렇지도 않지?"

도도는 자신이 당하고도 신기한지 덫에 물린 다리를 만져 보았다. 이상한 건 덫이 뚫고 들어가지 못할 정도의 피부라면 돌보다 더 딱딱할 텐데 전혀 그렇지 않았다. 도도의 피부는 여전히 말랑말랑 부드러웠다.

"모습만 바뀐 것이 아닌가 봐."

나도 신기해서 도도의 다리를 이리저리 둘러보았다. 레드 볼의 과다 복용이 체형과 체질 자체를 전부 뒤바꿔 놓은 것 같았다. 아무리 그래도 그렇지 이 정도면 나의 삼두용 가죽 갑옷하고도 맞먹을 정도였다.

"투투, 이런 일이 있을 수 있는 거야?"

"저도 자세히는 모르겠습니다."

"도도, 걸을 수 있겠어?"

"아프지도 않은데 왜 못 걸어."

도도는 주무르던 다리를 굽혔다 펴더니 앞으로 한 걸음 내디뎠다. 그녀의 표정은 편해 보였지만 나는 아무래도 걱정이 되었다. 그 굵은 덫이 파고들었던 연약한 다리였다.

"괜찮아?"

"그렇다니까."

두 발 세 발 걷는 것을 보고야 안심할 수 있었다. 그러나 투투는 그렇지 않았나 보다.

"혹시 모르니까 업히세요."

"투투."

도도가 쑥스러운 표정을 짓는다. 느닷없이 등을 밀어대는 투투의 행동 때문에 당황한 표정이 아닌 마치 사랑하는 여자가 부끄러워 어쩔 줄 모르는 그런 모습이었다. 점점 둘의 사이가 이상하게 느껴졌다. 동굴로 숨어들 때부터, 아니, 도도가 레드 볼을 과다 복용하고 그 부작용으로 뚱뚱하게 변했을 때부터 둘 사이에 흐르던 미묘한 감정들이 다시 떠오르고 있었다.

"그런데 여기 이런 함정이 있다니……."

내 눈치가 이상한지 도도가 투투의 등을 피해 딴청을 한다.

"분명 사람이나 몬스터의 흔적은 없습니다."

도도에게 등을 밀어대던 투투는 주위를 살펴보며 고개를 갸웃거렸다. 그렇다면 덫을 놓은 놈들은 누구란 말인가? 혹시 날아다니는 몬스터들이 먹이를 잡기 위해 설치했을 수도 있었지만 내가 봤던 어떤 책에도 그런 몬스터는 존재하지 않았다.

"내가 봐도 그렇긴 한데……."

여전히 내 눈치를 힐끔거리던 도도는 앞으로 몇 걸음을 옮기며 두리번거렸다. 그러자 눈치없는 투투가 또 한 번 커다란 등짝을 밀어댄다.

"일단 저에게 업히세요."

"괜찮아."

도도는 투투의 등을 슬쩍 밀치며 민망한지 나에게 웃음을 보낸다. 가만히 있기도 뭐해서 어색한 동작으로 어깨만 들썩해 주었다. 그녀가 얼른 딴청을 한다.

"투투, 주변을 잘 살펴봐."

"예, 도도님."

자신의 등에 업히지 않은 도도를 슬쩍 쳐다본 투투는 그제야 쑥스러운 표정으로 나를 쳐다보았다. 둘의 이런 모습을 보며 내가 알고 있던 투투와 도도의 성격이 뒤바뀌었다는 착각을 하였다. 단순하고 털털대던 도도는 내 눈치도 보며 신중한 데 반해 한 치의 오차도 없이 움직이던 투투는 나 따위는 안중에 없다는 듯이 어리숙한 행동을 한다. 사랑을 하면 성격이 바뀐다는데 정말 둘이 사랑이라도 하는 걸까 또 한 번 의심이 생겼다.

"카론."

다른 생각에 깊이 잠겨 있던 나는 도도가 부르는 소리를 바로 듣지 못했다. 몇 번인가 귓가에서 웅웅거리던 소리가 내 이름이란 걸 안 것은 누군가 내 어깨를 툭 치면서부터였다.

"무슨 생각을 그렇게 해?"

앞서 가던 도도가 내게로 다가와 있었다.

"으응… 아무것도 아냐. 그런데 왜?"

나는 더듬더듬 정신을 차렸다.

"이그~ 정신 똑바로 챙기라고!"

"응. 걱정 말아."

"걱정을 말긴, 이렇게 멍청하게 있으면서."

도도는 내가 초점 풀린 눈으로 뒤쫓아오는 것이 불안했나 보다. 함정을 파놓았던 놈들이 언제 들이닥칠지도 모르는 상황이기 때문이다.

"뭐 하나 물어봐도 돼?"

정신을 챙긴 내가 도도를 바라보았다. 그러나 도도는 시선을 다른 곳으로 돌렸다.

"나중에."

"지금 알고 싶어서 그래."

"별로 급한 것도 아니잖아."

마치 내가 물어볼 것을 이미 알고 있다는 듯이 말을 한다.

"나한테는 급할 수도 있어."

자꾸 피하려고 하는 도도가 얄미웠다.

"지금은 주변 경계가 더 중요해."

"알아. 그래도……."

내가 투투와의 관계를 물어보려는 찰나 숲 속을 쩌렁쩌렁 울리는 함성이 들려왔다.

"와아아!"

사방에서 많은 숫자가 몰려오는 듯했다.

"투투! 뭐야?"

도도가 투투 곁으로 달려간다. 그러면서도 나를 챙긴다.

"카론! 이리로 와."

"응."

정체 모를 놈들의 갑작스러운 침입으로 닭 쫓던 개처럼 멍한 신세가 돼버린 나는 엉거주춤 둘 사이로 끼어들었다.

"와아!"

자세히 바라보니 놈들은 나무 위에서 뛰어내리고 있었다.

"오크들이군."

투투가 별거 아니라는 듯이 말을 뱉는다. 하지만 내가 보기엔 돼지 비스무리하게 닮은 것들이 꽤나 겁나게 생겼다. 키는 작았지만 싸늘한 눈빛은 잔인한 공포가 느껴질 정도였다.

"와아아!"

맨 앞에서 달려오던 덩치 큰 오크가 카론의 일행 앞에 멈춰 서며 손을 들었다. 그러자 몇십 마리나 되는 오크들이 일제히 그 자리에 우뚝 섰다.

"……."

일순 침묵이 흘렀다.

"네놈들이 땅속에다 덫을 놓았냐?"

투투는 놈을 향해 비웃듯이 한마디를 던졌다.

"……?"

오크의 대장으로 보이는 덩치 큰 놈은 대답 대신 도도가 빠졌던 덫 쪽으로 시선을 돌렸다. 그리고는 무엇인가 살피는 듯 두리번거리더니 이내 의심스러운 눈초리로 우리들의 발목을 하나씩 살펴보았다.

"어째서 아무렇지 않지?"

이해하지 못하겠다는 표정으로 도도를 쳐다보던 놈의 입에서 제일 먼저 튀어나온 말이었다. 아마 오크들은 그녀가 함정에 빠지는 것을 본 뒤에 달려나온 듯했다.

"이 발목 말이야?"

도도가 함정에 빠졌던 발을 흔들어 보였다.

"으음!"

오크 대장은 뚫어져라 도도의 발목을 쳐다보았다. 하지만 놈이 아무리 쳐다봐도 도도의 발목에 흠집 하나 생기지 않는 이유를 알 리 없었다.

"거참, 이상하네."

"이얍!"

고개를 갸우뚱거리며 머리를 드는 오크 대장의 멱살이 도도의 손아귀에 잡힌 것은 순식간이었다. 마치 놈의 멱살이 도도의 손 안으로 빨려 들어가는 듯한 착각이 들 정도로 빠른 동작이었다. 도도의 돌발적인 행동에 나와 투투는 물론이고 놈의 뒤에 있던 오크들은 깜짝 놀랐다. 놈들은 믿을 수 없다는 표정으로 어쩔 줄 모르고 우왕좌왕했다.

"우우우!"

자신들보다 훨씬 덩치가 커다란 대장이 무지 둔하게 보이는 뚱뚱한 여자의 손에 잡혀 공중에서 버둥거리는 모습을 현실로 받아들이기에는 무리가 있어 보였다. 오크들은 괴성을 지르며 손에 쥐고 있던 무기들을 바짝 세웠다. 날이 잘 선 칼도 있었고, 끝이 세 갈래로 갈라진 기다란 창, 무식해 보이는 도끼 등 다양한 무기들이 느린 속도로 우리의 주변을 맴돌았다. 그러나 대장의 안위를 생각해서인지 함부로 덤비지는 못했다.

"덩치 큰 네놈이 대장 같은데 좋은 말 할 때 부하들 데리고 물러나도록 해."

"캑! 캑!"

"그리고 이 숲을 빠져나가는 길도 가르쳐 줬으면 좋겠어."

도도는 어린아이를 다루듯 조용하게 타일렀다. 그러나 오크 대장은 목을 조이는 괴로움만 힘겹게 토해낼 뿐 아무 대답도 하지 못했다.

"알아들었으면 고개를 끄덕해 봐."

"캑! 캑!"

"왜 아무 반응도 보이지 않는 거야?"

"우엑!"

가래 끓는 소리를 내던 오크 대장의 입에서 숨넘어가는 소리가 한차례 들렸다. 그리고는 더 이상 아무 소리도 내지 않았다. 아무래도 도도가 놈의 멱살을 쥐고 있던 손아귀에 힘을 더 준 듯했다.

"우우!"

오크들이 무슨 일인가 하여 도도에게 잡혀 있는 대장을 보기 위해 머리를 이리저리 흔든다.

"도도."

나는 걱정이 되어 도도를 쳐다보았다. 만일 놈들의 대장이 죽기라도 했다면 나쁜 상황이 찾아올 수도 있었다. 눈앞에 보이는 오크의 숫자는 얼마 안 되지만 이 숲 속이 놈들의 터전이라면 더 많은 오크가 나타날 수도 있기 때문이다.

"카론, 이놈 죽은 것 같은데?"

"정말이야?"

"응."

동굴에서 나와 도도가 저지른 첫 번째 말썽이었다. 가뜩이나 사고뭉치였던 도도에게 이제는 엄청난 힘까지 부여됐다는 그 자체가 앞으로의 험난한 여정을 여실히 보여주는 듯했다.

"투투!"

나는 당장 투투부터 불렀다.

"말씀하십시오, 카론님."

"놈들의 대장이 죽었대."

"저도 들었습니다."

"어떡해?"

이런 경우에 믿을 만한 것은 투투밖에 없었다.

"걱정하지 마십시오. 제가 알아서 처리하겠습니다."

"괜찮을까?"

"오크는 단순해서 힘밖에 모르는 놈들입니다. 우리의 힘이 놈들보다 강하다는 걸 보여주면 의외로 일이 잘 풀릴지도 모릅니다."

"알았어."

대답을 하면서도 불안한 마음에 도도를 쳐다보았다. 그녀는 축 처져 있는 오크 대장을 좌우로 흔들어보고 있었다. 정말로 죽었는지 아닌지를 확인하는 듯했다.

"도도, 무슨 짓이야?"

"응. 진짜로 죽은 건가 해서……."

도도는 말끝을 흐리더니 오크 대장을 땅바닥에 툭 던져 버렸다. 그리고는 손바닥을 탁탁 털었다. 주변에 몰려 있던 오크들의 눈이 휘둥그레졌다.

"네놈들 대장이니까 알아서 해라."

아무런 거리낌도 없었다.

"우우."

"우우."

30여 마리의 오크가 분노의 괴성을 질러댔다. 그러나 놈들은 소리만 우우거릴 뿐 당장 도도에게 달려들지는 않았다. 눈앞에서 대장이 순식간에 죽는 걸 보고 뚱뚱한 여자의 실력을 무시하지 못하는 듯했다.

"왜? 나하고 한판 해보겠다는 거야?"

오히려 도도가 앞으로 나선다.

"도도, 놈들 말고도 더 있을지 몰라."

내가 주의를 주었다.

"후후. 그래 봤자 오크지."

그다지 신경 쓰지 않는 모습으로 코웃음을 친다.

"투투."

또 한 번 투투를 불렀다. 동굴에 있으면서 사정이야 많이 달라졌다고 해도 말괄량이 도도를 말릴 수 있는 것은 투투뿐이었다. 그러나 고릴라는 미소를 지으며 나를 달랜다.

"한번 도도님에게 맡겨보시죠."

"뭐?"

불안한 마음이 더욱 짙게 올라온다.

"제가 말씀드렸지만 오크는 힘이 강한 자에게 비굴할 정도로 약한 모습을 보이는 종족입니다. 만일 도도님이 놈들을 물리친다면 의외로 좋은 결과가 있을지도 모릅니다."

"그래도……."

오크가 어떤 종족이든 그 특성이 중요한 게 아니고 도도가 사고치려 한다는 것이 나에게는 커다란 문제였다. 고향으로 가기 위해서는 아직도 갈 길이 먼데 도도가 계속해서 이런 식의 사고를 친다면 곤란한 경우에 빠질 수도 있을 것이다. 이번 사태는 투투의 말대로 그냥 지나치더라도 언젠가는 한 번쯤 짚고 넘어가야 할 부분이었다.

"에잇!"

칼을 들고 뒤쪽에서 눈치만 보던 오크 한 마리가 도도에게 달려들었다.

퍽!

도도는 그 자리에 서서 팔만 쭉 뻗고 있었다. 머리가 깨진 오크의 몸이 부르르 떨며 땅바닥으로 주저앉았다.

"죽고 싶은 놈들은 얼마든지 덤벼도 좋아! 그렇지 않아도 몸이 근질근질했거든."

성큼 앞으로 한 발 나선다.

"우우!"

동료가 죽자 오크들은 안절부절못하고 더욱더 소리를 질러댔다. 놈들은 자기들끼리 잠시 눈짓을 주고받더니 동시에 몸을 날려 우리를 공격해 왔다.

"이얏!"

나에게도 두 마리의 오크가 한꺼번에 창을 들이댔다. 반사적으로 고릴라 스텝을 밟아 놈들의 공격을 피했다. 옆에서는 투투의 짧은 기합 소리가 들려왔다.

"우쌰!"

첫 번째 공격이 실패한 오크들은 창끝을 돌려 나의 스텝을 막으려 했으나 내 칼이 놈들의 생각을 용납하지 않았다.

철컥!

팔목에서 칼이 나오는 동시에 오크들의 몸뚱이가 양 옆으로 튕겨 나갔다.

"커억!"

"으악!"

나는 얼른 투투에게 달려갔다. 투투 역시 두세 마리의 오크를 처치하고 잠시 쉬는 중이었다. 나와 투투를 공격했던 몇 마리의 오크들만 빼고 나머지는 전부 도도를 상대하고 있었다.

"강한 힘에 비굴하다며? 놈들이 그냥 덤비는데?"

"조금 더 두고 보세요. 저 정도 강하면 굴복할 겁니다."

투투가 나를 달래며 손가락으로 도도를 가리켰다.

"에잇!"

도도는 그 자리에서 꼼짝도 하지 않고 있었다. 오로지 손만 휘둘러 오크들을 제압하는 중이었다. 여러 번도 아닌 딱 한 번씩의 공격으로 놈들의 머리통을 깨뜨려 버렸다. 레드 볼의 부작용으로 몸이 변하고 투투로 인해 생각이 깊어졌다고 해도 도도는 누가 뭐래도 싸움을 즐기는 여전사 그대로였다. 달라진 게 있다면 싸움 실력이 더욱 무서워진 것이다.

"우우!"

오크들은 죽어 넘어가는 동료들의 전철을 답습하고 있었다. 그래도 무식한 것들은 쉬지 않고 달려들었다.

퍽!

수북이 쌓인 오크들의 시체들이 처량하게 보였다. 30여 마리의 오크가 소리만 질렀을 뿐 도도의 소맷자락도 건들지 못하고 죽어간 것이다.

"벌써 끝난 거야?"

도도가 주변을 살펴본다.

"괜찮아?"

나는 오크의 시체들을 피해 도도에게 다가갔다.

"새삼스럽게… 나야 항상 괜찮지."

"그래도 꽤 많은 놈들이었는데."

주변을 둘러보았다. 별의별 형태로 오크들은 쓰러져 있었다.

"이 정도야 기본이지."

눈웃음을 지으며 잘난 체까지 한다. 이왕이면 성격도 변하든가 하지 오만방자에 힘까지 세졌으니 실로 앞날이 걱정되었다. 아무래도 한마디 해야겠다.

"도도, 앞으로도 이러면 곤란해."

"내가 뭘?"

내가 뜬금없이 말을 꺼내자 도도가 알아듣지 못하겠는지 어깨를 으쓱 해 보인다.

"이런 식 말이야."

발 밑에 즐비하게 쓰러져 있는 오크의 시체들을 가리켰다.

"머리통 깨부순 거?"

"……."

전혀 무슨 말인지 못 알아듣나 보다.

"콜렉터가 됐으면서 그렇게 비위가 약하면 어떻게 해. 콜렉터는 누구보다 강한 용사인데."

"그게 아니고……."

"알았다니까."

도도가 듣기 싫은지 내 말을 끊으며 그만 하라는 손짓을 한다.

"뭘 아는데?"

"앞으로는 어떤 놈이든 머리통을 깨지 않고 팔을 뽑든가 다리를 부러뜨릴게. 그럼 됐지?"

그러고는 선심을 쓰듯 의기양양하게 쳐다본다.

"아니, 비위가 약해서 머리통을 깨지 말리는 게 아니라 모든 문제를 이런 식으로 풀어버리면 우리가 위험해질 수도 있다는 말이야."

내가 차분하게 설명해 주었다.

"에잇! 이게 뭐 잘못됐다는 거야?"

도도는 내 말이 기분 나쁜지 오크의 시체를 발로 찼다.

"그래!"

단호하게 대답했다.

"그럼 놈들이 무슨 짓을 하든 그냥 놔둬야 한다는 거야?"

"피해 가는 게 제일이고 만일 그렇지 못하더라도 좋은 게 좋은 거라고 대화로 풀 수도 있잖아."

"흥!"

동굴에 있으면서 조금 나아졌나 했더니 내 의견에 사사건건 토달고 나서는 것도 여전했다.

"내가 우리들의 리더인 걸 잊지 마."

치사한 방법이지만 나는 전령이라는 지위로서 도도를 누르려고 했다. 지금 잡아놓지 않으면 매번 다툴 게 뻔했다.

"당연하죠. 한 번도 잊은 적 없으니까 강조하실 거 없어요. 앞으로는 뭐든 전령님이 알아서 처리하세요."

도도가 냉랭하게 돌아섰다.

"그게……."

존댓말까지 하는 걸 보니 화가 많이 난 듯했다.

"그건 전령님 말씀이 맞습니다."

보고만 있던 투투가 내 편을 들면서 나섰다.

"투투까지도 그렇단 말이지?"

"예."

"……."

한바탕할 줄 알았는데 의외로 조용히 물러난다. 그런 모습이 안쓰러운지 투투가 금세 그녀를 달래려 한다.

"카론님의 모든 결정은 도도님을 위해서입니다."

"내가 단순은 해도 바보는 아냐. 그런 말 한다고 쉽게 헤헤거리지는 않아."

"도도, 투투 말이 맞아."

"……."

도도가 가만히 나를 쳐다본다.

"나는 콜렉터가 되기 전부터 어떤 일이든 한 번도 도도를 빼놓고 생각해 본 적이 없어."

"으음!"

깊은 한숨을 몰아 내쉰다.

"그러니까……."

무슨 말인가 더 하고 싶었다. 그때였다.

"와아!"

변함없이 도도를 사랑하는 내 마음이라도 꺼내 보이고 싶었지만 방해꾼들이 떼를 지어 나타나 분위기를 깨고 말았다.

"와아!"

내가 걱정했던 대로 오크들의 무리였다. 이번에는 30명이 아니라 온 숲을 다 채울 만큼 많은 수의 떼거리였다. 앞서 나왔던 30마리가 전멸하자 일거에 뛰쳐나온 듯했다.

"이제 어떡할 거야?"

도도에 대한 질책이 나도 모르게 튀어나왔다.

"전부 없애면 되지."

"지금 그걸 말이라고 해?"

도도는 눈앞에 벌어진 상황을 전혀 인식 못하고 있었다. 우리가 갇혀 버린 숲은 나무끼리의 간격이 사람 하나 들어갈 정도였다. 그 사이마다 오크가 꽉 차서 달려오는 중이었다. 적어도 몇백 마리는 될 듯 보였다. 그런데 넉살 좋게 한다는 소리가 전부 없애면 된다니… 어이가 없었다.

"이게 전부 투투 때문이야."

도도에 대한 짜증이 투투에게로 넘어갔다. 사실 이런 사태가 되기까지 고릴라의 잘못도 있었다. 내가 말리려 했을 때 두고 보자던 당사자가 바로 그였기 때문이다.

"제게 맡기세요."

내 말이 신경 쓰였는지 투투가 앞으로 나섰다. 달려오던 오크들이 그의 앞에서 멈추었다.

"너희들도 저들처럼 죽고 싶은가?"

투투는 험악한 표정으로 오크들을 둘러보았다.

"우우!"

놈들은 땅바닥에 널브러져 있는 동료들의 시체들을 힐끔거렸다.

쾅!

투투의 주먹이 바로 옆에 서 있던 커다란 나무를 강타했다.

찌억!

두말할 것도 없이 나무는 뿌리째 뽑혀 넘어갔다. 그러자 오크들의 얼굴에서 두려운 기색이 나타났다.

"나보다 강한 자가 있는가?"

투투는 굵은 목소리로 오크들을 압도했다.

쾅!

두 번째 나무가 넘어가는 순간 오크들은 한 발 물러나며 주춤거렸다.

"너희가 다 덤빈다 해도 나를 이기지는 못한다!"

물론 싸워봐야 알겠지만 굉장한 오만이었다. 투투의 실력이 아무리 대단하다 해도 이 많은 오크를 상대하기에는 벅찰 것이다. 더군다나 오크는 물불 가리지 않고 무식하게 싸우기로 유명한 종족이었다. 그러나 그러한 오크들이 두려운 눈빛을 하며 술렁거리기 시작했다.

"따질 게 뭐 있어? 전부 없애 버리면 되지."

"도도!"

팔짱을 낀 도도가 끼어들어 입술을 씰룩거리며 도전적으로 말을 뱉는다.

조마조마한 마음으로 불안하게 쳐다보던 내가 얼른 달려가 도도의 손목을 잡았다. 현재 돌아가는 상황으로 봐서는 투투의 말이 통할 듯했다. 괜히 나서서 방해할 필요는 없었다. 그러나 자신을 말리는 내가 미운지 도도는 투투의 주먹을 맞고 넘어가 있는 커다란 나무를 발로 찼다.

"에잇!"

내가 보기에는 가볍게 툭 찬 듯했다. 하지만 그 충격은 어마어마하게 나타났다.

빽!

그렇게 커다란 나무가 공중에 떠 있는 모습은 태어나서 처음 보았다.

도도가 걷어찬 나무가 바람을 가르며 빠른 속도로 앞으로 날아간 것이다.

"커억!"

"으악!"

두려운 모습으로 주춤거리던 오크들에겐 날벼락이었다. 생각지도 못한 일이 벌어지며 몇몇 오크가 쓰러졌다. 그 와중에서 나무 밑에 깔린 놈들이 꽥꽥거리며 버둥거렸다.

"아!"

나는 눈을 감고 말았다. 투투가 잘하고 있었는데 기어이 도도가 모든 걸 망쳐 놓은 것이다. 이젠 죽든지 살든지 오크들과의 한판 승부만 남아 있는 듯했다. 다행히 여기서 살아난다 해도 온전치는 않을 것이다.

철컥!

손목에 칼을 세우며 싸움에 대비했다.

"덤비겠는가?"

투투가 큰 소리로 오크들의 진의를 파악해 본다.

"……"

그때 놈들 사이에서 나이가 꽤 들어 보이는 오크가 우리 앞으로 걸어나왔다. 보통 오크들은 돼지의 형상을 닮았지만 오래 산 오크라서 그런지 눈썹까지 하얀 게 사람에 가까운 얼굴이었다.

"네가 이들의 왕인가?"

투투는 늙은 오크를 노려보았다.

"그렇습니다."

정중하게 대답한다.

"어찌하겠는가?"

"우리는 힘을 숭배하는 종족입니다. 당신을 우리의 친구로 받아들이

겠습니다."

걱정했던 거에 비해서는 너무 싱거운 끝맺음이었다. 결과적으로 볼 때, 투투의 주먹에 겁에 질려 있던 오크들의 기를 확실하게 꺾어놓은 것은 도도의 발길질이었다.

아무리 싸움을 즐기는 용사나 기사라도 그녀의 실력을 본다면 한 수 접고 들어갈 수밖에 없을 것이다. 변하기 전에도 함부로 할 수 없는 굉장한 실력이었는데 이제는 제 철을 만난 메뚜기처럼 천방지축 날뛰는 그녀를 누가 막을 수 있을 것인가. 전에 투투도 그녀의 파워에 혀를 내두른 적이 있었다. 투투가 한 수 접고 들어갈 정도면 더 이상 설명이 필요없었다. 하물며 조잡한 실력의 오크들이 그녀의 상대가 될 수는 없었다.

불의 사고

　오크와 친구가 된다는 것은 거의 불가능한 일이었다. 욕심이 많은 놈들은 타협이란 단어를 알지 못한다. 심한 경우에는 같은 종족끼리도 먹을 거 때문에 죽고 죽이는 경우가 종종 있었다. 그러나 단순한 만큼 단순한 거에 약한 놈들이었다. 힘이 세고 약한 걸로 친구와 먹이를 나누다니할 말이 없었다. 만일 우리가 보통 사람들처럼 함정에 빠져 발목도 잘리고 힘도 없었다면 지금쯤 놈들의 불판 위에서 잘 익은 고기가 되어 있을 것이다.

　"나무 위로 간다고?"

　"예. 그러면 호수로 가는 '타이거 리버'의 강줄기가 나옵니다."

　친절하게 가르쳐 준다.

　"궁금한 게 있는데……."

　"카론님, 뭐든지 물어보십시오."

　"오크는 동굴 속에서 산다고 알고 있는데?"

"다른 곳에 사는 오크들은 그렇지만 이곳은 다릅니다. 여긴 동굴보다 나무가 많은 곳입니다."

나는 투투와 늙은 오크가 하는 말을 들으며 연신 고개를 끄덕거렸다. 숲 속에 아무런 흔적도 없는 이유를 알 수 있었다. 이곳에 사는 오크들은 나무를 타는 종족이었다.

"저 높은 데를 어떻게 올라가?"

옆에서 먹을 것을 챙겨 들고 우악스럽게 배를 채우고 있던 도도가 한 마디 한다. 하지만 높이보다는 저 덩치로 나무를 탈 생각을 하니 본인도 끔찍할 것이다. 그래서 내가 맞장구쳐 주었다.

"그러게."

"너무 걱정 안 해도 됩니다."

늙은 오크가 도도의 마음을 헤아려 준다. 그는 우리를 정중하게 대해 주고 있었다. 이럴 때 보면 강하다는 건 좋은 일이었다. 물론 힘도 제대로 써야 사람들에게 인정을 받는 거지만 지금은 괜히 뿌듯한 생각이 들었다.

"정말?"

"도도님만큼은 아니더라도 여기에도 뚱뚱한 오크는 많습니다. 하지만 그들도 나무를 타고 다니는 데는 지장이 없습니다."

"으응."

수긍하듯 대답하는 도도의 얼굴이 그리 밝지는 않았다. 뚱뚱하다는 말에 반응을 보이는 듯했다. 동굴을 나오고 처음 보는 모습이었다. 1년 뒤면 카투마가 될 몸이라서 변한 모습에 대해 그다지 마음을 쓰지 않던 그녀였지만, 비록 오크지만 다른 이의 입에서 뚱뚱하다는 소리가 나오자 신경이 쓰이나 보다.

"지금이라도 올라갈 수 있는 거지?"

투투가 늙은 오크를 재촉했다.

"언제든지 상관없습니다."

"그럼 당장 올라가 보자."

"예!"

늙은 오크는 시원스럽게 대답하며 우리를 안내했다. 그는 빠른 동작으로 나무를 오르고 있었다.

"얼마나 가야 하지?"

도도가 성급하게 묻는다.

"조금만 더 가시면 됩니다."

나무 사이를 지나 우리가 도착한 곳은 굵기가 투투의 몸통보다 훨씬 큰 우람한 나무였다.

통! 통!

늙은 오크가 우람한 나무를 짧은 간격으로 두 번 두들기자 매우 청명한 소리가 울리더니 곧 이어 나무로 들어갈 수 있는 작은 문이 털컥 열렸다.

"와! 이런 곳도 있었네!"

도도가 탄성을 질렀다.

"후후. 저를 따라 이리로 들어오십시오."

두 눈이 휘둥그레지는 도도의 모습이 귀여운지 밝은 웃음을 보이던 늙은 오크가 앞장서서 나무 안으로 들어갔다.

"우리도 가야지."

나는 투투를 앞장세우며 그 뒤를 따랐다. 내 뒤에는 도도가 무거운 몸을 이끌고 쫓아왔다.

"여기가 통로구나."

"이런 나무가 몇 개 더 있습니다."

늙은 오크는 귀도 좋은지 나 혼자 지껄인 소리에 대답을 해주었다. 나무 위로 가는 길은 사다리를 타고 한참을 올라가야 했다. 그만큼 나무들의 키가 크다는 뜻이었다. 아직은 보지 못해 뭐라 판단하기 이르지만 나무 위로 다니다가 아차 해서 떨어지면 뼈도 추스르지 못할 정도일 것이다.

"다 왔습니다."

우리가 나무를 빠져나오자 세상의 빛이 전부 모여 있는 듯한 경치가 펼쳐져 있었다. 아래와 달리 밝음이 나무 위에는 넘쳐 나고 있었다.

"와아!"

도도가 제일 먼저 소리를 지른다.

"멋있어!"

"좋군요!"

우리는 저마다 감탄사를 늘어놓으며 나무 위 경치에 매료되고 있었다. 초록의 세상 위는 환상 그 자체였다. 끝도 없이 펼쳐진 초록은 요정들의 안식처보다 더욱 아늑하게 느껴졌다.

"전혀 어울리지 않아."

도도 역시 나하고 같은 생각이었는지 늙은 오크를 보며 멍하니 중얼거렸다.

"하하. 저도 종종 그렇게 생각할 때가 있습니다."

"그렇지?"

내가 확인까지 하려고 했다.

"예."

멍청하고 단순한, 그것도 모자라 무식하기까지 한 오크에게 저런 온후하고 생각이 깊은 임금님이 있다니, 그것 또한 초록의 바다와 오크가 어울리지 않는 것만큼 너무나 어울리지 않는 진실이었다.

"그냥 걸어가면 되나?"

투투가 제일 먼저 현실로 돌아왔다.

"잘 보면 나무끼리 연결해 놓은 다리가 보일 겁니다. 저희는 이곳이 삶의 터전이라 별로 불편한 걸 모르지만 처음 오신 분들은 다리 찾기가 힘들 겁니다."

"그거야 걷다 보면 좋아지겠지."

앉은 자세에서 바닥을 살펴보던 투투의 시선이 느긋하다.

"하기야……."

늙은 오크는 투투에게 무슨 말인가 하려다가 멈칫했다. 그러자 투투가 알고 있다는 듯 미소를 지었다.

"왜? 내가 고릴라여서?"

"기분 나쁘실지 모르지만 천성적으로 나무를 잘 타는 종족이시니까 걱정은 안 하지만 다른 두 분은……."

"내가 업고 가면 돼."

"업어요?"

지금껏 침착하게 우리를 대해주던 늙은 오크가 큰 소리로 깜짝 놀란다. 그의 눈이 머문 곳은 당연히 도도였다.

"왜? 내가 업히는 게 못마땅해?"

도도는 늙은 오크의 의중을 알아채곤 새침한 얼굴이 되었다.

"하하하. 투투님이 어련히 알아서 말씀하셨겠습니까?"

늙은 오크는 웃음으로 얼버무렸다.

"카론님."

나무 위를 살펴본 투투가 나를 부른다.

"그만 가자고?"

"길을 알았으니 빨리 움직여야 합니다."

"그래야겠지."

우리는 늙은 오크에게 고맙다는 인사로 헤어짐을 마무리 짓고 나무 위를 걸어나갔다. 도도와 나는 당연히 투투의 등에 업혀 있었다. 함정에 빠졌을 때 내 눈치를 보며 투투의 등을 거절하던 도도가 이번에는 아주 자연스럽게 업힌 것이다.

"꽉 잡으세요."

나무 위를 마치 자기의 주무대인 양 내달리며 투투는 나와 도도에게 주의를 주었다. 나는 도도의 덩치 때문에 투투의 등에서 자리를 옮겨 한쪽 팔에 안기어 거의 매달리다시피 한 불안한 모습이었다. 그래도 로즈아일랜드에 처음 도착했을 때 고릴라들에게 이끌리어 절벽을 올랐을 때의 어지러움은 없었다. 다만…

"으… 웅."

대답은 했지만 나의 신경은 온통 배 쪽에 있었다. 투투의 팔에 안겨 귓가로 획획 지나가는 초록빛을 보면서 어지러워 정신을 차릴 수가 없었다. 위아래로 정신없이 흔들리는 세상이 조금 전에 먹은 것들을 자극하고 있었다.

"투투! 그만 멈춰!"

더 이상은 참을 수가 없어 고래고래 소리를 질렀다.

"왜 그러세요?"

한참을 달리던 투투가 내 소리를 들었는지 그 자리에 우뚝 멈추었다.

"우……."

울렁거리는 속을 정리하기 위해 투투의 품에서 빠져나온 나는 몇 걸음을 좌측으로 옮겼다.

"우에……!"

뱃속에 있던 음식들이 역행을 하려 할 때였다.

"조심하세요!"

투투의 다급한 목소리가 들리는가 싶더니 순간 내 몸은 아래로 떨어지고 있었다.

쿵!

몇 번을 나뭇가지에 튕기며 내려왔다. 그 아픔이 얼마나 큰지 역행하려던 음식마저 나오지 못할 정도였다. 아래로 떨어지는 아득함마저 느끼지 못할 고통이었다.

털썩!

커다란 충격이 등 쪽으로 짜르르 퍼지며 더 이상 떨어지는 느낌은 없었다. 하늘의 파란색이 겨우 보이는 걸 봐서는 꽤 많이 떨어진 듯했다. 나뭇가지에 튕기며 충격이 많이 완화된 탓도 있을 테지만 삼두용의 갑옷이 나를 지켜준 듯했다.

"아고… 얼마나 떨어진 거야."

겨우 몸을 일으켰다. 내가 떨어진 나무줄기는 매우 두꺼워 나 하나 정도는 잠을 자도 괜찮을 정도였다. 주변의 나무 잎이 무성한 것에 비해 이곳은 널찍한 공간이었다.

"투투!"

나를 찾고 있을 투투를 큰 소리로 불렀다. 나무를 잘 타는 고릴라니까 금방 나타날 것이다. 아마 도도만 업고 있지 않았다면 내가 떨어지려 했을 때 벌써 구해줬을지도 모른다. 그러고 보니 정말 많이 떨어지긴 떨어진 모양이다. 웬만큼 떨어졌다면 투투가 아직까지 나를 찾지 못할 리가 없었다.

크악!

어디선가 섬뜩한 소리가 들려왔다.

"또 뭐지?"

6개월 만에 세상에 다시 나올 때만 해도 매우 순조롭다고 생각했었는데 지금은 전혀 그렇지 못한 것 같았다. 비록 오크들을 만나 고전을 했었지만 결과적으로는 고향으로 가는 길에 도움이 되었다.

크악!

매우 가까이서 들리고 있었다. 매우 날카로운 소리였다. 살기가 느껴질 정도로 섬뜩했다.

"다른 오크들인가?"

바짝 긴장하며 주변을 살펴보았다. 나무 잎을 조심스럽게 들춰가며 소리의 주인공이 무엇인지 찾아보았다. 그러나 나뭇잎이 너무 무성한 탓에 바로 앞도 확인하기 힘들었다. 몇 발자국 앞으로 나가던 나는 잠시 나무줄기에 기대어 정체 모를 괴음에 대하여 어떻게 대처할 것인가를 생각해보려 했다.

물컹!

분명 초록색 잎이 무성한 굵은 나뭇가지였다. 그러나 촉감은 물렁한 게 매우 불쾌한 기분이 들었다.

"이런 나뭇가지도 있나?"

내가 몸을 돌려 나뭇가지를 꾹 눌러보았다. 딱딱한 감촉은 없고 매우 깊숙이 들어간다.

크악!

그때 나뭇가지가, 아니, 나뭇가지로 착각하게끔 한 뱀이 날카로운 소리를 냈다. 이 세상에 그렇게 커다란 뱀이 존재하리라고는 상상도 하지 못했다. 딱 벌린 아가리가 내 키를 삼키고도 머리 하나는 남을 정도였다.

"허걱!"

내가 기대었던 나뭇가지는 크기를 가늠할 수도 없는 무지막지한 뱀의 몸통이었다. 쭉 찢어진 눈을 보는 순간 기가 질려 꼼짝도 할 수 없었다.

휘이익!

바람 소리가 잠깐 들리더니 숨이 갑갑해진다. 어느새 놈이 나를 친친 감고 조여왔다. 잠시 정신을 놓고 있는 사이 공격한 듯했다.

"저리 비켜!"

버둥거려 봤지만 이미 늦은 소용없는 짓이었다. 어느 틈인가 나도 모르게 노려보던 놈의 눈을 보고 말았고, 그 짧은 순간 정신이 몽롱해졌던 것이다.

크악!

거대한 나무 굵기만한 몸통으로 조이는 힘은 대단했다. 놈이 한 번에 끝낼 마음으로 힘껏 조였다면 나는 곧바로 죽음으로 이 삶을 끝내야 했을 것이다. 하지만 놈은 나를 데리고 즐기는 듯했다. 한 번에 죽이기에는 아깝다는 몸짓 같았다.

'손만 빠지면……'

하지만 생각만 간절했지 전혀 움직일 수 없었다. 내 팔 밑에는 세상의 무엇이라도 잘라낼 수 있는 날카로운 칼이 숨겨져 있었다. 그러나 뱀의 굵은 몸통은 나의 머리를 제외한 몸 전체를 둘둘 감아 천천히 조여오는 중이었다.

"우읍!"

가슴이 점점 답답해져 갔다.

'투투!'

오직 믿을 곳은 투투밖에 없었지만 어디서 나를 찾고 있는지 그림자조차 보이질 않았다.

"이… 렇게 죽는 건가?"

서서히 눈앞이 까맣게 변해가며 시야가 아득히 멀리 사라지고 있었다.

스르르!

세상에서 제일 큰 머리가 다시 내 곁으로 내려왔다. 아마 내가 질식해 죽었나를 확인하려는 모양이다.

크아악!

아가리가 딱 하고 벌어졌다. 내가 죽었든 살았든 데리고 노는 게 재미없는지 그냥 먹어치우려는 심사였다. 내 키보다 더 커다란 입의 위쪽 잇몸에는 양쪽으로 기다란 송곳니가 날카롭게 뻗어 있었다. 그 속에는 엄청난 양의 독이 있을 것이다.

휘이익!

빠른 속도로 바람이 갈린다. 가뜩이나 숨이 막히고 정신도 몽롱해지는데 눈앞이 새까맣게 가려졌다. 뱀의 아가리 속으로 내 머리가 들어간 듯했다.

"어헉!"

더 이상의 기대는 바랄 수 없었다. 뱀은 먹이를 잡으면 일단 몸통을 조여 꼼짝못하게 만든 다음 먹이의 목을 물어 죽인다. 그리고는 축 늘어진 먹이를 자신의 뱃속으로 천천히 밀어 넣어서 식사를 완벽하게 끝낸다.

'이렇게 죽는 건가?'

내 몸보다 더 큰 입을 가진 뱀이 드디어 내 목을 물려는 듯했다. 나같이 작은 먹이는 한 번 물리면 목이 잘려 나갈 것이다.

꾸르르!

뱀의 몸속에서 이상한 소리가 들려왔다. 놈이 식욕을 느끼는 듯했다. 그렇다면 다음 차례는 내가 놈의 배를 채워야 한다. 나는 눈을 질끈 감으며 고래고래 소리를 질렀다.

"안 돼! 안 된단 말야!"

이렇게 죽을 수는 없었다.

꾸르르!

또 한 번의 소리가 들리며 내 몸이 공중으로 붕 뜨는 기분이 들었다. 그러나 뱀은 나의 목을 물지 않았다.

꼴깍!

예상과는 달리 뱀이 나를 그대로 삼켰다. 아마 놈도 물어 죽이기에는 내가 너무 작다고 생각했나 보다. 힘들이지 않고 한 번에 먹어치우려는 심산이 틀림없었다. 하지만 그 간발의 순간이 나에게는 목숨을 구할 수 있는 절호의 찬스였다.

'내 칼!'

나는 엎드린 자세에서 팔을 접었다 펴면서 일단 칼부터 꺼내려 했다. 하지만 생각만 그럴 뿐 행동으로 옮기지 못하였다. 뱀의 입 안은 먹이를 삼키려고 계속 출렁거렸다. 마치 폭풍우에 배를 탄 듯 이리저리 굴러다녔다. 몇 번을 일어나려 노력했지만 도저히 균형을 잡을 수가 없었다. 어쩌다 꾸부정하게 겨우 일어났어도 심하게 흔들리는 뱀의 혓바닥 위로 다시 고꾸라져야 했다.

꿀꺽!

침 넘기는 소리가 들리면서 내 몸이 뱀의 입속으로 더욱 빨려 들어갔다. 놈도 먹이가 버티며 입 안에 머물러 있자 답답했는지 조금 더 강하게 침을 넘겼다. 머리가 입 안으로 향해 있던 나는 앞으로 쭉 나갔다. 살고자 하는 내 의지가 뱀의 먹고자 하는 본능에 전혀 힘을 쓰지 못하였다. 나는 뱀의 입 안을 지나 목 속으로 떨어지고 있었다.

스르르르!

깜깜해서 아무것도 보이지 않았지만 수평으로 미끄러지던 나는 머리가 아래쪽으로 향하는 느낌을 받았다. 내 몸이 뱀의 입에서 목으로 넘어가는 것을 짐작할 수 있었다.

'아……!'

그 짧은 순간, 내 머리 속에 떠오른 건 엉뚱하게도 어릴 적 친구들과 동네 언덕에서 미끄럼을 타던 추억이었다. 다른 친구들보다 모든 면에서 앞서 있던 위고가 제일 잘 탔었다. 그런 친구를 시샘 어린 눈으로 쳐다보곤 했었다.

쿵!

죽음과 추억 사이에서 잠시 멍한 생각에 빠져 있던 나의 정신을 번쩍 들게 한 것은 뱀의 머리 쪽에서 울린 거대한 소리였다. 무엇인가 부서지는 듯한 굉음은 뱀을 요동치게 만들었다. 놈의 뱃속으로 굴러 떨어지던 내 몸이 위로 솟구쳤다. 그러더니 이내 아래로 다시 떨어졌다. 이리저리 굴러다니면서 겨우 정신을 차리고 주변을 둘러보니 가느다란 빛이 언뜻 비쳤다. 아무래도 놈이 입을 벌리고 무엇인가 하는 듯했다.

"이런!"

뱀은 쉬지 않고 발버둥 쳤다. 싸움이라도 하는 듯 쉴 새 없이 몸을 움직이는 놈의 흔들림에 따라 나도 정신을 차릴 수 없을 정도로 이리저리 굴러다녔다. 그 와중 속에서도 놈의 뱃속으로 떨어지지 않으려고 빛이 보이는 쪽으로 무게 중심을 두었다.

"이얍!"

아직은 놈의 뱃속으로 떨어지지 않았기 때문에 입 안의 좁은 공간에서 몸을 지탱하기 위해 본능적으로 손을 뻗어 무엇이라도 잡으려고 하였다. 허우적거리는 과정에서 접었던 손을 펴자 팔목에 묶어둔 칼이 나왔다.

철컥!

나는 무조건 팔을 휘둘러 칼을 꽂았다.

푹!

한쪽은 부드럽게 칼이 들어갔지만 다른 쪽은 딱 하는 소리와 함께 빛이 강하게 들어왔다. 순간 뱀은 자지러지며 고통에 찌든 소리를 한껏 질렀다.

딱 소리가 난 곳은 뱀의 이빨이었고 부드럽게 박힌 쪽은 뱀의 입천장인 듯했다. 끈끈한 액체가 손위로 넘쳐흘렀다. 보이진 않았지만 피가 틀림없었다.

크악!

뱀의 요동은 더욱 심해졌다. 길길이 날뛰는 놈의 힘은 대단한 것이었다. 수십 미터나 솟구쳤다가 다시 아래로 곤두박질치고 있었다. 입천장에 박힌 칼 하나에 의지해서 버티기에는 한계가 있었다. 마치 바람 부는 가을날의 마지막 잎새처럼 내 몸이 방향을 잃고 어지럽게 흔들렸다.

"에잇!"

이빨을 부순 손으로 옆쪽을 힘껏 찔렀다. 그러나 내 몸이 워낙 심하게 흔들리는 바람에 제대로 찌를 수가 없었다. 그렇게 몇 번을 더 찍어대자 쑥 들어가는 느낌이 제법 깊이 박힌 듯했다.

크아악!

뱀의 거친 몸부림에 입천장에 꽂혀 있던 손이 빠졌다. 그러나 옆을 찌른 손은 놈이 요동치면 칠수록 더욱 깊숙이 빨려 들어갔다. 뭉클한 느낌이 잠시 이어지더니 이내 시원한 바람이 손끝에 다가왔다.

크아아아악!

자지러지는 비명과 함께 지금의 상태를 파악하는 데는 그리 오래 걸리지 않았다.

"이얍!"

있는 힘껏 주저앉으며 칼을 아래로 내리그었다. 커튼이 잘려 나가듯 뱀의 속살은 쉽게 갈라졌다.

쫘악!

손끝에만 느껴지던 바람이 한꺼번에 밀려들어 왔다.

"밖이다!"

갈라진 틈새로 빛이 보인다. 곧장 일어나서 양손을 그 틈새에 넣고 이번에는 옆으로 쭉 그었다. 뱀의 속살을 십자가 모양으로 갈라놓은 것이다.

"됐다!"

나는 그 사이로 몸을 밀어 넣었다. 피 때문인지 끈끈하고 질퍽거렸지만 갈라진 놈의 살결은 매우 부드러웠다.

'어서 빠져나가자!'

내가 지금 빠져나가고 있는 곳은 아마 뱀의 옆 아가리일 것이다. 동물의 살 중에 제일 얇은 부위였다. 잠시 후에 보이기 시작한 빛을 따라 놈의 입에서 밖으로 나오는 데는 그리 오래 걸리지 않았다.

떼구르르!

밖으로 떨어지자마자 나무 위로 굴렀다.

"카론!"

다시 살아나서 제일 먼저 들은 소리는 도도의 경악에 찬 목소리였다. 그렇게 반가운 소리는 언제 들었는지 기억도 안 날 정도로 오랜만이었다. 마지막으로 나를 기쁘게 했던 말소리는 마법사의 배에서 탈출했을 때, 아니, 최근으로 따지면 비행기가 안 떨어지고 잘 날아서 기뻤던 일도… 어찌 됐든 천상의 노랫소리가 아무리 아름답다고 해도 지금 도도의 목소리보다는 못할 것이다.

"괜찮은 거야?"

도도가 놀란 눈으로 나와 뱀을 번갈아 쳐다본다.

크아악!

입 옆쪽이 찢어진 거대한 뱀은 머리를 하늘로 치켜들고 쇳끼리 긁히는 듯한 비명을 질러댔다.

"나는 괜찮아."

내가 몸을 툭툭 털며 일어났다.

"그런데 이 피는?"

"피?"

얼른 내 몸을 둘러보았다. 온통 핏물로 절어 있었다. 새빨간 덩어리가 머리부터 뚝뚝 떨어져 내렸다.

"이게 웬 피냐고!"

도도가 뱀을 살피면서 급히 물었다. 그녀의 눈에는 걱정이 가득 차 있었다.

"응… 뱀의 몸에서 빠져나오면서 묻은 거야. 그런데 투투는……."

둘 중 하나가 보이지 않았다.

"투투는 저기!"

내가 주위를 두리번거리자 도도는 손가락으로 자신의 뒤쪽을 가리켰다. 나뭇잎이 무성한 구석으로 커다란 덩치의 투투가 반듯하게 누워 있었다.

"투투 왜 저래?"

"그게……."

도도는 더 이상 말하지 못했다. 나 역시 그 자리에 가만히 있을 수 없었다. 뱀은 고통이 어느 정도 가라앉았는지 잠시 방심하고 있던 우리를 빠르게 공격해 왔다.

크아악!

"어딜!"

도도의 뚱뚱한 몸이 가볍게 허공으로 날아올랐다. 그러자 뱀은 유연한 동작으로 그녀의 동선을 따라 입을 더욱 크게 벌렸다.

크아악!

이 기회를 놓칠 내가 아니었다. 뱀이 공중에 떠 있는 도도를 쫓으면서 몸을 세우는 순간, 몸을 피하기 위해 한 발 물러났던 나는 무방비 상태인 놈의 아랫부분을 향해 달려들었다.

"우싸!"

양손에 달린 칼이 부드럽게 놈의 배를 찔렀다. 그 커다란 몸통에서 붉은 피가 솟구쳤다. 모든 신경을 도도에게 쏠고 있던 뱀은 갑자기 나타난 나(?)의 공격을 생각지도 못했던 것 같았다. 속이 뒤틀리는 비명만 지를 뿐 어떠한 대처도 하지 못했다.

우엑!

뱀이 고통스럽게 울부짖었다.

"죽어라!"

나는 더욱 깊게 칼을 찔러 넣었다.

커어억!

당장에라도 숨넘어갈 듯한 소리가 들리며 천지가 흔들렸다. 순간 우리를 지탱해 주던 나뭇가지가 꺾이면서 나와 뱀은 동시에 아래로 떨어졌다.

"카룬!"

아래로 떨어지던 내 몸이 허공에 흔들리며 정지했다.

"도도!"

뚱뚱한 여자가 한 손으로 나를 잡아당기고 있었다.

쿵!

한참 후에 아래쪽에서 묵직한 소리가 들려왔다. 뱀이 바닥에 떨어지는 소리인 듯했다. 어디로 떨어졌는지, 나뭇가지인지 땅인지는 몰라도 커다란 충격이 담겨 있었다.

"조금만 더……."

도도가 있는 힘껏 나를 끌어 올리려 하였다. 한데 평소의 그녀 같았으면 나 정도야 쉽게 처리했을 텐데 낑낑대고 있었다.

"도도! 무슨 일 있었어?"

괴물하고 싸운 후라 걱정이 되었다.

"아, 아냐."

대답도 겨우 할 정도로 허덕이던 도도가 나를 나무 위로 올려놓은 것은 어느 정도 시간이 지나고 나서였다.

"도도, 어디 다쳤어?"

나는 대뜸 도도를 살펴보았다.

"아니라니까."

"그런데 왜 힘을 못 쓰는 거야?"

"투투 때문에 그래."

힘들어하는 도도의 다른 손에는 투투가 잡혀 있었다. 고릴라 또한 조금 전의 나처럼 아래로 떨어지기 일보 직전이었다. 구석에 반듯이 누워 있던 투투가 뱀의 요동으로 나무에서 굴러 떨어지려는 것을 그녀가 잡은 듯했다.

그러고 보니 뱀이 요동칠 때 도도만 빼놓고 전부 아래로 떨어졌던 것이다. 어른 몇 명을 합친 크기의 거대한 뱀이 걸치고 있을 만큼 굵고 튼튼한 나무였지만 싸움의 충격을 견디지 못하고 부러졌다. 뱀의 입속에 갇혀 있어서 보지는 못했지만 그만큼 격렬한 싸움이 있었던 듯했다.

"투투!"

고릴라는 도도의 손에 잡혀 축 처져 있었다.

"카론, 나 좀 도와줘."

"아, 알았어."

무엇인가 심상치 않은 일이 벌어진 듯했다. 투투의 이런 모습은 처음이었다. 어떤 어려움에서도 강인했던 그였다.

"빨리 끌어 올려야 해!"

도도가 서두른다.

"응."

나는 얼른 도도의 옆에 붙어 투투의 손을 잡았다. 힘을 보태 낑낑거려 보았지만 투투는 꼼짝도 하지 않았다. 아무 변화 없이 시간만 흐르고 있었다. 그나마 다행인 것은 나무 아래로 떨어진 뱀이 죽었는지 아직은 나타나지 않고 있었다. 이런 상태에서 만일 뱀이 다시 나타난다면 우리는 꼼짝없이 당할 수밖에 없었다.

"죽은 것을 확인했으면 모를까 그렇지 않은 이상 긴장을 늦추면 안 돼!"

도도가 이를 꽉 물며 말했다.

"나도 알아!"

나 역시 그것이 제일 걱정이었다.

"하나, 둘, 셋 하면 한꺼번에 힘을 줘서 다시 한 번 끌어 올리자."

점점 지쳐 가고 있었다. 이번 한순간에 힘을 모아 당기지 못하면 투투를 잡고 있는 손이 얼마나 버틸지 알 수 없었다.

"알았어."

우리는 힘을 주기 위해 꽉 문 이 사이로 겨우 의사 소통을 하고 있었다.

"하나… 둘… 셋!"

도도에 비하면 내 힘은 미약했지만 그래도 보탬이 됐는지 아래로 늘어져 있던 투투의 몸이 조금씩 끌려 올라왔다. 우리는 뒤쪽의 나뭇가지를 살펴가며 투투를 끌어 올렸다. 비록 한쪽이 꺾여 나갔지만 워낙 굵고 튼튼한 나뭇가지라 끄떡없이 우리 셋을 받아주었다.

"이제 어떡하지?"

투투를 겨우 눕혀놓은 도도가 나한테 물었다. 아래로 떨어졌던 뱀이 다시 공격할까 봐 걱정하는 거였다. 투투에게 무슨 일이 벌어진 건지 물어보고 싶었지만 우선은 이 자리를 피하는 게 상책이었다.

"일단 투투를 업어."

"나도 이 자리를 피하는 게 좋은 줄은 아는데 투투의 출혈이 너무 심해서……."

"으음!"

투투의 가슴은 온통 새빨간색이었다.

"여기서 지혈을 해야 할 것 같아."

"그렇긴 한데……."

"내가 다녀올게."

"어디를?"

"투투를 지혈하려면 아래쪽의 뱀 상태부터 확인해야지!"

도도는 대답과 동시에 뱀이 떨어진 곳으로 내려갔다.

"조심해!"

나는 도도가 사라진 나뭇잎 사이를 잠시 바라보다가 투투에게로 시선을 돌렸다. 죽은 듯 가만히 누워 있던 그가 갑자기 거친 숨을 몰아쉬며 고통스러운 듯 얼굴을 찡그렸다.

"투투! 괜찮아?"

"쿨룩쿨룩!"

기침을 할 때마다 가슴에서 피가 솟구쳤다.

"투투!"

"커억!"

내가 겨우 부축했지만 투투는 다시 의식을 잃은 듯했다.

"카론, 무슨 일이야?"

"도도……."

어느새 올라왔는지 도도가 놀란 눈으로 쳐다보고 있었다.

"피……."

사방에 새빨간 피가 흩어져 있었다. 방금 투투의 가슴에서 쏟아진 선혈이었다.

"투투!"

도도가 달려와 투투를 살펴보았다.

"잠시 깨어났다가 다시 의식을 잃었어."

"아무래도 오늘은 여기서 머물러야 할 것 같아."

투투의 가슴에 귀를 가져다 댔던 도도가 몸을 일으켰다.

"뱀은?"

"지독한 놈이 아직 숨이 붙어 있더라고. 그래서 확실하게 끊어놓고 왔어. 투투를 이렇게 만든 분풀이까지 다 하고 왔어."

도도는 씩씩거리며 분을 삼키고 있었다.

"도대체 어떻게 된 거야? 천하의 투투가 이렇게 되다니……."

보고도 못 믿을 게 있었다. 한 번도 투투가 잘못된다는 생각을 해본 적이 없었다. 만일 그가 영원히 일어나지 못한다면 나에게 미래는 존재하지 않을 것만 같았다.

"우리가 뱀을 본 것은 카론이 놈의 입속으로 들어갈 때였어. 놈도 우리를 봤는지 카론을 급하게 꿀꺽하고 그대로 삼키더라고."

"응."

뱀이 나를 이빨로 물지 않은 이유를 알았다. 뱀은 도도와 투투를 보는 순간 나를 빼앗길까 봐 한입에 삼킨 것이었다.

"바로 공격을 하려 했는데 빈틈이 없었어. 그래서 투투가 놈을 유인하고 내가 머리 쪽을 공격했는데 그게 실수였어."

"실수?"

도도의 얘기를 듣던 나는 눈을 크게 떴다.

"놈은 내가 공격할 줄 알고 있었어. 투투를 공격하는 척 빈틈을 보여줬다가 뛰어오르는 나를 노렸던 거야. 우리의 작전이 통한 줄 알고 오로지 공격할 마음에 방심하고 있던 나는 무방비로 당할 수밖에 없었어."

"그래서 투투가 도도 대신 놈의 입속으로 뛰어들었다는 거야?"

"맞아. 그렇게 된 거야."

"가슴을 당했구나."

"그래……."

투투는 가는 숨을 몰아쉬고 있었다. 도도의 눈가에 이슬이 맺힌다. 나는 그녀의 어깨를 살며시 잡아주었다.

"괜찮을 거야."

내가 해줄 수 있는 유일한 말이었다.

"죽지 않겠지?"

"그럼."

"투투가 죽으면……."

목소리까지 촉촉이 젖어 말을 잇지 못한다.

"먹을 것 좀 구해올게."

"……."

밤이 되려면 아직은 먼 시간이었지만 나도 모르게 흐르는 눈물을 감추며 자리에서 일어났다. 가뜩이나 심란해하는 도도에게 나약한 모습을 보여줄 수 없었다.

호수

　나는 혼자서 고향으로 돌아가고 있었다. 다음날이 되어도 투투는 일어나지 못했다. 따라서 도도에게 그를 맡기고 나만 길을 나선 것이다. 투투도 원치 않을 거라고 도도가 반대했지만, 그녀의 마음을 알게 된 이상 투투를 지키라고 내가 명령을 내렸다.

　"정말 사랑한단 말인가?"

　나는 길을 가며 이 말을 수도 없이 내뱉었다. 나와 도도는 밤새 그의 곁을 지키며 이런저런 얘기를 나누었다. 그녀는 투투를 사랑한다고 했다. 어제 일로, 그녀를 대신해서 뱀의 입으로 뛰어드는 것을 보며 그에 대한 사랑이 더욱 확고해졌단다.

　'나라면······.'

　가만히 생각해 보았다. 과연 나라면 뱀의 입속으로 뛰어들 수 있었을까? 변해 버린 도도를 아직도 사랑하는지에 대한 번민도 가지고 있던 나였다. 사랑에 대한 정답을 내놓기는 아직 어린 나이지만 희생이 빠진 사랑은 겉만 화려한 조화라고 믿었다.

'도도가 처음부터 지금처럼 뚱뚱하고 못생긴 여자였다면 사랑하지 않았을 것이다. 변해 버린 그녀를 보며 일부러는 아니더라도 순간순간 앞으로 어떻게 해야 할지 고민했던 것도 사실이었고.'

도도에 대한 나의 사랑을 가지고 스스로 번민(?)하면서도 투투와 그녀가 이상한 눈빛을 주고받을 때 기분이 상했던 것은 아직도 내 마음에 도도가 남아 있기 때문이었지만 예전처럼 애틋한 사랑이 아닌 일종의 애증일 수도 있었다. 변해 버린 그녀의 모습에 대한 원망이 바닥에 깔려 있는 혼돈이었다.

하지만 그렇게 따지면 투투도 외모지향주의자다. 변해 버린 도도를 사랑하게 됐으니까. 다만 나하고 위치가 바뀐 것뿐이지 그나 나나 다른 점은 없었다. 나와 투투의 관점에서 보면 남자는 여자의 외모로부터 사랑을 시작하는지도 모르겠다. 하지만 투투는 현실을 받아들이고 있었다. 백마 탄 왕자를 꿈꿨던 그녀, 그래서 잘생긴 제라드를 쫓아다녔지만 이제는 변해 버린 자신을 사랑해 줄 수 있는 진정한 남자를 찾은 것이다. 그렇다면 나는 그녀에게 어떤 존재일까?

'에이!'

나는 머리 속을 정리했다. 이 순간 제일 중요한 건 투투의 회복이었다.

'빨리 나아야 할 텐데…….'

아침에 길을 떠나며 많이 가벼워져 있던 발걸음이 다시 무거워졌다. 하기야 가볍다고 해도 내 마음속에서 투투를 떨어뜨려 놓을 수는 없었다.

"아!"

얼마를 걸었는지 모른다. 아침 일찍 떠난 길이었다. 나무를 타고 올라가 늙은 오크가 가르쳐 준 길로 곧장 걸어나갔다. 고릴라만큼은 아니더라도 초록 정원처럼 펼쳐진 나무 위를 별다른 지장 없이 잘 헤쳐 나갔다.

'강이다!'

끝없이 펼쳐져 있던 숲의 종착역 아래로 강줄기가 보였다. 호수로 향하는 길이었다. 저 강줄기를 따라 호수를 건너면 바로 루벤스 제국으로 들어가는 길이었다.

'어서 가자!'

투투와 도도에 대한 생각으로 머리 속이 어지럽던 나는 발걸음을 재촉했다. 숲의 마지막 나무에서 아래로 내려와 땅을 밟았다. 단 이틀 만에 다시 맡아보는 흙 냄새가 너무 향긋했다.

'정신 바짝 차려야 해!'

기쁨도 잠시, 마음속으로 내 자신을 타일렀다. 언제 다시 만나게 될지는 모르지만 이제부터는 투투와 도도가 없는 혼자만의 길이었다. 모든 걸 나 혼자 결정하고 책임져야 했다.

"멈춰라!"

나무 위에서 내려와 길가로 나와 제일 먼저 마주친 것은 세 명의 병사였다.

"왜 그러시죠?"

나는 경계를 늦추지 않고 세 명의 병사를 쳐다보았다.

"어라? 오늘이 무슨 날인지 모른단 말이냐?"

병사 하나가 나를 이상한 눈으로 쳐다본다.

"이곳은 처음이라⋯⋯."

말끝을 흐리며 주변을 둘러보았다. 병사들 뒤쪽으로 사람들이 웅성거리며 모여 있었다.

"여기 사는 놈이 아니란 말이냐?"

"예."

"수상한 놈이군."

"그게……."

병사들의 눈치를 살피며 한쪽에 모여 있던 사람들을 힐끔힐끔 쳐다보았다. 그들은 두 줄로 나란히 앞으로 걸어나가며 작은 문을 통과하고 있었다. 문이래야 기다란 나무를 양 옆으로 세워 임시로 만든 엉성한 것이었지만 분위기만은 매우 살벌했다. 문 옆으로 병사들이 늘어서서 일일이 사람들을 살펴보고 있었다.

"염탐꾼인가?"

병사들이 내 주위로 빙 둘러싼다.

"무슨 일인지 말씀을 하셔야 알죠."

괜한 분란을 만들어 위기에 빠질 필요가 없었다. 나는 최대한 미소를 띠었다.

"그러고 보니 옷도……."

병사 하나가 나를 이리저리 살피더니 흠칫한다.

"제 옷이 어때서요?"

별거 아니라는 듯 여유를 보이며 웃고 있었지만 내 머리 속은 이미 작금의 사태를 포기한 상태였다. 어젯밤 겪었던 그 끔찍한 일이 뇌리를 스치고 지나간다. 닦았다고는 하나 뱀의 피를 뒤집어쓴 내 옷은 가관이었다. 그렇지 않아도 마을을 찾으면 옷부터 갈아입을 생각이었는데 너무 일찍 불청객들을 만나고 말았다.

"이거 피지?"

병사가 동료에게 묻는다.

"맞아, 피야!"

"정체를 밝혀라!"

세 명의 병사가 동시에 창을 들고 나를 노려보았다.

"사실은… 제가 도살장에서 일을 하는데 돼지를 잡다가 급한 일이 있어서 산 너머 집으로 가는 길이었습니다."

나는 어떡하든 싸움만은 피하려고 애를 썼다. 여기서 병사들과 치고받아야 나한테 유리할 게 하나도 없었다. 아무 변명이나 마구 늘어놓았다.

"이 근처엔 도살장이 없다!"

병사 하나가 창을 더욱 꼬나 쥐며 금방이라도 달려들 자세를 취했다. 나머지 두 놈도 덩달아 긴장을 했다.

"별로 싸우고 싶지 않은데."

더 이상 피할 길은 없었다.

"순순히 따라와라!"

놈들이 나를 어디론가 데려가려는 모양이다. 하지만 사태가 이렇게 된 이상 이 자리를 피하는 게 우선이었다.

"저는 별로 따라가고픈 마음이 없는데요."

내 몸은 이미 숲 쪽으로 향하고 있었다.

"반항하겠다면 할 수 없지."

병사 하나가 곧바로 나에게 다가왔다.

"싸우고 싶지 않다니까."

"에잇!"

내 말이 끝나자마자 병사가 창을 돌려 나를 힘껏 후려쳤다. 그러나 놈의 공격은 너무 느려 창끝이 파르르 떨리는 것까지 다 보일 정도였다.

픽!

'우싸' 하는 고릴라 기합도 넣을 필요가 없었다. 비명조차 지르지 못한 병사는 달려오던 반대 편으로 날아갔다.

삑!

나머지 두 놈은 넋이 나간 모습으로 호각을 불기 시작했다.

삑! 삑!

어영부영 시간을 끌면 나에게 불리할 뿐이다.

"난 이만……."

손을 들어 놈들에게 인사를 하고 내가 나왔던 숲으로 들어가려는 찰나, 뒤쪽에서 바람 가르는 소리가 들려왔다. 하나가 아닌 대여섯 개의 파공음이 내 귀를 자극했다. 꽤 긴 시간을 비행하며 나에게 날아온 것은 화살들이었다. 그러나 바람을 가르는 소리만 요란했을 뿐 누가 쏜 화살인지 너무 느려 손으로 잡을 수 있을 정도였다.

덥석!

동시에 날아오는 화살을 모두 잡아보니 총 다섯 개였다. 화살들은 촉이 꽤 날카롭게 다듬어져 있었다.

"이따위 화살로 나를 잡을 수 있을 것 같아?"

나는 몸을 원래 상태로 돌려 호각 소리를 듣고 달려온 병사들을 바라보았다. 득의만만한 나의 표정과는 달리 열 명이 넘는 병사들이 하얗게 질려 있었다.

"이, 이럴 수가!"

"뭘 그렇게 놀라나?"

화살을 옆으로 집어 던졌다.

"화, 화살을 손으로 잡았어!"

"보통 놈이 아니다!"

병사들은 저마다 한마디씩 하더니 바짝 긴장했다.

"모두 조심해라!"

병사들은 나를 두려운 눈빛으로 쳐다보았다. 병사들뿐만 아니라 놈들 뒤쪽으로 웅성거리며 모여 있는 사람들 또한 미동도 하지 않은 채 모두 나를 주목하였다.

"네놈들 실력이 형편없나 보군."

나는 숲으로 피하려던 생각을 바꾸어 병사들 앞으로 한 발자국을 내디 뎠다.

"멈춰라!"

병사들이 더욱 움츠린다. 사실 놈들의 그런 모습을 보며 얼른 이해가 되지 않았다. 6개월간의 동굴 수련을 마치고 나와 일반 병사들과 대적해 보는 건 오늘이 처음이었다.

'그동안 내가 강해진 건가?'

어쩔 줄 모르고 나를 경계하는 병사들을 보며 잠시 생각에 빠졌다. 오 크나 거대한 뱀과의 싸움에서는 알지 못했었는데 짧은 순간이나마 일반 병사들과 대적해 보니 내 실력이 많이 향상된 것 같았다. 특히 투투가 강 조하던 스피드가 좋아진 듯했다.

"비켜라!"

날아오는 다섯 개의 화살을 받아낸 나를 어찌할지를 몰라 창만 들고 우왕좌왕하는 열 명의 병사 속에서 놈들보다 머리 하나가 더 큰 우람한 장정이 천천히 걸어나왔다. 중년의 주름이 이마에 가득한 그는 대머리였 으며 병사들과 달리 갑옷을 입고 있지 않았다. 맨살에 검은색 가죽 조끼 를 걸치고 있었는데 쫙 찢어진 눈이 예사롭게 보이지 않았다.

"네가 대장이야?"

나는 놈을 위아래로 살펴보며 미소를 지었다. 그러나 놈은 내 말에는 반응도 하지 않고 병사들을 윽박질렀다.

"바보 같은 놈들! 이런 어린아이 하나 처치 못하고! 전부 나가 뒤져라, 어디도 쓸모없는 밥 버러지들아!"

"후작님… 그게……."

병사 하나가 쩔쩔매며 대머리사내의 눈치를 살폈다. 그러나 병사는 더 이상 변명다운 변명을 할 수가 없었다.

"시끄럽다!"

대머리의 손이 움찔하는가 싶더니 바위 깨지는 소리가 묵직하게 들려왔다.

픽!

가공할 힘이었다. 주먹만으로 사람의 머리통을 부숴 버리다니… 투투가 아니면 할 수 없는 일이었다.

"모두 물러나라!"

후작이라 불린 대머리가 병사들을 뒤로 물리며 나에게 시선을 돌렸다. 찢어진 눈이 이글거리며 당장이라도 나를 잡아먹을 듯이 반짝였다.

"생긴 건 곱상한 게 계집애 같은 게 실력은 보통이 아니구나."

"뭐? 내가 어떻게 생겨?"

나는 내 귀를 의심했다.

"계집애처럼 생겼다고 했다."

"정말이야?"

"……?"

내가 너무 기뻐하는 모습을 보이자 대머리는 잠시 혼란에 빠진 듯 나를 이상한 눈으로 쳐다보았다.

"계집애라… 하하하!"

세상에 이보다 더 듣기 좋은 소리는 없을 것이다. 역시 오래 살고 볼 일이었다. 나이 든 사람, 가령 아버지나 아버지의 친구 분들이 들었다면 어이없어할 일이지만 그래도 20년 가까이 살다 보니 이런 날도 있었다. 비곗덩어리 카론이 계집애 같다는 소리를 들었다는 사실은 길이길이 기록에 남길 만한 일이었다.

"상태가 정상은 아니구나, 자기를 모독하는 말을 듣고도 그리 좋아하는 걸 보니."

하기야 나의 과거를 알 리 없는 대머리는 내가 미친 줄 알 것이다. 회색 머리칼에 못생긴 이목구비, 그리고 덕지덕지 붙어 있던 내 살들… 그로 인해 숱한 일들을 겪으며 천신만고 끝에 여기까지 온 내 삶의 역정을 누가 알아주겠는가? 이제야 조금은 그 보답을 받는 기분이었다. 수없이 죽을 고비를 넘기고 고릴라에게 모진 훈련을 받으며 고생했던 모든 일들이 보람찬 기분으로 살아났다. 괜히 감개무량해지는 순간이었다.

"어느 가문의 용사인가?"

대머리는 잔인한 행동이나 차림새와는 달리 말투에 절도가 있었다. 병사가 그에게 후작이라는 칭호를 붙인 걸 보면 보통 인물은 아닌 듯했다.

"나는 용사가 아냐."

"그렇다고 차림새를 보니 훌륭한 가문의 기사 작위를 받은 것 같지는 않고……."

"아저씨도 옷을 보니 후작이란 칭호랑은 전혀 어울리지 않네. 백정이라면 모를까."

"허!"

어이가 없는지 김빠진 소리를 낸다. 내가 거만하게 한마디 던지며 사내를 위아래로 훑어봤다.

"자기의 부하를 함부로 대하는 걸 봐도 후작이란 칭호가 부끄러울 정도야. 반성부터 하시지."

"건방진 놈! 알량한 실력을 믿고 까부나 본데, 오늘 임자 만난 줄 알아라!"

대머리사내가 씩씩거렸다.

"임자는 네가 만난 거야, 대머리 아저씨!"

나는 놈을 무시하며 시선도 주지 않았다.

"이놈이!"

사내는 화가 많이 난 듯했다. 슬쩍 바라보니 붉어진 얼굴에 경련이 파르르 일어났다.

"자신있으면 덤벼보시지!"

"푸틀 가문의 명예를 걸고 네놈을 박살 내주겠다!"

"대부호 푸틀?"

맨손으로 달려드는 대머리사내를 보며 나는 루벤스 제국의 최고 갑부를 떠올렸다.

펑!

사내의 주먹이 바람을 가르며 내 옆에 서 있던 나무를 때렸다. 거대한 충격이 옆으로 스치고 지나갔다.

우지직!

부하의 머리통을 박살 낸 강력한 주먹이 이번에는 어른 허벅지 굵기만한 나무를 부러뜨렸다. 그러나 힘만 셌지 커다란 위협을 주지는 못했다. 병사들보다 조금 빠를 뿐 내 눈을 피할 정도는 아니었다.

'푸틀 가문이 언제 후작이 되었지?'

옆으로 살짝 비켜선 나는 고개를 갸우뚱했다. 푸틀 가문은 돈으로 명성을 날리긴 했어도 장사꾼이란 신분 때문에 상류층에는 낄 수 없는 집안이었다.

휘이익!

놈의 두 번째 공격도 너무 느려 옆으로 피하는 데는 전혀 지장이 없었다. 그러나 나는 반격을 하지 않았다.

'그런데 루벤스 제국의 가문 사람이 여기는 왜 와 있는 거야?'

머리 속에 한 번 품은 의문은 꼬리에 꼬리를 물고 여러 갈래로 퍼져 나갔다. 더군다나 푸틀 가문은 레코만 왕자의 측근이었다.

평!

대머리사내의 계속되는 공격을 피할 때마다 배경 음악처럼 탄성이 들려왔다.

"와!"

멀리서 싸움을 지켜보고 있는 사람들이 내뱉는 소리였다. 나는 별거 아닌 듯 싸움을 하고 있었지만 지켜보는 사람들은 손에 땀을 쥐고 있나 보다.

"잠깐!"

순간, 나는 버럭 소리를 질렀다.

"뭐, 뭐야?"

다음 공격을 하려던 사내가 주춤한다. 놈의 얼굴은 온통 땀으로 도배되어 있었다.

"너는 내 상대가 안 돼. 그러니까 괜히 힘 빼지 말고 묻는 말에나 대답하지."

"건방이 아주 입에 달린 놈이군!"

쉽게 포기하지 않을 듯하다. 뒤에서 부하들이 보고 있으니 그냥 물러나기에는 자존심이 상할 것이다.

"끝까지 해보시겠다?"

나는 대머리사내에게 다가갔다.

"당연하지. 둘 중 하나는 죽어야 한다!"

사내는 옆에 있던 병사의 창을 빼앗아 나를 공격해 왔다. 엄청난 힘이 실려 있었다. 주변의 병사들마저 뒤로 넘어질 정도의 괴력이었다. 하지만 아무리 봐도 너무 느렸다. 그래도 끝까지 해보겠다던 사내는 죽어라 창을 휘둘렀다. 그 기세는 대단했지만 별 볼일 없는 공격을 해대는 대머리사내가 불쌍하게 보일 정도였다.

"죽어라!"

"우싸!"

나는 슬쩍 주저앉으며 두 손으로 땅을 짚고 사내의 옆쪽으로 빙그르르 돌아 뒤쪽으로 갔다. 고릴라들이 평지에서 빠르게 이동할 때 땅 짚고 달려가는 모습을 응용한 동작이었다.

딱!

대머리사내의 머리통은 매우 딱딱했다. 그러나 고통의 소리는 매우 커다랗게 들려왔다.

"아프지?"

"이놈이!"

머리통을 맞은 사내가 눈에 불을 켜며 뒤돌아섰다.

픽!

나의 발이 가볍게 놈의 복부를 걷어찼다. 그러나 충격이 컸는지 기고만장하던 사내는 그대로 고꾸라져서 일어나지 못했다.

"엄살 부리지 말고 어서 일어나. 부하들이 보고 있으니까 창피해서 못 일어나는 거 다 알아."

"……."

사내는 아무런 반응이 없었다.

"야!"

나는 놈의 부하들을 불렀다.

"예… 예."

병사들이 놀란 눈으로 나를 겨우 쳐다보았다.

"너희들 대장이나 일으켜 봐."

"예."

서너 명의 병사가 달려들어 앞으로 쓰러져 있는 대머리사내를 일으키려 했다.

"죽… 죽었다!"

병사들이 놀라며 사내를 뒤집어놓았다. 놀라긴 나도 마찬가지였다. 그리 세게 차지도 않았는데 놈은 배가 터져 있었다.

"이런!"

낭패였다. 푸틀 가문이 무슨 연유로 후작의 대열에 끼게 됐는지 모르겠지만 어쨌거나 루벤스 제국의 귀족을 죽였다는 사실은 나에게 이로울 게 없었다.

"사, 살려주십시오."

"저희는 아무 죄도 없습니다."

잠시 머리 속으로 앞날을 걱정하고 있는데 병사들이 우수수 주저앉으며 나에게 선처를 구한다.

"의리가 없는 놈들이네."

자신들이 모시던 상관인데 나에게 죽임을 당한 걸 보고도 복수하려 하지 않다니…….

"저희는 죽기 싫습니다."

"죽기 싫어?"

"예."

"모름지기 군인이라면 자신이 모시던 상관의 복수를 해야 하는 거 아냐?"

"그렇긴 하지만……."

병사들이 말끝을 흐린다. 놈들의 얼굴에서 한 번만 살려달라는 애원을 읽을 수 있었다.

"내가 너희들에게 원한이 없는데 무슨 걱정을 그리하냐? 내 가는 길만

막지 않으면 별 탈 없을 거다."

"감사합니다!"

"그래도 몇 가지 물어봐야겠다."

나는 대머리사내와 싸우며 품었던 의문점을 병사들에게 풀어보려고
했다.

"아는 건 다 말씀드리겠습니다."

"좋아. 우선 너희들은 어디서 왔지?"

"푸틀 가문에서 왔습니다."

"루벤스 제국의 푸틀 말이냐? 이스텀 대륙의 최고 갑부라는 시로나 푸
틀?"

"그렇습니다."

짐작은 하고 있었지만 직접 확인하자 의문점은 배로 늘어났다. 푸틀
가문은 중산층이었고 중산층은 병사를 가질 수 없었다.

"푸틀 가문은 병사를 가질 수 없다."

"원래 저희들은 떠돌이 용병이었는데 푸틀 가문에서 돈을 많이 준다
고 해서……."

"언제부터 일했지?"

"한 달 정도 됐습니다."

"그럼 너희들의 대장은 누구냐?"

"푸틀 후작입니다."

"저놈이 푸틀 후작이란 말이지?"

나는 쓰러져 있는 대머리사내를 가리켰다.

"그렇습니다. 푸틀 가의 큰아들입니다. 후작이 되기 전에는 무역을 했
던 사람이라 들었습니다. 힘이 좋아 웬만한 용사나 기사들은 상대가 되
지 않았는데……."

"푸틀 가문이 어떻게 귀족이 된 거지?"

가장 큰 의문점은 바로 이거였다. 레코만 왕자의 측근이 후작이라는 높은 직위를 받은 것은 달갑지 않은 일이었다. 더군다나 중산층이 아무리 공을 세운다 해도 나라의 존망이 걸린 중대한 일이 아니면 신분 상승은 어림없었다.

"모르십니까?"

병사가 오히려 나를 이상한 눈으로 쳐다본다.

"뭘?"

"황제가 바뀌지 않았습니까?"

잠시 머리가 띵하니 어지러웠다. 다른 병사가 뒤를 이어 자초지종을 주절주절 말하고 있었지만 잠결에 듣는 동화 속 이야기 같았다. 그마나 스메드 가에 대한 걱정을 덜할 수 있는 부분이 황제였었다. 아버지는 황제의 친구이자 루벤스 제국의 제일 가는 실력자였다. 레코만 왕자도 함부로 할 수 없었는데 버팀목 같던 황제가 알지 못할 병으로 죽고 왕자가 그 뒤를 이어 루벤스 제국을 통치한다니… 하늘이 무너지는 듯한 소리였다.

"내일이 새로운 황제의 대관식이 있는 날입니다. 그래서 저희가 이곳까지 오게 된 겁니다."

"이곳은 왜?"

나는 마음을 진정시키며 병사를 바라보았다.

"피스 레이크에서 대관식을 한답니다. 대륙의 모든 나라가 모이기 편한 장소로 호수를 택한 듯합니다."

레코만 왕자다운 생각이었다. 자신의 힘을 대륙 전체에 보여 속국들의 영원한 충성을 받아낼 계획인 듯했다.

"이곳은 호수로 가는 길목으로 사람들의 왕래가 잦은 곳이라서 경비를 서고 있었습니다.”

“그럼 여기가 ‘침묵의 강’으로 가는 줄기란 말이야?”

“네, 그렇습니다. 저곳에서 배를 타고 조금만 더 가면 침묵의 강이 나옵니다. 거기서 하루 정도 더 가면 호수이고.”

“그래서 푸틀 가문이 여기 경비를 맡았단 말이지?”

“그렇습니다.”

“으음!”

나는 주변을 둘러보았다. 병사의 말은 거창했지만 레코만의 측근까지 달려와서 지킬 만한 곳은 아닌 듯했다. 장소도 너무 외지고 지키는 병사들도 정식 군인이 아닌 푸틀 가문의 용병들로 그 수도 십여 명에 불과했다.

“이봐.”

조용히 병사들을 불렀다.

“예!”

굳어 있던 얼굴을 갑자기 풀며 다정스레 부르는 내 모습이 이상한가 보다. 병사들이 바짝 긴장을 한다.

“솔직히 말하지?”

“무슨 말씀인지…….”

“너희들이 여기 와 있는 진짜 이유 말이야.”

“…….”

놈들이 서로 눈치를 보며 입을 다물었다.

“어서 말해!”

나는 큰 소리로 병사들을 윽박질렀다.

“더, 더 이상 말할 게 없습니다.”

병사들이 슬금슬금 뒤로 물러난다.

"그래?"

"정말입니다."

병사들은 조금 전의 애처롭던 모습을 지우며 무기들을 바짝 쥐었다. 놈들에게는 분명 다른 이유가 있었다.

"이놈처럼 되고 싶나?"

나는 기선을 제압하기 위해 대머리사내를 발로 툭 찼다. 그 모습이 효과가 있었는지 병사들은 무기를 쥐었던 손을 풀었다.

"사실은……."

병사들이 나를 이끌고 간 곳은 모여 있던 사람들이 줄을 서서 들어가던 간이 문이었다. 그곳에는 커다란 궤짝이 놓여 있었는데 너무나도 강한 노란 빛을 내뿜고 있었다. 커다란 금덩이들이 궤짝 안에 가득히 쌓여 있었던 것이다. 그런 궤짝이 열 개가 넘게 있었다. 돈으로 치면 엄청난 액수다.

"금이다!"

나도 모르게 소리를 질렀다. 그와 동시에 주변의 사람들을 주목하였다. 정확히는 노란 덩어리가 들려 있는 그들의 손으로 시선을 보냈다.

"이 사람들은 오래전부터 여기에서 살았던 '옐로우 맨'이라는 종족입니다."

"그래? 처음 듣는 종족인데?"

"세상에 알려지지 않은 종족입니다. 옐로우 맨이라는 이름도 우리가 붙인 것입니다."

"으음."

콜렉터를 잡으러 이스텀 대륙을 싹싹 훑으며 안 가본 데 없이 다 돌아다녔지만 옐로우 맨이라는 종족은 들어본 적이 없었다. 생긴 것은 보통 사람들과 같았다. 다만 눈동자가 모두 하얀색인 걸로 봐서는 동굴 속이

나 땅속에서 오랫동안 살았던 것 같았다. 병사들이 지었다는 이름만 봐도 금하고 연관이 있을 듯한데 이런 종족이 아직도 세상에 알려지지 않았다니 신비함을 넘어 이상할 정도였다. 이런 곳을 비껴나다니 그 많은 모험가나 탐험가들의 행로가 의심스러웠다.

"여기를 발견한 사람은 후작이었습니다. 저도 들은 얘기지만 원래 무역을 하던 후작은 우연한 기회에 이곳을 발견하고는 레코만 왕자에게 보고했다고 합니다."

병사가 대머리사내의 시체를 흘끗 바라본다.

"금이 산더미처럼 쌓여 있는 곳을 알아냈다고 말이지?"

"그렇습니다. 내일 치러지는 대관식 때 이 금을 각 나라의 왕족과 이름있는 귀족들에게 나눠 주려고 한 겁니다."

"후후. 그런데 레코만 왕자, 아니지, 이젠 황제지. 그에게 갈 금덩이를 대장이 죽은 틈을 타서 너희들이 나를 속이고 모두 독차지하려 한 거고?"

나는 병사들을 노려보았다.

"그게……."

병사들이 어쩔 줄 몰라 한다.

"갑작스럽게 황제에 자리에 오른 레코만 왕자는 이 금으로 세상 사람들의 환심을 사려고 했겠지."

사람들의 마음을 잡는 것은 돈과 권력이었다.

"이제 모든 걸 알겠네."

나는 대머리사내를 보면서 가졌던 의혹들을 풀 수 있었다. 모든 의문의 답은 레코만 왕자가 황제로 등극했다는 것에 있었다. 이 외진 곳에 가장 측근인 푸틀 후작을 보낸 이유도 남몰래 금을 가져다 뿌려 황제로서의 위용을 과시하려는 의도였다.

"이제 저희는 어떡하죠?"

병사들은 자신들의 계획이 수포로 돌아가자 모든 것을 체념한 듯 나에게 뜻을 물었다.

"알다가도 모르겠네. 후작이란 작자가 너희처럼 약한 놈들 열 명으로 뭘 한다고 이곳에 왔는지 이해할 수가 없다. 더구나 황제에게 바칠 금을 나르는 중요한 일에 말이야."

내 결정을 기다리는 병사들을 쭉 훑어보았다.

"아닙니다. 저희도 알아주는 용사들입니다."

무시하는 듯한 내 말투가 기분 나빴는지 병사 하나가 불끈해서 나선다. 하지만 아무리 살펴봐도 너무 연약한 병사들이었다. 싸움 실력도 형편없었다.

"일당백도 충분히 될 수 있습니다."

다른 병사가 더 나선다.

"흥! 믿을 수가 없다. 너희들 실력을 안 봤으면 몰라도 그 정도로는 어림없어."

나는 콧방귀를 뀌었다.

"저희가 약한 것이 아니라 용사님이 강하신 겁니다."

"아부하지 않아도 된다."

"아닙니다. 정말입니다."

"그런데 어째서 한번 덤벼보지도 않지?"

"저희는 싸움이라면 밥 먹듯이 했던 사람들입니다. 눈빛과 몸놀림만 봐도 상대의 실력을 알 수 있습니다. 그런데 용사님은 전혀 알 수가 없었습니다. 마치 하얀 종이 같아서 우리들의 정신을 전부 빨아들이는 듯했습니다. 세상에서 가장 무서운 상대는 속내를 드러내지 않는 사람입니다. 그리고 후작을 한 방에 쓰러뜨리는 실력을 이미 봤고……."

병사들이 장황하게 늘어놓는 대꾸가 싫지 않았다. 놈들의 말에도 일리는 있었다. 어느 정도 허풍일 수도 있겠지만 레코만이 이렇게 중요한 일에 허깨비들을 보내지는 않았을 것이다. 그렇다면 내 실력이 몰라보게 향상됐다는 얘기인데……. 동굴에서 6개월 동안 훈련하면서 모습만 바뀐 게 아니라 싸움 실력도 몰라보게 는 것이다. 이 다음에 나처럼 뚱뚱해서 고민하는 사람들이 있다면 고릴라 스텝을 가르쳐 줘야 할 듯했다.

"금을 실을 배는 어디 있지?"

"여기서 조금만 더 가면 됩니다."

그리 멀지 않은 곳에 배가 있는 듯했다.

"너희들은 이 궤짝들을 배에 실어라."

"알겠습니다."

병사들이 두 명씩 짝을 지어 궤짝들을 들었다.

"죄송하지만 저희 좀 도와주시겠습니까?"

나머지 궤짝들은 멍하니 그때까지 우리들의 얘기를 듣고 있던 옐로우맨들에게 부탁했다.

"저희는 햇빛이 많은 곳으론 갈 수가 없습니다. 이곳도 나무가 햇빛을 가려줘서 그나마 견디고 있는 겁니다. 조금 전 용사님의 싸움 하는 모습도 겨우 윤곽만 볼 수 있었습니다. 햇빛은 우리 종족의 최대 적입니다. 특히 시력과 피부에는 치명적입니다."

족장인 듯한 노인이 정중하게 거절을 했다. 눈동자를 보고 짐작은 하고 있었지만 고개를 돌리는 정도의 그들의 움직임은 매우 둔해 보였다.

"죄송합니다. 정말 죄송합니다."

내가 아무런 반응도 보이지 않자 거듭 사과를 한다. 후작이란 놈이 얼마나 못되게 굴었으면 사람들이 나에게도 두려움을 보이며 벌벌 떨고 있을까. 세상에서 처음 봤을 무지막지한 놈을 한 방에 끝장낸 내가 얼마나

무서울지 상상이 갔다.

"노란 돌멩이는 얼마든지 드릴 테니 저희를 살려주십시오."

"살려주십시오."

옐로우 맨들이 족장을 따라 무릎을 꿇고 애원을 한다.

"걱정하지 마세요."

나는 사람들을 일으키며 안심시켜 주었다. 그때 궤짝을 나르던 병사들이 다가왔다.

"용사님, 이것만 실으면 됩니다."

"어서 싣고 여기를 떠나자."

"저희도 같이 떠납니까?"

병사들이 내 눈치를 살폈다.

"당연하지. 너희들을 그냥 놔두면 여기 다시 와서 무슨 짓을 할지 모르잖아."

"……."

병사들의 얼굴이 벌레 씹은 듯이 일그러진다. 놈들의 생각은 어린아이도 다 알 수 있었다.

"어서 가자!"

"예!"

나는 궤짝을 든 병사들을 앞장세우고 배가 있는 곳으로 향했다. 물론 옐로우 맨들을 안심시키는 일도 잊지 않았다. 다시는 이곳에 아무도 오지 못하게 할 거라는 약속까지 해주었다. 지킬 수 있을지 내 스스로도 의심이 갔지만 우선은 세상 인간들에게 상처 입은 그들의 마음을 달래주는 것이 중요했다.

"이 배입니다."

"꽤 아담한 배군."

예전에 보았던 마법사의 배보다는 매우 작은 크기였다. 일반 범선의 반 정도 되는 크기였다. 하기야 십여 명이 타는 배가 너무 커도 쓸모가 없다.

"이제 호수로 가면 되는 건가?"

"그런 셈입니다."

병사들은 아직도 내 결정이 마음에 안 드는지 퉁명스럽게 대답을 한다.

"나에게 불만이 있나?"

"아닙니다."

대답은 그렇게 하지만 얼굴이 퉁퉁 부어 있는 게 뻔히 보였다.

"죽지 않은 것만으로 감사해야 해."

"예?"

내 목소리가 가라앉자 공포감을 느꼈는지 병사들이 깜짝 놀란다. 이럴 때는 좀 더 강하게 밀어붙여야 했다.

"기분 나쁘면 언제 어느 순간에 너희들의 목을 딸지 모른단 말이야. 그러니까 항상 나를 기분 좋게 만들어줘야 해. 알았어?"

"예!"

병사들이 겁에 질려 일사불란하게 대답을 하였다. 내가 그들에게 정말로 강한 용사처럼 보이나 보다.

"어서 가자!"

"예!"

나는 강줄기를 따라 배가 움직이는 것을 느끼며 이를 갈았다.

'두고 보자.'

레코만이 황제가 된 이상 시간이 별로 없었다. 모든 결말은 피스 레이크에서 끝날 수도 있었다.

'투투는 괜찮을까?'

이곳에서 한 가지 일이 풀리자 숲에 놔두고 온 고릴라 스승이 걱정되었다. 투투가 정신을 차린다면… 그래서 내가 없는 걸 안다면 어떤 표정을 지을지 궁금했다.

'투투, 걱정 마. 나는 강해졌으니까.'

배가 강줄기의 가운데로 들어서며 안정을 찾은 듯 부드럽게 앞으로 나가고 있었다. 별 탈 없이 이렇게만 가준다면 목적지까지도 단숨에 달려갈 수 있을 듯했다.

적진 속으로

크기는 작았지만 배에는 나와 병사들, 그리고 금을 옮길 때는 보이지 않던 노를 젓는 노예들이 20명가량 더 타고 있었다. 내 성화에 못 이겨 그들이 노를 빨리 저어서인지 병사들이 예상했던 시간보다 더 빨리 '침묵의 강'으로 들어설 수 있었다. 지류와 만나는 삼각지의 물살이 빨라지고 있었다. 그러나 강 안쪽으로 다가가며 강폭이 넓어져서인지 지류를 거슬러 올라올 때보다 더욱 안전감이 있었다.

비록 겨울 햇살이 서쪽으로 넘어가고 있었지만 강 위로는 따뜻한 기운이 넘쳐 났다. 강가에는 이름 모를 동물들이 어슬렁거리며 풀을 뜯거나 자기들끼리 장난을 치면서 배가 지나가는 모습을 물끄러미 바라보고 있었다. 결전을 앞둔 내 마음까지 편안해질 정도로 고요한 광경이었다.

하지만 그 평화로운 분위기는 한순간에 깨지고 말았다. 그 이유를 아는 사람은 오직 나 하나뿐이었다.

픽!

영문도 모르고 뺨을 맞은 병사가 뒤로 나자빠졌다.

"죄수에 대한 걸 왜 이제 말해!"

나는 씩씩거리며 소리쳤다.

"물어보시지 않아서……."

병사가 억울하단 표정을 짓는다.

"시끄러워!"

버럭 화를 냈다.

"용사님……."

"이것들을!"

눈이 뒤집힐 정도로 고래고래 소리를 지르는 내 모습에 병사는 겁내고 있었다. 벌써 옆에 있는 오크 통이고 돛대의 기둥이고 닥치는 대로 부숴 놓은 상태였다.

"어서 가서 노를 저으라고 해!"

"알겠습니다."

병사는 지옥에서 살아난 듯한 얼굴로 재빨리 배 밑으로 내려갔다. 놈의 뒷모습을 보며 나는 흥분을 가라앉히려 노력했다. 따지고 보면 병사들에겐 잘못이 없었다.

"아버지……."

레코만 왕자는 황제(皇帝)가 되자마자 일사천리로 일을 진행하고 있었다. 병사들의 말을 종합해 보면 레코만 왕자는 대관식인 내일 정적들을 처형한다고 한다. 미리 준비하지 않았다면 도저히 있을 수 없는 일이었다. 따라서 그는 황제가 되기 전부터 모든 계획을 세워둔 듯했다. 우리 친구들과 내가 콜렉터로 엮이며 지하 감옥에 갇혔던 것도 그 계획 중의 일부였다.

'그래도 너무 빨리 일을 처리하고 있어. 황제가 알지 못할 병으로 죽었다는 것도 어쩌면 레코만의 소행일지 몰라. 아니, 왕자가 황제를 시해한 게 틀림없어! 그러니까 아버지 이하 황제의 측근들을 이렇듯 쉽게 없앨 수 있는 거야. 그래도 대관식에서 그러긴 빠른데… 그 많은 사람들을 처형할 정도라면 확실한 물증이 있어야 할 텐데……'

나는 중얼거리며 배의 후미로 걸어갔다. 병사들이 내 눈치를 보며 슬금슬금 피했다.

'일이 생각보다 빨리 끝나겠구나.'

배 후미에서 팔짱을 끼고 뒤로 멀어지는 풍광을 보며 냉정을 되찾았다. 병사가 스메드 가의 이름을 나불댈 때에 비하면 많이 진정된 상태였다. 레코만 왕자가 황제가 됐다고 했을 때 내심 아버지와 친구들의 안위가 걱정스러워 가는 길을 재촉하고 있었지만 이렇게 빨리 일이 벌어질 줄은 몰랐다.

'레코만 왕자가 우리 집안을 죄인으로 만들 수 있는 확실한 증거는 하나밖에 없어.'

내가 생각하고 있는 확실한 증거란 위고를 비롯한 친구들과 쌍둥이 동생 카나리안이었다. 그들은 성인식 때 벌어졌던 '콜렉터 사건'에 연루되어 죄를 뒤집어쓰고 자신의 가문을 멸문시키는 도구로 이용당하고 있는 것이 틀림없었다.

'시간이 없어!'

배는 내 마음보다 빨리 움직이지 않고 있었다. 그렇다고 이대로 가만히 있자니 가슴만 답답했다.

"얼마나 더 가야 하지?"

후미에서 뛰어나오며 병사들에게 다그치듯 물었다.

"이 정도 속력이면 오늘 밤이면 도착할 겁니다."

병사 하나가 쩔쩔매며 대답을 한다.

"레코만은 언제쯤 호수에 오지?"

나는 더욱 다그쳤다.

"저희도 잘 모르지만 내일이 대관식이니까 시간에 맞춰 올 겁니다. 미리 와서 손님들을 기다리지는 않을 겁니다."

병사 하나가 조심스럽게 자기 생각을 말했다.

"그래……."

나는 병사의 생각에 동의를 표하였다. 레코만이라면 거드름을 피우면서 어쩌면 대관식 시간보다 훨씬 늦게 나타날 수도 있었다. 만일 기다리지 못하고 자리를 뜨는 자가 있으면 그 자리에서 처형하거나 벌을 내려 황제로서의 위엄을 세우고 그가 다스려야 할 사람들의 기선을 제압할 것이다.

"시간은 오늘 밤밖에 없다."

주먹을 불끈 쥐며 입술을 깨물었다. 눈치만 살피던 병사가 자기한테 한 말인 줄 알고 깜짝 놀라 대답을 한다.

"예?"

"아냐. 어서 가서 최대한 배를 빨리 몰도록 해."

"알겠습니다."

배에 오른 후 병사들은 더욱더 나에게 쩔쩔매고 있었다. 거기다가 죄인이 되어 처형을 당한다는 아버지의 소식을 듣고 광분했던 터라 병사들은 바짝 긴장하고 있었다.

'오늘 밤이야!'

죄인들은 미리 압송됐을지 모르지만 레코만 왕자가 나타나기 전에 미리 준비를 해놔야 했다. 피스 레이크의 상황을 전혀 모르는 상태라 무엇부터 해야 할지 감도 잡히지 않았지만 시간은 오늘 밤밖에 없었다.

‘게릴라식으로 해치워야 해.’

이 배에 타고 있는 병사들이 나를 위해 싸워준다면 큰 힘이 되겠지만 아직은 그 정도로 나와 병사들 사이에 신뢰는 없었다. 오로지 약육강식의 법칙에 따라 자신들보다 강한 나에게 충성을 보이고 있을 뿐이었다.

‘그래. 혼자서 해결해야 해.’

거사를 치를 때 병사들과 함께 움직인다면 적들의 눈에 쉽게 띌 수도 있다. 가뜩이나 중과부족인데 소란을 피워야 힘만 들 게 뻔했다. 설령 내 정체가 들키지 않고 아무 탈 없이 레코만에게 접근 할 수 있다고 해도 병사들의 입을 믿을 수 없는 것도 사실이었다. 이들 중 한 명이라도 내 정체를 고자질한다면 커다란 낭패를 볼 것이다.

이래저래 따져 보면 아무도 모르게 레코만을 해치우고 가족들을 구하는 것이 제일 좋은 방법이다. 모든 생각이 결론 내리며 하나로 집약되자 배에 타고 있는 병사들이 문제였다. 그냥 놔주자니 금 찾으러 옐로우 맨의 숲으로 갈 테고, 어디 잡아놓자니 30명이 넘는 숫자가 만만치 않았다.

‘저들을 어떡하지?’

해가 서산으로 넘어가려 하는 걸 보니 목적지에 가까이 온 듯한데 뾰족한 수가 떠오르지 않았다.

‘투투라면 어떻게 했을까?’

순간 답이 딱하고 떠올랐다. 투투였다면 눈 하나 깜짝하지 않고 병사들을 전부 죽였을 것이다. 목적을 위해서라면 이것저것 안 따질 성격이다. 도도는 더 말할 것도 없을 테고. 하지만 나로서는 사람을 함부로 죽인다는 건 생각할 수도 없는 일이었다. 더군다나 병사들은 숲에서 가져온 금궤를 날라야 한다. 레코만에게 접근하기 위해 배에 싣고 온 금궤가 열 개였다.

'아고… 머리 아파.'

나는 머리를 쥐어짜며 다시 배의 가운데로 걸어나왔다.

"카론님, 거의 다 왔습니다."

"그래?"

"해가 완전히 서산으로 질 때쯤이면 도착할 겁니다."

병사 하나가 목적지가 가까워졌음을 알려주었다. 그러나 나는 아직도 그들의 문제를 해결하지 못하고 있었다. 내가 손을 쓰지 않고도 병사들을 처리할 수 있는 방법을 찾아야 했다. 먼일 병사들과 충돌이라도 생긴다면 많은 피를 봐야 할 텐데 그건 별로 바라는 일이 아니었다.

"모두 모여!"

나는 병사들을 쳐다보며 소리를 질렀다. 여기저기서 각자 맡은 일을 열심히 하고 있던 병사들이 내 쪽으로 시선을 돌렸다.

"모두 이쪽으로 모여봐!"

내가 손을 흔들어 병사들을 불러 모았다.

"부르셨습니까?"

병사들이 하나둘 모여들었다.

"우리의 목적지가 코앞에 다가와 있다. 따라서 지금부터 주의 사항을 말해 주려고 한다."

"알겠습니다."

"일단 내 이름이 뭐지?"

"카론님입니다."

"아니, 육지에 도착하면 말이야."

"푸틀… 푸틀 후작이십니다."

"그래, 내 이름은 이제부터 스코치 푸틀 후작이다. 알았지?"

"예!"

병사들이 큰 소리로 대답했다.

"좋아! 지금부터 내 얘기를 잘 들어야 해."

"……?"

모두 진지한 표정으로 나를 주목했다.

"육지에 도착하면 우리는 곧바로 금궤를 놈들의 창고로 옮길 것이다. 그래야 놈들이 우리를 믿어줄 테니까."

"금궤를 놈들에게 꼭 줘야 합니까? 그냥 배에 실어놓고 있어도 될 듯한데요?"

아직도 금에 미련이 많은 듯했다.

"일이란 건 무엇이든 확실하게 해야 해."

"예."

병사가 고개를 끄덕였다.

"하지만 금은 너희들의 몫이다. 그러니까……."

심각하던 병사들의 얼굴이 동시에 밝게 펴졌다.

"맞습니다. 이 금은 우리가… 아니, 카론님하고 우리가 함께 얻은 것입니다."

"나에게 금은 필요없다. 내가 원하는 것은 레코만 왕자뿐이다. 금은 일이 끝나는 대로 너희들이 다 가져도 된다."

내가 입술을 굳게 다물며 진심이라는 표정을 지었다. 그래도 놈들은 나를 믿지 못하겠다는 표정이었다.

"정말입니까?"

"물론이지."

고개를 크게 끄덕여서 더욱 확실한 태도를 보여주었다.

"그럼 저희가 어떻게 해야 합니까?"

목소리에 흥분을 감추지 못하고 있었다.

"일단 금을 놈들의 창고로 옮긴 다음에……."

이 순간부터 내 잔머리가 돌아가기 시작했다. 한 템포 쉬었다가 말을 이어갔다. 병사들의 침 넘어가는 소리가 들려왔다. 그들에게 금만큼 소중한 건 없을 것이다.

"금을 옮긴 후에 내가 너희들을 가두라고 할 거야."

"예? 무, 무슨 말씀인지?"

병사들이 깜짝 놀라며 경계 태세까지 보였다.

"내 말을 끝까지 들어봐!"

나는 병사들을 진정시켰다.

"……?"

"감옥이든 창고든 놈들에게 갇히게 되면 밤이 깊어질 때까지 얌전히 있는 거야. 시간이 되면 내가 너희들을 풀어줄 테니까 그 후 아무도 모르게 금궤를 적당한 곳에 숨겨놓으면 된다. 그리고 날이 밝자마자 떠날 수 있게 준비해 놓는 거지."

"감시가 만만치 않을 겁니다."

병사 하나가 눈을 반짝인다.

"그래서 날이 밝으면 떠나야 하는 거야."

"무슨 말인지……."

머리 나쁜 것들에게 일일이 설명해 주려니 답답했지만 어쩔 수 없는 일이었다. 하기야 조금이라도 똑똑한 놈이 있었다면 내 계획을 듣고 그냥 넘어가지는 않았을 것이다.

"내가 구해주면 금궤를 챙기는 일과 함께 너희들을 대신할 수 있는 놈들을 잡아와야 한다. 옷도 놈들과 바꿔 입어야 하고……."

"레코만의 병사들 말입니까?"

"그래! 날이 밝으면 내가 너희들을 처형하라고 할 거야. 불을 질러 증거를 없애는 것처럼 꾸며야지. 그러나 감옥에서 불에 타 죽는 건 너희들하고 바꿔치기한 놈들인 거야. 혼란한 틈을 타서 금을 챙길 만큼 챙겨서 그곳을 빠져나가면 되는 거지. 놈들의 옷으로 갈아입은 너희들을 의심할 사람은 없을 것이다."

"아……!"

나의 긴 설명이 끝나고 나자 내 계획을 그제야 알아챈 병사들이 고개를 끄덕였다.

"왜 밤에 도망가지 않고 날이 밝아서 움직이라는 줄 알겠지?"

"예. 밤에는 오히려 왕자의 대관식 때문에 감시가 심해서 빠져나가기 힘들기 때문입니다."

"맞아. 감옥에 불을 지르고 대관식 준비로 바빠질 때 도망가는 것이 훨씬 안전할 거야."

"그럼 카론님은?"

"내 목표는 레코만이라고 했잖아. 그건 내 일이니까 너희들이 관여할 문제가 아니다."

"알겠습니다."

"모두 알아들었으면 각자 자리로 돌아가!"

"예!"

병사들이 자신의 자리로 돌아가자 나는 뱃머리에 서서 미소를 지었다. 결과는 아직 모르지만 당장의 걱정거리이던 병사들을 쉽게 처리할 수 있게 된 것이다.

'이제 모든 준비는 끝났어.'

육지에 도착하면 금궤를 이용해서 레코만의 병사들에게 신임을 얻어 놓고 이 배에 타고 있는 병사들을 처리한 후에 날이 밝기를 기다려서 레코만을 해치우면 되는 것이다.

'아버지와 식구들은 언제쯤 올까?'

대관식을 기념해서 반역자들의 처형이 치러진다니까 어쩌면 오늘 밤에 식구들을 만날 수도 있을 것이다.

"호수입니다!"

이런저런 생각으로 마음이 뒤숭숭하여 시간 가는 줄도 몰랐나 보다. 돛대에 올라가 있던 병사 하나가 피스 레이크에 도착했음을 알렸다. 그러고 보니 해는 완전히 서산으로 저물어 어둠이 사방으로 내려앉아 있었다. 예상보다 일찍 도착한 듯했다.

"대관식을 치르는 장소가 어디지?"

나는 가까이 있던 병사에게 물었다.

"호수 건너편입니다."

"그래?"

피스 레이크는 이스턴 대륙에서 가장 큰 호수이다. 평화를 상징하는 이름처럼 루벤스 제국 이하 많은 왕국들이 이 호수를 끼고 국경을 맞대고 있었다. 우리가 도착한 쪽은 루벤스 제국에서 보면 정반대쪽이었다. 이 거대한 호수를 가로지르는 데만 해도 몇 시간은 족히 걸릴 것이다. 하지만 급했던 나의 마음은 차분하게 가라앉아 있었다. 이곳까지 오기 위한 기나긴 여정을 생각한다면 몇 시간은 충분히 기다릴 수 있었다.

"정면에서 배가 다가옵니다!"

돛대 위에서 주변을 살펴보던 병사가 소리를 질렀다. 그러나 선상에 서 있던 나의 눈에는 흐릿한 어둠에 묻힌 호수만 잔잔히 보일 뿐 아직 아무것도 시야에 들어오지 않았다. 나는 손으로 나팔을 만들어 되물었다.

"무슨 배인데?"

"어두워서 잘 보이지는 않지만 깃발 세 개가 나란히 걸려 있는 것을 보니 아무래도 루벤스 제국의 감시선 같습니다."

"감시선이라……."

레코만이 대관식을 위해 호수 전체를 철저히 지키는 듯했다.

"멈춰라!"

잠시 후, 흐릿한 불빛이 보이나 싶더니 묵직한 목소리가 우리 배의 갈 길을 저지했다.

"무슨 일이시죠?"

나는 다가오는 그림자를 바라보며 큰 소리로 물었다. 레코만의 감시선은 우리 배와 비슷한 크기였지만 속도가 꽤 빠른 듯했다.

"내 허락 없이는 호수를 건널 수 없다!"

우리 배에 바짝 붙은 감시선에는 손에 무기를 쥔 병사들이 즐비하게 서 있었다. 그 틈에 보이는 덩치 커다란 장교는 팔자수염의 거만한 사내였다. 소곤대는 목소리도 들을 수 있을 만큼 감시선이 가까워지자 나는 상대방의 신분을 물었다.

"레코만의……."

순간 말꼬리를 흐리며 주춤했다.

"뭐?"

"아니, 레코만 황제의 병사들인가?"

레코만 황제라는 단어가 입에 붙어 있지 않아 말을 씹고 말았다. 그러나 감시선(監視船)의 장교는 제대로 듣지 못했는지 크게 개의치 않았다. 앞으로도 레코만을 없앨 때까지는 조심해야 할 대목이다.

"그렇다. 나는 호수의 감시를 맡고 있는 칼리치라고 한다!"

팔자수염이 자기소개를 한다.

"아, 그렇군요."

나는 반색하며 감시선으로 건너갈 준비를 하였다.

"그러는 너는 누구냐?"

장교는 나를 위아래로 훑어보았다.

"그쪽으로 가서 말씀드리죠."

"거기서 말해도 알아듣는다."

아무래도 경계를 하는 듯하다.

"중요한 말이 있습니다."

"네 정체부터 밝히래도!"

덩치는 커다란 게 의심은 많다.

"저는 황제 폐하의 지시에 따라 호수 건너편을 다녀오는 푸틀 후작님의 심복입니다."

순간적으로 푸틀 후작인 척하려던 계획을 바꾸었다.

"푸틀 후작의 심복? 정말이냐?"

"그렇습니다."

"으음!"

팔자수염의 장교는 나를 다시 한 번 위아래로 훑어보았다. 그러더니 이내 고개를 끄덕였다.

"좋아! 혼자만 건너오너라!"

"예!"

나는 감시선으로 건너가며 우리 병사들에게 한쪽 눈을 찡끗했다. 조금 전에 알려주었던 작전을 시작한다는 신호였다. 병사들이 슬쩍 고개를 끄덕이며 나의 지시를 받아들였다. 하지만 그들의 표정에는 궁금증이 서려 있었다. 아마 푸틀 후작인 척하려다 작전을 바꿔서 그의 심복이라고 했으니 배 푸틀 후작의 병사들이 이상하게 생각할 수도 있었다. 하지만 나 역시 감시선을 보는 순간 갑자기 계획을 바꾼 것이었다.

덜컹!

감시선에서 나무판이 넘어와 우리 배의 갑판에 걸쳐지면서 감시선과 우리 배 사이에 다리가 만들어졌다. 한 사람이 겨우 건널 수 있는 넓이의 나무판은 위태롭게 흔들거렸다.

"어서 건너와라!"

팔자수염이 손짓했다.

"예!"

나는 얼른 나무판 위로 올라갔다.

털썩!

나무판을 조심스럽게 건너가서 감시선에 내려섰다.

"네가 푸틀 후작의 심복이란 말이지?"

팔자수염이 대뜸 물어본다.

"그렇습니다."

나는 정중하게 고개를 깊이 숙이며 예를 갖추었다.

"믿을 수가 없구나. 너처럼 어린아이가 그런 무시무시한 후작의 심복이라니······."

장교가 턱을 쓰다듬으며 또 한 번 나를 이리저리 살펴본다.

"증거를 보여 드리겠습니다."

"그래, 어디 보자!"

"그전에 드릴 말씀이 있습니다."

"혹시 허튼수작을 부리려는 건 아니겠지?"

"장교님의 배에서 그럴 리가 있겠습니까?"

"그래, 하려는 말이 뭐지?"

"실은······."

나는 장교에게 바짝 다가가 귓속말로 금에 관한 얘기와 우리 병사들의 처리 문제에 대해서 소곤거렸다. 얘기하는 동안 나는 속으로 안도의 한숨을 쉬고 있었다. 갑작스런 결정이었지만 작전을 바꾸기를 잘한 듯했다.

"으음!"

장교는 나의 말을 들으며 우리 배 쪽을 힐끔거렸다.

"금에 대한 비밀을 지키라는 후작님의 명령이셨습니다. 그 명령은 또한 레코만 황제의 뜻이기도 합니다. 그러니……."

작전을 바꾼 이유야 간단했다. 호수를 지키는 장교나 병사들 중에 푸틀 후작의 얼굴을 알고 있는 자가 있을 것이다. 특히 대관식을 준비하는 사람들이라면 레코만의 측근들이 많을 것이다. 설령 그들이 푸틀 후작을 모른다고 해도 그의 이미지와 나의 외모가 전혀 어울릴 순 없었다. 팔자수염은 심복이라도 저리 의심을 하는데 나 같은 청년이 후작이라면 누가 믿겠는가?

"금을 이리로 옮겨놓은 후에 처리하십시오."

"알았다."

내 얘기가 끝나자마자 장교는 손짓해서 부관을 불렀다.

"부르셨습니까?"

곧바로 지시가 내려진다.

부관이 심각한 눈빛으로 몇 번인가 고개를 끄덕이더니 왔던 자리로 사라졌다.

"이제 금을 옮길까?"

팔자수염이 나에게 미소를 짓는다. 그 의미가 뭔지는 몰라도 먹잇감을 눈앞에 두고 즐기려는 맹수의 표정 같다.

"그래야 제 신분도 믿을 테죠."

"당연히!"

나는 우리 배를 향해서 소리를 질렀다.

"금을 감시선으로 옮겨라!"

"……?"

푸틀 후작의 병사들이 대답하지 않고 정신이 없는 듯 멍하니 나를 쳐다보았다.

"어서 옮기지 않고 뭐 해?"

"아… 예."

억지로 대답하면서 자기들끼리 눈짓을 한다. 육지에 도착하면 금을 내리고 일부로 잡힌 척하다가 혼란한 틈을 타서 금을 가지고 도망가기로 했던 처음 계획이 전부 바뀌고 있었다.

"빨리 금궤를 가지고 와!"

"예."

얼마 지나지 않아 푸틀의 병사들이 부지런히 금궤를 감시선으로 날라왔다. 그들의 얼굴은 굳어 있었지만 나의 지시를 잘 따르고 있었다. 금궤는 감시선의 갑판 위에 나란히 놓여졌다.

"이게 전부 금인가?"

팔자수염이 묻는다.

"모두 새로운 황제님께 바칠 금입니다."

감시선의 탐욕스러운 눈빛들이 금궤들을 새어본다.

"저… 기……."

금궤를 내려놓고 돌아 나오던 푸틀의 병사들 중 한 명이 나를 부른다. 놈이 무슨 말을 하려는지 짐작이 가고도 남았다. 그러나 나는 모른 척 인상을 쓰며 놈을 바라보았다.

"왜?"

"잠시만."

"무슨 일인데?"

팔자수염의 눈치를 살피며 병사에게 다가갔다.

"처음하고 계획이 틀려져서……."

병사가 조용히 묻는다.

"감시선이 나타나리란 변수를 생각하지 못해서 그랬지. 내 생각으로는 이 배에 금을 놔두는 게 더 좋을 것 같아. 그래야 나중에 금을 옮기느라 우왕좌왕할 필요 없이 더 빨리 빠져나갈 수 있잖아."

"금을 여기에 보관하도록 하시게요?"

"당연하지."

"우리는?"

"그건 처음 계획하고 같아. 밤이 되면 내가 구해줄 거다. 너희들을 대체할 놈들만 잡아다가 놓으면 되는 거야."

"아!"

병사가 내 설명을 금세 알아듣는다.

"계획에 차질없도록 다른 병사들에게도 얘기해 줘."

"알겠습니다."

궁금증이 잔뜩 배어 있는 굳은 얼굴로 다가왔다가 밝은 모습으로 사라지는 병사를 보며 나는 입술을 굳게 다물었다. 이제부터 본격적인 레코만 사냥이 시작된 거다.

"전부 옮겼는가?"

팔자수염이 금궤 중 하나를 열어보면서 나를 바라보았다.

"열 개 하고……."

"전부 옮겼습니다!"

내가 궤짝을 세보려는 중에 우리 배에서 누군가 소리를 질렀다. 대충 확인해 보니 맞는 듯했다.

"맞습니다. 전부 옮겼습니다."

"그래."

팔자수염이 궤짝을 세고 있던 나를 향해 미소 짓는다. 그는 나에게 귓속말을 들은 이후 계속 실실 웃고만 있었다.

"이제 제 말대로 하셔야⋯⋯."

나는 손으로 우리 배를 가리켰다.

"알았다."

"⋯⋯?"

자꾸 히죽거리며 웃어대는 팔자수염이 이상하게 느껴졌다. 특히 갑판 위의 금궤를 보는 눈이 예사롭지 않았다.

"부관!"

"예!"

"어서 저놈들을 수장시키게!"

"알겠습니다."

이미 지시를 받아서인지 부관은 신속하게 움직였다.

'미안하지만 어쩔 수 없어. 나를 원망해도 소용없는 일이야. 혹시라도 살아난다면 모르지만 그렇지 않다면 좋은 곳으로 가라.'

레코만의 병사들이 푸틀의 배로 옮겨 탔다. 그리고는 잠시 후 아수라장을 방불케 하는 고성이 들리고 물건 부서지는 소리가 났다. 하지만 내가 미리 말해 놓은 것이 있어서인지 푸틀의 병사들은 금세 조용해졌다. 그들은 작전이 진행 중인 줄 알 것이다.

"모두 가두어놨습니다."

부관이 와서 보고를 한다.

"배 바닥에 구멍을 뚫어라!"

감시선이 나타나면서 계획이 바뀌었어도 나를 위해서는 푸틀의 병사

들은 사라져야 했다. 다만 내 손으로 직접 죽이기가 껄끄러웠던 것이지,
설령 계획이 바뀌지 않았다고 해도 마찬가지 결과였을 것이다.

"이제 모두 끝났지?"

팔자수염이 나에게 묻는다.

"장교님 덕분에 모든 일이 쉽게 처리됐습니다."

푸틀의 배에서 멀어지면서 감시선의 선상은 다시 자기 자리를 잡은 분
위기였다.

"그렇다면 자네도 보답을 해야지."

"훗!"

코웃음이 절로 나왔다. 팔자수염이 느글거리게 웃던 이유를 알 것 같
았다.

"저 금궤 중 하나를 나에게 줄 수 있겠나?"

본색을 드러낸다.

"금을 원하십니까?"

"그래."

별로 거리낌도 없이 고개를 끄덕인다.

"새로운 황제가 알게 되면 큰일날 텐데요."

"자네만 조용히 하면 누가 알겠나?"

은근히 협박까지 한다. 말을 듣지 않으면 나를 없애 버리겠다는 뜻이
다.

"좋습니다. 그렇게 하세요."

"정말?"

내가 너무 쉽게 승낙을 하자 되려 이상한가 보다.

"대신에 저도 조금 나눠 주십시오."

의심을 받지 않기 위해 잔머리를 굴렸다.

"하하하!"

팔자수염은 욕심을 보이는 내가 마음에 드나보다. 어쨌든 대관식이 치러지는 장소까지는 편하게 갈 듯했다.

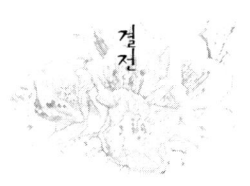

결전

　잠시 갑판 위에서 잠이 들었나 보다. 웅성거리는 소리에 깨어보니 배가 전혀 움직이지 않고 있었다. 대관식 장소에 도착한 듯했다. 내가 몸을 추스르는데 팔자수염이 다가왔다.

　"도착했다. 어서 일을 해야지."

　"예. 금궤를 내리는 일을 봐야죠."

　"비밀 꼭 지켜야 하는 거 알지?"

　"당연하죠."

　나는 가슴을 툭툭 쳤다. 팔자수염이 선심 쓰듯 건네주었던 묵직한 금덩이가 만져졌다.

　"대관식을 준비하는 곳은 저쪽이다. 사람들을 데리고 와서 금궤를 나르도록 해."

　"알겠습니다."

　배에서 내려 팔자수염이 가르쳐 준 곳으로 갔다. 굳이 누가 가르쳐 주지 않더라도 대관식을 치르는 곳은 쉽게 찾을 수 있었다. 아직은 새까만 밤이었지만 대관식을 치르는 광장… 적어도 몇백 명은 앉을 수 있는 그 넓은 곳이 온통 횃불로 대낮처럼 밝혀져 있었다.

'일단 금궤를 옮겨놓고 아버지를 찾아보자.'

걸음걸이에 속력을 붙였다. 대관식이 치러지는 광장에 도착하자마자 사람들부터 찾았다. 그러나 어찌 된 일인지 아무도 보이지 않았다. 한참 바쁜 시간일 텐데 일꾼들은 고사하고 이곳을 지켜야 할 병사들조차 한 명도 없었다.

'전부 어디 있는 거야?'

대관식이 거행될 식장은 광장의 맨 앞 가운데에 설치되어 있었다. 양쪽에 놓여진 10여 개의 층계를 올라가면 넓은 테라스가 나오고 그 안쪽으로 고급스런 의자들이 나란히 줄을 맞추어 광장을 바라보게끔 놓여져 있었다. 아마 귀족들이 앉을 자리인 듯했다. 금색 은색 장식이 많이 들어간, 전체적으로 화려한 식장이었다.

"여보세요!"

나는 식장으로 올라가며 혹시나 하고 사람들을 불러보았다. 그러나 역시 아무도 나타나지 않았다.

"아무도 안 계세요?"

몇 번을 고래고래 소리를 질렀지만 별 소용이 없었다.

'천상 금궤는 감시선에 놔둬야겠네.'

내가 막 다른 곳으로 발길을 돌리려는 순간이었다.

"웬 놈이냐?"

병사 둘이 나를 막아섰다. 어디서 나타났는지 알 순 없었지만 예사롭지 않은 눈빛과 고도의 훈련을 받은 딱 벌어진 어깨가 일반 군인들은 아닌 듯했다.

"저는 푸틀 후작의 대리인으로서 새 황제께 바칠 금궤를 가지고 왔습니다."

침착하게 말을 꺼냈다.

"푸틀 후작?"

두 병사는 서로 수군거리더니 나에게 칼을 겨누었다.

"왜 푸틀 후작이 직접 안 왔지?"

놈들은 후작을 알고 있는 듯했다.

"더 많은 금궤를 가지고 나중에 오신다고……."

"금궤는 어디 있느냐?"

왼쪽에 서 있던 병사가 나의 말을 끊었다. 어지간히 성질이 급한 놈이었다.

"칼리치의 감시선에 있습니다."

"팔자수염 칼리치?"

"그렇습니다."

놈들에게 신뢰를 주기 위해 또박또박 대답했다.

"좋아. 자네가 가서 확인해 보게. 나는 이놈을 데리고 가서 황제께 보고를 할 테니까."

"알았어."

병사들은 각자 할 일을 정한 후에 한 놈은 감시선으로, 다른 한 놈은 나를 데리고 식장의 층계를 내려왔다.

쿵쾅쿵쾅!

나는 병사의 뒤를 쫓아가면서 가슴이 주체없이 뛰고 있는 것을 느낄 수 있었다. 방금 놈들의 대화로 황제, 그러니까 레코반이 여기 와 있다는 걸 알 수 있었다.

"어디로 가는 거죠?"

확인차 물어보았다.

"황제를 뵈러 간다."

"여기 오셨습니까?"

"그래."

간단한 대답이 돌아왔다. 대관식에 맞추어 내일 올 줄 알았던 레코반이 벌써 와 있다는 말이 왠지 불안하게 들렸다.

똑똑.

노크 소리에 정신을 차렸다. 식장에서 아래로 내려온 병사가 사방을 둘러보더니 우리가 밟았던 층계를 두들기고 있었다.

끼이익!

미리 정해놓은 신호가 있었는지 몇 번의 짧고 긴 노크 소리가 울리더니 계단이 문처럼 열렸다.

"어떤 놈이야?"

안에서 험악한 목소리가 들렸다. 바깥과 달리 내부가 하도 어두워서 누군지 얼굴은 보이지 않았지만 같은 병사인 듯했다.

"푸틀 후작의 대리인이래."

"그래?"

아마 내가 식장 위에서 떠드는 소리를 듣고 놈들이 상황을 파악하려고 밖으로 나왔던 것 같았다.

"황제께선?"

"죄인들과 함께 계셔."

"알았네."

나를 데리고 온 병사가 따라오라고 손짓을 한다.

'죄인이라면 혹시 아버지?'

병사의 뒤를 따라가며 이곳에 올 때보다 더욱 심하게 가슴이 쿵쾅거렸다.

'무슨 일이 생겨도 침착해야 해.'

스스로를 진정시키며 환한 빛이 새어 나오는 장소로 들어갔다.

"황제 폐하다! 머리를 숙여라!"

나는 얼른 머리를 숙여 예를 갖추었다.

"무슨 일이냐?"

한 번도 잊은 적 없는 목소리… 틀림없이 레코만이었다.

"푸틀 후작이 금궤를 가지고 왔다고 합니다."

"그래? 후작은 어디 있는데?"

"금궤를 더 가져오려고 일단 대리인을 보냈답니다."

병사는 레코만에게 보고를 하며 나를 앞으로 끌어당겼다.

"이자인가?"

"그렇습니다."

"자네가 푸틀의 대리인인가?"

"예, 제가 대리인입니다."

나도 모르게 목소리가 움츠러들었다. 다행히도 왕자는 내 목소리를 알아듣지 못했다. 얼른 주변을 살펴보니 병사가 열댓 명 정도 있었는데 모두 강인한 인상들이었다. 아무래도 황제의 근위병들 같았다. 다행스럽게도 레코만은 나에게 별로 신경 쓰지 않았다. 그는 오로지 금궤에만 관심이 있는 듯했다.

"금궤는 어디 있지?"

"칼루치의 감시선에 있다고 합니다. 사람을 보내서 알아보라고 했습니다."

"잘했군. 그럼 이제 죄인들을 보러 갈까?"

"왕비님은 어떻게 할까요?"

"부부는 일심동체인데 같이 모셔야지."

"알겠습니다."

"나부터 가 있을 테니까 왕비를 모셔오도록 해."

"예!"

어디론가 사라지는 병사의 뒷모습을 보며 둥근 얼굴의 아라나를 떠올렸다. 사랑하는 오빠의 죽음을 뒤로하고 원수의 아내로서 살고 있을 그녀가 불쌍하게 느껴졌다.

"푸틀 후작은 잘 있는가?"

레코만의 느닷없는 질문에 주춤했다.

"어… 예!"

"금궤는 총 몇 개지?"

"열 개가 넘습니다."

"그래? 그것도 꽤 될 텐데 금을 더 가져온다고?"

"예, 그렇게 전하라고 하셨습니다."

나와 레코만은 자연스럽게 걷고 있었다. 그는 외모가 너무 변해 버린 나를 알아보지 못했지만 처음 보는 사람인데도 특별히 신경 쓰지 않는 듯했다. 마치 네가 덤빌 테면 덤벼보라는 식의 자신감이 넘쳐 보였다.

"다른 사람들은 없나봅니다?"

은근슬쩍 상황을 파악해 보려고 질문을 던져 보았다.

"대관식이 내일이니까 시간 맞춰서들 오겠지. 여긴 나를 지키는 근위대만 있다."

"예."

근위대라야 열댓 명이 전부인 듯했다. 레코만을 공격하기에는 딱 좋은 시점이었다.

"저놈들이 누군지 아는가?"

"예?"

나는 레코만이 가리키는 곳을 바라보았다.

"새로운 황제를 위해 죽어야 하는 불쌍한 족속들이지."

"……."

아무 대답도 할 수 없었다. 서커스에서나 볼 수 있는 네모난 철창 우리 안에 몇 명의 사람들이 갇혀 있었다. 우리는 총 세 개였으며 내가 사랑하는 모든 사람들이 그 안에 있었다.

'아버지!'

위고를 비롯한 친구들은 아버지와 다른 우리 속에서 멍하니 앉은 채축 처져 있었다. 모든 걸 체념한 모습이었다.

"왜? 혹시 아는 사람이라도 있냐?"

내가 대답도 없이 가만히 있자 레코만이 이상하다는 눈으로 나를 쳐다보았다.

"그게 아니고 저 사람들은 무슨 죄를 지었을까 궁금해서요."

"반역죄다."

대충 얼버무리는데 간단하게 대답을 해준다.

"예."

나도 더 이상은 나서지 않기로 했다. 괜한 의심을 살 필요는 없었다. 이제는 기회를 노려야 했다.

"심심하던 차였는데 생각지도 않은 네가 나타나서 말동무가 되어주니 가라앉았던 기분이 살아나는 것 같구나."

"그리 생각해 주신다니 영광입니다."

얼떨결에 레코만의 이야기 상대가 되어버렸다.

"왕비님을 모셔왔습니다."

"그래, 이쪽으로 모셔라."

하얀 드레스를 입고 나타난 아리나는 슬퍼 보였다.

"폐하, 부르셨습니까?"

시녀들의 부축을 받은 아리나가 예를 갖추어 인사를 한다. 그녀는 정략결혼의 제물이 되어버린 비운의 여자였다.

"왕비는 눈이 안 보여서 실감이 나지 않겠지만 앞에 있는 사람들은 모두 반역 죄인들이오. 내가 하고자 하는 일에 장애가 되는 것들은 지위고하를 막론하고 오로지 죽음을 내릴 것이오. 내가 왕비에게 이런 말을 하는 것은 외척이 되는 왕비의 집안에도 내 뜻을 알아줬으면 하는 마음에서요."

"……."

아리나는 아무 말도 못하고 부들부들 떨기만 했다. 그 모습을 보던 나는 안쓰러운 마음에 당장에라도 달려가서 안아주고 싶었다.

"데려와라!"

레코만이 병사에게 신호를 보내자 우리 안의 죄인 한 명이 끌려 나왔다.

"처형!"

그뿐이었다. 병사의 칼날이 잠시 번쩍 하더니 끌려 나온 죄인은 목이 잘린 주검으로 변해 있었다.

"왕비는 보이지 않으니 냄새라도 맡아보시오."

"폐, 폐하……."

"어서 냄새를 맡아! 피비린내가 어땠는지 내일 너의 아비에게 말하란 말이다!"

레코만은 아리나가 나타나는 순간부터 야수로 돌변하기 시작했다.

"내가 황제가 된 걸 트집 잡아서 루벤스 제국을 넘보려 한다면 저놈처럼 된다는 걸 꼭 전해줘야 해!"

평소에도 레코만이 그녀를 얼마나 무시했었는지 안 봐도 알 수 있었다. 더군다나 쿠데타로 왕권을 잡은 그는 모든 사람들을 적으로 간주하고 경계하고 있을 것이다. 그만큼 정신적으로 민감할 텐데 아마 왕비의 집안이 제일 걸리는 모양이다.

"폐하, 저희 가문은……"

"시끄러워! 너는 그냥 내 말만 전하면 돼! 알겠어!"

레코만이 아리나의 목을 잡아 감싸며 윽박질렀다.

"예… 폐하."

아리나의 얼굴은 창백했다. 얼마나 놀랐으면 흐릿한 불빛 속에서도 그녀의 얼굴은 하얗게 변해 있었다.

"그만 해!"

우리 쪽에서 누군가 소리를 질렀다. 순간 내 머리 속은 하얗게 탈색되어 버렸다. 조금 전 레코만이 죄인 하나를 눈 하나 까딱 안 하고 손쉽게 죽이는 것을 보고 난 후라 더욱 놀라고 있었다. 나는 소리를 지른 사람의 정체를 알고 있었다.

'아버지!'

눈을 부라리며 레코만을 노려보는 사람은 분명 아버지였다.

"오라! 스메드 가의 알프레드 경이군요."

레코만이 이죽거리며 아버지 앞으로 다가갔다.

"죽일 놈! 그렇게도 권력에 탐이 난단 말이냐?"

"하루라도 먼저 죽고 싶다는 소리로 들리네."

"그래, 죽여라!"

아버지가 더욱 크게 소리를 질렀다.

"소원대로 해주지. 여봐라! 자식을 콜렉터로 만들어 황제의 집안을 능멸하려 했던 반역 죄인 알프레드 스메드를 처형하라!"

"예."

한 치의 인정도 보이지 않았다. 곧바로 아버지의 처형이 시작되려는 참이었다. 더 이상 상황을 두고 볼 수 없는 순간이었다. 병사들의 손에 의해 아버지가 밖으로 끌려 나왔다.

"잠깐!"

이미 주사위는 던져졌다.

"……?"

레코만이 놀란 눈으로 나를 쳐다본다.

"레코만 왕자님, 오랜만이죠?"

"누군가?"

레코만은 뚱보 카론에서 멋쟁이 카론으로 변해 버린 나를 알아보지 못했다.

"그새 저를 잊었습니까?"

"누구……?"

한참을 들여다보던 레코만이 경악에 가까운 표정을 짓는다.

"이제야 아시겠습니까?"

"카, 카론?"

"내가 그리 많이 변했나?"

"정말 네가 카론 스메드?!"

"아니, 몇 번을 확인하는 거야!"

나는 기선 제압을 하기 위해 거칠게 말을 뱉었다. 무슨 일인지 움찔했던 병사들이 그제야 정신을 가다듬고 나에게 달려들 자세를 취했다.

"무엄하다!"

"왕자가 개들 하난 잘 길렀네."

빙 둘러 나에게 칼을 겨눈 병사들을 탐탁지 않게 쳐다보았다.

"하하하!"

레코만이 큰 소리로 웃었다.

"웃음이 나온다니 다행이군. 그래야 너를 죽일 때 내가 덜 미안할 테니까. 그리고 여자에게 그런 식으로 대하는 건 사내로서 할 짓이 못 되지. 매너가 생명 아닌가?"

이죽거리며 레코만의 심기를 건드리려고 했다. 그러나 별로 좋은 방법은 아니었는 듯 그는 계속 웃기만 했다.

"무슨 말을 하든 상관없다. 뚱보 카론이 나를 웃긴 것만 해도 실컷 즐기기에 시간이 모자라. 세상에 불가능이란 없다는 말이 맞는 듯하구나. 하하하!"

"내 실력을 보면 더 놀랄걸?"

"뭐? 실력?"

"그래!"

"어디 한번 보자. 하하하!"

레코만이 느릿하게 몸을 추슬렀다.

"카… 론……."

아버지가 그제야 나를 알아본다.

"카나리안은 어떻게 됐어요?"

"죽지는 않았다."

묘한 말투였다. 죽지는 않았지만 살아 있어도 몸이 성치 않다는 뜻인 듯했다. 그러나 자세히 물어볼 시간이 없었다. 그래도 죽지 않고 살아 있다니 신에게 감사할 일이었다.

"다른 식구들은?"

"집에 갇혀 있구나."

"알았어요. 아버지, 조금만 기다리세요."

아버지 뒤쪽으로 세 개의 우리에 갇혀 있던 사람들이 일제히 나에게 시선을 주었다.

"친구들, 고생이 많네. 조금만 기다려, 내가 구해줄 테니까."

"카론……."

낯익은 얼굴들이 기운없이 내 이름을 부르거나 고개를 끄덕였다. 특별히 나를 믿어서가 아니라 아무에게나 의지하고픈 얼굴들이었다.

"아리나."

나는 마지막으로 왕비를 바라보았다.

"혹시?"

어둡던 얼굴이 금세 밝아진다.

"금빛 반지."

"아……."

"이 사람들뿐만 아니라 당신도 내가 구할 거야."

"정말?"

"우리는 장미 반지의 분신이잖아."

"그래요."

아리나의 눈이 반짝였다. 옆에 레코만이 있다는 걸 잊고 있는 듯했다. 그녀는 오로지 나에게 마음을 주고 있었다.

"훗! 자기 마음대로 선심을 쓰는군."

레코만이 코웃음 친다.

"선심인지 아닌지는 두고 보면 알지."

"거기다가 아리나까지 네놈을 따르나 보군."

순간 레코만의 눈빛이 심하게 흔들린다. 아리나를 사랑해서가 아니라 자기 물건에 대한 집착이 그의 감정을 상하게 했던 것이다.

"그리고 다른 놈들이 끼면 귀찮으니까 우리 둘이 결판을 내자! 아니면

네 원래 성격대로 치사하게 한꺼번에 덤비던가.”

나는 레코만의 감정을 더욱 건드렸다.

“이놈이!”

“어떻게 할 거야?”

“모두 물러나라! 이놈은 내가 처치한다!”

병사들이 레코만의 명령에 뒤로 몇 발자국씩 물러났다.

“검술이든 마법이든 원하는 거로 해주마.”

“왕자님 좋은 걸로 하세요, 저는 제 방식으로 할 테니까.”

나는 이죽거리며 허리를 구부정하게 숙이고 두 손을 무릎 아래로 축 처지게 내려놓았다. 고릴라들이 싸우기 전에 취하는 자세였다. 이런 내 모습이 우스운지 레코만이 또 한 번 코웃음을 친다.

“훗!”

“그게 마지막 웃음일 거야.”

“어디 그렇게 해보지.”

“각오해라!”

나는 두 손으로 땅을 훑으며 레코만에게 달려들었다.

“우싸!”

“어서 와라!”

언제 모았는지 레코만의 손 주위를 감싸고 있던 푸른색의 마나가 뱀처럼 꿈틀거리며 나에게 날아왔다.

“으읍!”

나는 정신을 가다듬었다.

“모노볼트!”

레코만의 입에서 마법 주문이 터져 나왔다. 그러자 꿈틀거리며 날아오던 마나가 마찰음을 내면서 번쩍거렸다. 그의 마법은 공기의 마찰로 전력을 만들어내서 상대를 감전시키는 공격이었다. 얼핏 느끼는 거지만 적어도 12기가의 능력으로 몰아치는 전기는 엄청난 위력이었다.

펑!

나는 무서운 속도로 날아오는 레코만의 공격을 손목의 칼날을 세워 엑스 자로 막았다. 그러나 워낙 강한 공격이라 제대로 막지는 못했다. 왕자가 마법을 쓰리라고는 생각지도 못했던 나는 잠시 주춤거렸다.

파파파팍!

푸른 빛이 겨우 방향을 바꾸어 나가는 듯하더니 다시 내 가슴으로 돌진해 왔다.

"으허억!"

뜨거운 기운이 온몸을 뒤흔들었다. 짜릿한 충격이 숨을 멈추게 할 정도였다. 그러나 갑옷이 나를 지켜주었다.

파파파팍!

연이어 가슴을 가격하는 모노볼트란 마법의 파열음을 들으며 나는 이를 악물었다.

펑!

겨우 막아내긴 했지만 커다란 충격을 느끼며 뒤로 날아갔다.

"내 공격을 받아내다니 대단하군."

레코만이 놀란 모습으로 다가왔다. 12기가 넘는 공격을 이겨냈으니 그 놀라움은 대단할 것이었다. 예전에 나를 기억하는 사람이라면 도저히 믿지 못할 광경이었다. 아버지 역시 입을 딱 벌리고 있을 뿐 아무 말도 하지 못했다.

"콜록콜록!"

갑자기 기침이 올라오며 비릿한 냄새가 났다.

"후후후. 피가 많이 나는 걸 보니 내장이 터졌나 보군."

레코만은 내가 기침을 할 때마다 묻어 나오는 피를 보며 미소를 지었다.

"쿨록!"

다시 피 섞인 기침이 입 안으로 가득 올라왔다.

"이번에 끝을 내주지!"

레코만이 다시 손을 들었다.

"펠자레이드!"

뱀처럼 휘어져 들어왔던 레코만의 마나가 이번에는 일직선의 빛을 만들며 날아왔다. 그 빛이 가슴을 관통하면 이 싸움은 끝이었다. 나는 본능적으로 몸을 세우며 얼른 허리를 꺾었다.

"우싸!"

놈의 푸른 마나가 머리 위로 날아가서 뒤에 서 있던 병사들에게 떨어졌다.

펑!

"으악!"

커다란 폭음 속에 병사들의 비명 소리가 섞여 있었다.

"제법 빠르구나!"

레코만은 다음 공격을 준비했다.

"와라!"

나는 칼을 세워 다시 싸울 자세를 취했다.

"발키리 자벨린!"

보이지 않는 파동이 선을 똑바로 그으며 날아왔다. 정신력으로 만든 무형의 창이었다.

"우싸!"

공격이 워낙 빨랐기 때문에 피하지도 못하고 레코만의 공격을 정면으로 막아야 했다.

펑!

나는 뒤로 죽 밀려났다. 삼두용이 나에게 주었던 두 가지의 선물이 없었다면 나는 벌써 이 세상 사람이 아닐 것이다.

"으읍!"

가슴이 울컥했다. 그러나 한 번 몰아치기 시작한 레코만의 공격은 쉬지 않고 이어졌다. 굉장한 힘과 스피드가 나를 꼼짝 못하게 하였다. 방어하기에도 나한테는 벅찬 무시무시한 마법들이 그의 입에서 쏟아져 나왔다.

"어스 모우!"

커다란 웅덩이에 빠뜨리는 공격… 내 뒤의 땅이 아래로 푹 꺼져 내렸다.

쿵!

몸도 추스르지 못한 채 웅덩이에 빠진 나는 허우적거렸다. 그 깊이가 내 키보다 클 정도로 굉장히 깊은 웅덩이였다.

"샌드 스톰!"

"으윽!"

웅덩이 안에서 나는 모래폭풍에 휘말려 눈을 뜰 수 없었다. 그 다음 역시 레코만은 틈을 주지 않았다.

"딤 윈드!"

모래폭풍이 돌풍으로 바껴 거기에 휘말린 나는 빙빙 돌며 위로 올라갔다. 조금 전에 당한 상처가 묵직하게 아파오며 정신이 아찔했다.

"마카니토!"

드디어 레코만이 마지막 공격을 하려는 듯했다. 폭풍 속으로 죽음의 공기가 쏟아져 들어왔다. 순간 피해야 된다고 생각했다.

"우싸!"

동굴에서 6개월 동안 배운 것 중에 하나가 벽을 타는 것이었다. 그땐 제일 하기 싫은 동작이었는데 지금 나에겐 더없이 훌륭한 기술이었다. 로즈 아일랜드의 고릴라들이 절벽을 타던 것처럼 나도 웅덩이를 기어올랐다.

'공격이 약해진다!'

돌풍이 도는 속도보다 빨리 움직이지 못하면 그 안에서 빠져나올 수가 없는데 의외로 쉽게 빠져나왔다. 연속적인 공격이 실패하자 레코만의 기운이 빠지는 듯했다. 나에게도 드디어 공격할 수 있는 절호의 찬스가 온 것이다. 그러나 지면에 올라서며 공격을 준비하던 나는 깜짝 놀라 옆으로 몸을 굴렸다.

"브레이브 하울!"

주변이 모두 용암으로 변하며 나를 덮쳐 왔다.

"이크!"

"다그하우트!"

이번에는 땅에서부터 무수히 많은 송곳이 솟아오르며 나의 발 밑을 공격해 왔다. 처음보단 공격의 세기가 줄어들긴 했지만 연속으로 이어지는 마법은 숨돌릴 틈도 주지 않았다.

'이렇게 당하기만 하면 안 돼.'

레코만의 계속되는 공격을 피하면서 초조한 마음이 들었다. 공격 한 번 제대로 못하고 놈에게 패할 것만 같았다. 놈이 몇 번의 공격을 하는 동안 내가 할 수 있었던 것은 오로지 도망뿐이었다.

'죽을 때 죽더라도 필살의 공격을 한 번은 해야 해!'

연이어 덮쳐 오던 공격이 멈추고 잠시 틈이 생겼다. 순간 나는 레코만을 향해 달려갔다.

"이번엔 내 차례야!"

나는 양팔의 칼을 휘두르며 레코만의 머리와 가슴을 동시에 공격했다. 한 번을 공격해도 확실해야 했다.

슉슉슉!

바람을 가르는 느낌이 제법 상쾌하게 느껴지는 순간 웃고 있는 레코만을 보았다. 그는 손을 내밀어 내 칼을 잡으려 했다.

'아차!'

후회는 항상 늦는 것이었다. 그 짧은 찰나, 나를 잡아놓고 공격하려는 레코만의 의중을 알았을 때는 눈앞이 캄캄했다. 놈이 공격을 잠시 멈추었던 것도 나의 공격을 유도하기 위해서였다.

"후후!"

레코만의 입가에 미소가 만들어졌다.

스르르!

아주 가볍게 레코만의 손이 내 팔을 잡으려 했다.

'방향을 바꿔야 해!'

몸을 수그리며 얼굴과 가슴을 동시에 공격하던 위치를 양쪽 다리로 옮기려 했다. 그러나 왕자와 너무 가까이 붙어 있었다. 이제는 어쩔 수 없이 승부였다. 놈의 몸을 내가 베던가 아니면 놈에게 손목이 잡혀 죽던가 둘 중 하나였다.

슉슉슉!

레코만의 얼굴이 확대되어 들어왔다.

퍽!

둔탁한 소리가 들리고 아래로 방향을 바꾸던 내 칼이 레코만의 가슴쯤에서 부드럽게 앞으로 전진했다. 순간 나와 레코만은 동시에 굳어버렸다.

"아, 아라나! 무슨 짓이야?"

레코만이 당황하며 무릎을 꿇었다.

"아리나……."

나 역시 현재의 상황을 어떻게 이해해야 할지 도저히 감이 잡히지 않았다. 아리나가 나와 레코만 사이에 끼어 있었다. 그곳에 있던 어떤 사람도 전혀 상상하지 못한 일이 일어난 것이다. 내가 레코만의 의도를 알고 공격의 방향을 바꾸면서 속력을 줄이는 틈을 타서 그녀가 끼어들어 레코만의 공격을 막은 것이다. 나를 잡으려던 그의 손에는 아리나의 몸이 잡혀 있었다.

"이, 이렇게 복수를 하는 건가?"

아리나에게 무릎을 꿇은 채 레코만이 읊조렸다. 그러나 그녀는 아무 말도 없이 쓰러졌다.

털썩!

나의 칼이 그녀의 가냘픈 등을 파고들어 가 있었다. 그 끝이 레코만의 가슴을 관통했던 것이다.

"아리나!"

내가 정신을 차리고 울먹였지만 이미 아리나는 숨이 끊어져 있었다. 어릴 때부터 마음속에 담아두었던 금빛 반지의 사랑 때문인지, 아니면 레코만에게서 벗어난다는 기쁨 때문인지는 모르겠지만 그녀의 죽은 얼굴은 환하게 웃고 있었다.

털썩!

또 하나의 주검이 쓰러졌다. 권력에 눈이 멀었던 레코만은 그렇게 소망했던 황제의 자리에 앉기 바로 직전 목숨을 다하고 말았다.

그가 허무하게 죽자 주변에 있던 황제의 친위대들은 어쩔 줄 몰라 하며 우왕좌왕했다.

"너희들은 보내줄 테니 어서 여기를 떠나라!"

내 한마디에 10여 명의 병사가 우르르 바깥으로 달려나갔다.

"카론!"

"아버지."

그제야 나는 아버지를 보며 웃을 수 있었다.

"손 좀 잡아줄래?"

"보고 싶었습니다."

아들의 손을 잡고 일어서는 아버지의 얼굴이 환해졌다. 이 순간부터 아버지뿐만 아닌 루벤스 제국 이하 이스팀 대륙의 모든 사람들이 행복하게 웃을 수 있을 것이다.

〈終〉

그동안 감사합니다.